ABENTEUER IN
ARTERIEN

MARTIN BRENNINGER

ABENTEUER IN ARTERIEN

ABENTEUER IN ARTERIEN

Fortsetzung von Band 1:

ARTERIEN
DAS GEHEIME LAND

*Bibliografische Information der Deutschen Nationalbibliothek:
Die Deutsche Nationalbibliothek verzeichnet diese Publikation
in der Deutschen Nationalbibliografie; detaillierte
bibliografische Daten sind im Internet über dnb.dnb.de
abrufbar.*

*Die automatisierte Analyse des Werkes, um daraus
Informationen insbesondere über Muster, Trends und
Korrelationen gemäß §44b UrhG („Text und Data Mining") zu
gewinnen, ist untersagt.*

© 2025 Martin Brenninger
Verlag:
BoD · Books on Demand GmbH, In de Tarpen 42,
22848 Norderstedt, bod@bod.de

Druck:
Libri Plureos GmbH, Friedensallee 273, 22763 Hamburg

Dr.-Ing. Martin M. Brenninger
Ostallgäu 2025
1. Auflage – FSK: 16
ISBN: 978-3-7693-5290-0

VORWORT

Liebe Leserinnen und Leser,

wenn Sie dieses Buch in den Händen halten, möchte ich Sie mit auf eine Reise nehmen – eine Reise durch das geheime Land Arterien. Was Sie auf den folgenden Seiten lesen werden, mag unglaublich klingen, doch ich versichere Ihnen: Die Geschichte basiert auf meinen persönlichen Erlebnissen aus dem Jahr 2024. Natürlich habe ich diese Erlebnisse literarisch verarbeitet und ausgeschmückt, um sie für Sie greifbarer zu machen.

Dieser Band und das Buch „Arterien – Das Geheime Land" ergeben eine zusammenhängende Geschichte, die ich aus Gründen der Handhabung in zwei Teile getrennt habe. Während Band 1 erzählt, wie Ursula und der Erzähler Arterien entdecken, geht es jetzt um die Erlebnisse und Begegnungen der beiden in diesem so geheimnisvollen Land.

Ich widme auch dieses Buch den wenigen, aber bedeutenden Frauen meines Lebens. Besonders im Gedenken an Ella und in tiefer Verbundenheit mit Sandra. Ihrer beider Liebe, Stärke und Inspiration haben in mir den Mut entfacht, dieses Buch zu schreiben.

Vielleicht fragen Sie sich beim Lesen, wie ein Mensch mit meiner starken Sehbehinderung eine Welt so detailliert und lebendig beschreiben kann. Die Antwort ist einfach: Ich habe die Dinge so dargestellt, wie ich sie durch meine anderen Sinne erlebt habe. Oft habe ich mir meine Umgebung in Gedanken ergänzt und Bilder entstehen lassen, die meiner Fantasie entsprungen sind. Diese Art des Wahrnehmens ist für mich nichts Besonderes – es ist die Art, wie ich durchs Leben gehe. Für dieses Buch habe ich bewusst diesen Erzählstil gewählt, um die Geschichte für Sie flüssiger und lebendiger zu gestalten.

Natürlich möchte ich an dieser Stelle klarstellen, dass sämtliche Figuren, Orte und Ereignisse in diesem Buch frei erfunden sind. Ähnlichkeiten mit lebenden oder historischen Personen, öffentlichen Orten oder Institutionen sind rein zufällig und dienen allein dem Erzählfluss. Dieses Buch erhebt keinen Anspruch darauf, reale Gegebenheiten zu kommentieren oder zu bewerten.

Mein Wunsch ist es, dass Sie sich in dieser Geschichte verlieren können, dass sie Sie fesselt, bewegt und mit etwas Glück sogar inspiriert. Möglicherweise entdecken Sie beim Lesen neue Perspektiven oder nehmen Gedanken mit, die Sie bereichern. Und vielleicht wagen auch Sie eine Reise in das geheimnisvolle Arterien – in Gedanken, im Herzen oder auf andere Weise.

Ich danke Ihnen von Herzen, dass Sie sich auf diese Reise einlassen. Möge sie spannend und erkenntnisreich für Sie sein!

Ihr

Martin Brenninger

INHALT

KAPITEL 5 – DIE LANGE NACHT

„Gut gemacht, Geheimagentin Bauer! Da haben Sie aber ein großes Geheimnis entdeckt!" Mit einem breiten Grinsen auf den Lippen stupste ich Ursula an.

Sie antwortete mit einem knappen, aber triumphierenden: „Ja! Schau nur!"

Der Weg, auf dem wir nach Arterien gelangt waren, lag hinter uns – der perfekte Zugang zu dem was kommen sollte, und gleich zu Beginn mit einer atemberaubenden Aussicht gesegnet. Offenbar hatten wir das Land am südöstlichen Ende betreten.

Die Sonne neigte sich bereits im Westen, hinter einer Mauer aus Felsen und Wolken, ihrem Untergang entgegen. Das flache, warme Licht der Abenddämmerung verwandelte die Landschaft in ein faszinierendes Farbspiel: Schattierungen von Orange und Rot durchzogen den Himmel, während die Berge in tiefe Purpurtöne getaucht wurden. In den Tälern lagen silbrig-bläuliche Schatten, die wie fließendes Wasser wirkten, während die obersten Gipfel noch in goldenem Glanz erstrahlten.

Wir befanden uns hoch oben in den Bergen. Sie zogen sich wie ein Rückgrat von Osten nach Westen und bildeten eine natürliche, fast halbkreisförmige Grenze des Landes. Wir befanden uns ziemlich genau an der Stelle, an der der Gebirgszug, der von Westen her kam mehr nach Nordosten in einem Knick abbog. Nach Norden hin musste das Meer liegen. Doch davon war kaum etwas zu erkennen – nur die meist schroffe Küste und dahinter unzählige Felsen und Klippen, die in mannigfaltigen Formen und teilweise wie überdimensionale Haifischzähne mystisch aus dem Wasser ragten.

Jenseits dieser Felsen erhob sich eine dichte, undurchdringliche Mauer aus Wolken, die den Horizont vollständig verhüllte. Es war, als ob das Land von einer himmlischen Festung umgeben wäre. Überall am Himmel zog sich ein Kreis aus Wolken um Arterien – ein Ring, der die Welt von diesem geheimnisvollen Land abschirmte.

Auch wir hatten uns durch diese dichte Wand aus Nebel nach oben gekämpft, über die steinerne Treppe, die sich scheinbar endlos in die Höhe wand. Der Nebel hatte uns verschluckt, uns die Sicht genommen, bis wir schließlich die letzte Stufe erreicht hatten, und uns ein kurzer Pfad von der wolkenumhüllten Außenseite des Landes ins strahlende Innere geführt hatte.

Nun, aus dieser Höhe, wurde das wahre Ausmaß sichtbar: Ein ganzes Land, verborgen hinter Wolken.

Doch in der Mitte, im Herzen von Arterien, öffnete sich der Himmel. Ein makelloses, tiefes Blau spannte sich über das Land, als ob hier die Sonne allein herrschen durfte. Ihr Licht fiel ungehindert herab, ließ die Felder leuchten und die Flüsse wie silberne Fäden glitzern. Ein friedlicher, glänzender Kern, umgeben von einem brodelnden Ring aus Wolken.

Wenn man die Wolken eine Zeit lang beobachtete, konnte man erkennen, dass sie sich tatsächlich bewegten. Im Süden wanderten sie ostwärts, während sie im Norden westwärts trieben. Ein ständiger, unaufhörlicher Kreislauf – als würde das Land selbst atmen und sich sanft um seine eigene Achse drehen.

Jetzt erst verstand ich die Bedeutung des Textes, den wir gelesen hatten:

„Arterien kreist."

„Was siehst du?" fragte ich leise, während wir beide auf die ferne Küste hinausblickten.

Ursula kniff die Augen zusammen, als ob sie die Konturen in der Ferne schärfen könnte. Nach einem Moment antwortete sie nachdenklich: „Ich glaube … ich sehe so etwas wie Venedig."

Von unserem Platz hier hoch oben schien das Meer weit entfernt. Unten, jenseits des schmalen Küstenstreifens, den wir von hier oben gerade noch ausmachen konnten, lag eine Insel – oder war es eine Halbinsel? Die Wahrheit blieb uns noch verborgen, die Grenzen zwischen Land und Wasser verschwammen, als ob der Ort selbst ein Geheimnis hütete.

„Ich glaube, ich sehe lauter kleine Kanäle," fügte Ursula hinzu, den Kopf leicht zur Seite geneigt. „Ich kann es nicht genau erkennen. Aber eins ist sicher: Dort unten liegt eine Felseninsel."

Die Insel leuchtete in der Ferne, fast unwirklich im goldenen Licht des Abends, als ob sie mit kostbaren Metallen überzogen wäre. Die Gebäude darauf wirkten prächtig und alt – selbst aus dieser Entfernung strahlten sie einen Glanz aus, der sich mit keinem Ort vergleichen ließ, den ich je gesehen hatte.

„Siehst du das?" sagte Ursula, ohne den Blick abzuwenden. „Es scheint, als gäbe es kleine Kanäle, die die Insel umgeben und sich zwischen ihr und dem Festland hindurchwinden. Wie bei Venedig … aber größer. Prachtvoller. Vermutlich Viel älter."

Ich folgte ihrem Blick. Die Insel schien aus der Zeit gefallen zu sein, eine Stadt aus einer längst vergangenen Epoche, so prunkvoll und reich, dass sie mit Eldorado konkurrieren könnte. Darin waren uns Ursula und ich einig, auch wenn sich meine Augen dabei nur auf das Funkeln in der Ferne stützen konnten. Die tief stehende Sonne ließ die Mauern und Türme in warmen Tönen erstrahlen, als wären sie aus purem Gold.

„Ich kann nicht erkennen, wo die Insel endet und das Festland beginnt," fuhr Ursula fort. „Vielleicht ist sie gar nicht wirklich eine Insel. Vielleicht nur eine Halbinsel, die sich ins Meer erstreckt. Aber eines ist klar – dort unten ist die reichste Gegend von ganz Arterien."

Ihre Worte ließ ich auf mich wirken, und sie formten sich zu einem neuen Gedanken: „Denkst du …" begann ich zögernd,

„dass das dort der Felsen sein könnte? Der Felsen aus dem Bild der Venus? Der Felsen, der Viktors Familie ihren Namen gegeben hat?"

Ursula nickte langsam, ohne den Blick von der glühenden Silhouette in der Ferne abzuwenden. „Es müsste schon mit dem Teufel zugehen, wenn das dort nicht dieser Felsen ist."

Ein ehrfürchtiges Schweigen legte sich über uns. Der Wind spielte sanft mit Ursulas Haar, während wir weiterhin die prachtvolle Erscheinung vor uns bestaunten.

Die Legende des Felsens, auf dem die Göttin Venus geruht hatte, war für uns Wirklichkeit geworden.

„Ich kann es kaum glauben," murmelte ich fast andächtig. Die Worte kamen wie von selbst, leise und voller Staunen.

Schweigend genossen wir diesen Anblick – das Leuchten der goldenen Stadt, die Kanäle, die sie umschlangen, und die geheimnisvolle Aura, die sie umgab. Von hier oben erschien es, als ob dieser Ort nur darauf wartete, uns sein uraltes Geheimnis zu offenbaren.

„Da seid ihr ja!"

Erschrocken drehten wir uns um. Die freundliche Stimme eines alten Mannes hatte uns angesprochen.

Wir hatten niemanden kommen hören, doch plötzlich stand er da – ein hochgewachsener Mann, dessen Gesicht von einem silbergrauen Bart umrahmt wurde. Seine Augen leuchteten warm und klar, wie die eines Menschen, der die Geheimnisse des Lebens kennt.

„Salve, Venus," sagte er an Ursula gewandt, während er auf sie zuging, um ihr die Hand zu reichen. Seine Stimme war ruhig und von einer gewissen Erhabenheit. Ursula zögerte einen Moment, bevor sie ihm die rechte Hand reichte. Er nahm ihre Hand sanft entgegen, umfasste sie dann mit beiden Händen und hielt sie kurz fest – eine Geste von Wärme und beinahe väterlicher Fürsorge.

Fast überrumpelt ließ Ursula die Begrüßung geschehen.

Dann wandte sich der alte Mann mir zu. Auch mir streckte er die Hand entgegen. „Salve, Mars," sagte er mit einem wissenden Lächeln.

Ich ergriff seine Hand und erwiderte: „Als Krieger bin ich nicht gekommen."

Der alte Mann lächelte leise, als hätte er diese Antwort erwartet. „Was hat er getan, als ihm die Treppe beschwerlich wurde?" fragte er, nun an Ursula gewandt. „Hat er darüber geklagt? Oder wollte er gar umkehren?"

Ursula schüttelte den Kopf. „Er hat sogar noch einen Witz gemacht."

Ambrosius hob die Brauen und nickte anerkennend. „Na, ist das nicht ein Krieger, der im Angesicht des Feindes diesen auch noch verhöhnt und verspottet?"

„Dafür bin ich ganz bestimmt keine Venus," erwiderte Ursula mit einem Lächeln.

Der Alte wandte sich erneut an mich: „Ist sie die Treppe einfach nur heraufgelaufen? Oder hat sie sonst noch etwas getan?"

Ich dachte kurz nach und antwortete: „Sie hat all die kleinen schönen Dinge am Rand des Weges bewundert und sie einzeln begrüßt."

„Ist das nicht eine wahre Venus," schloss Ambrosius, „die selbst in der härtesten Stunde das Schöne begrüßen kann?"

Er blickte uns freundlich und zugleich fest an, als wolle er uns beide in unseren Rollen verankern. Dann machte er eine weitausholende Geste über die Berglandschaft. „Und ist der Anblick von hier oben nicht ebenso herrlich?" Seine Handbewegung strich über die Szenerie, als wollte er das Bühnenbild eines Theaters vorstellen.

„Aber davon erzähle ich euch später mehr," sagte er schließlich. „Man nennt mich Ambrosius, und ich lebe nicht weit von hier. Ihr müsst müde sein. Ich lade euch in mein Haus ein, um euch willkommen zu heißen. Es ist nicht weit."

Ich warf Ursula einen fragenden Blick zu. Sie nickte mir zustimmend zu, und ich fügte leise hinzu: „Es ist der alte Mann, den ich in meiner Meditation gesehen habe."

„Folgt mir einfach," sagte Ambrosius und wandte sich zum Gehen. Der Wind spielte mit den weiten Falten seines einfachen, aber würdevollen Gewandes, während er einen schmalen Pfad entlangschritt. Ursula und ich folgten ihm schweigend.

Der schmale Pfad führte uns noch ein kleines Stück weiter bergauf. Ambrosius ging mit leichtem, sicheren Schritt voraus, als wäre er ein Teil dieser Landschaft. Und das, obwohl man ihm anhand seiner übrigen Bewegungen sein Alter durchaus anmerkte. Ursula und ich folgten ihm schweigend, den Blick auf das kleine Lehmhaus gerichtet, das mit jedem Schritt näherkam. Es schien auf den ersten Blick schlicht und bescheiden – kaum mehr als eine einfache Behausung, die sich in die Felsen schmiegte. Ein Garten mit Kräutern und Gemüse erstreckte sich vor dem Haus, und in der Nähe standen Obstbäume, die von der letzten Sonne des Tages in warmes Licht getaucht wurden.

Ambrosius blieb vor der schlichten Holztür stehen und wandte sich mit einem Lächeln zu uns um. „Seid willkommen in meinem bescheidenen Heim." Er öffnete die Tür mit einer langsamen, bedächtigen Geste, als würde er einen heiligen Raum betreten.

Wir traten ein, und sofort überraschte uns die Weite des Inneren. Die Räume waren in den Fels hinein gearbeitet, großzügig und doch warm. Wände aus grobem, naturbelassenem Stein gaben dem Haus eine beständige, fast ewige Ausstrahlung. Die Decken wurden von massiven Holzbalken getragen, die sich harmonisch in das Gestein einfügten. Hier und da waren die Balken mit geschnitzten Symbolen verziert – Zeichen, deren Bedeutung mir noch verborgen blieb.

„Folgt mir, ich zeige euch, wo ihr <u>heute Nacht</u> ruhen könnt." Ambrosius führte uns durch einen breiten Gang, der tiefer in den Fels hineinführte. Links und rechts waren Türen eingelassen, die in weitere Räume führten. Schließlich öffnete er eine Tür zu einem gemütlichen Schlafgemach.

„Hier werdet ihr beide schlafen." Der Raum war schlicht, aber einladend. Ein großes Bett, mit schweren, handgewebten Decken und Kissen aus weichem Leinen, stand an der Rückwand. Ein kleines Fenster öffnete den Blick auf die Berge. „Die Ruhe der Nacht wird euch hier tief schlafen lassen," fügte Ambrosius hinzu.

„Vielen Dank," sagte ich und blickte zu Ursula, die zufrieden nickte. Endlich konnten wir uns der schweren Rucksäcke entledigen. Auch, wenn wir mittlerweile fast mit ihnen verwachsen waren, konnte ich gut auf die Last verzichten.

„Kommt nun, das Abendessen ist bereit." Mit diesen Worten führte er uns zurück in den vorderen Bereich des Hauses. In einer Ecke, nahe einem einfachen, aber sorgfältig gepflegten Holzofen, hatte er den Tisch gedeckt. Die Ecke war gemütlich gestaltet: Eine Bank mit weichen Kissen zog sich an der Wand entlang, ergänzt durch zwei schwere Holzstühle. Der Tisch aus dunklem Holz war groß genug, um viele Gäste zu bewirten, obwohl wir nur zu dritt waren.

Auf dem Tisch standen einfache, aber liebevoll zubereitete Speisen. Eine dampfende Suppe aus frischem Gemüse, gewürzt mit Kräutern aus seinem Garten, eine Schale mit Brot, das nach frischem Roggen duftete, und eine Platte mit geröstetem Gemüse, das in goldenem Olivenöl glänzte. Auch eine Karaffe mit klarem Quellwasser und ein Krug mit frisch gepresstem Saft standen bereit.

Ambrosius deutete auf die Plätze. „Bitte, setzt euch. Heute Abend wird das Mahl einfach sein, aber ich hoffe, es wird euch munden."

Wir nahmen Platz, und ich bemerkte, wie harmonisch dieser Raum gestaltet war. Jede Ecke des Hauses schien nicht nur zweckmäßig, sondern mit einer inneren Logik und Liebe zum Detail eingerichtet zu sein – als wäre alles an seinem richtigen Platz, um sowohl Geist als auch Körper zu nähren.

„Ihr habt ein wundervolles Heim," sagte Ursula, während sie sich setzte.

Ambrosius lächelte bescheiden. „Es ist der Berg, der mir Schutz gewährt. Alles hier stammt aus seiner Großzügigkeit. Nun aber – lasst uns essen."

Er setzte sich und reichte uns die Schalen mit der dampfenden Suppe.

Viele Fragen lagen uns auf der Zunge, und die Neugier musste uns ins Gesicht geschrieben gewesen sein.

„Die Zeit des Redens wird kommen," erklärte uns Ambrosius ruhig, aber mit einer Bestimmtheit, die keinen Widerspruch zuließ. „Jetzt ist die Zeit des Essens. Schenkt dem Essen eure ganze Aufmerksamkeit und spürt die Energie, die es für euch bereithält."

Er legte eine kurze Pause ein, bevor er mit fester Stimme sagte: „Panis est vita; lux solis in se portat."

(Brot ist Leben; es trägt das Licht der Sonne in sich.)

Als Mitteleuropäer war es eigenartig, bei einem Gastgeber am Tisch zu sitzen und zu schweigen. Schließlich waren wir es gewohnt, dass bei gemeinsamen Mahlzeiten das Gespräch oft im Mittelpunkt stand – sei es in der Familie oder gar bei Geschäftsessen, bei denen das Essen lediglich den Rahmen bildete.

Hier, in dieser abgeschiedenen Welt, wurde das Essen zur Hauptsache. Die Stille, die uns anfangs ungewohnt erschien, verwandelte sich in eine tiefe, beinahe meditative Erfahrung. Und es war, als könnte ich jeden Sonnenstrahl spüren, den die Pflanzen für uns eingefangen hatten.

Als wir unser Mahl beendet hatten, verspürte ich ein neues Verständnis für das, was es bedeutet, „sich aufgenommen zu fühlen." Die Umgebung war uns noch fremd, und doch fühlten wir eine gewisse Nähe zu allem, was uns umgab.

Ambrosius musterte uns mit einem leichten, wissenden Lächeln. „Ihr wollt sicher den Schmutz und die Anstrengung des

Aufstiegs von euch abstreifen," stellte er sachlich fest. „In eurem Zimmer werdet ihr passende Kleidung finden. Und zwei Räume weiter den Gang hinab erwartet euch der Raum der Erneuerung. Dort könnt ihr euch frisch machen."

Er ließ seine Worte erneut einen Moment wirken und fügte dann hinzu: „Aqua purificat, corpus et animam."

(Wasser reinigt Körper und Seele.)

Ambrosius nickte langsam und bedacht, als ob seine Worte durch diese Geste zusätzlich an Gewicht gewinnen sollten. Seine ruhige Autorität und die Sanftheit seiner Stimme hatten etwas Beruhigendes, fast Vaterhaftes. Es war, als ob er nicht nur eine Anweisung gab, sondern uns durch einen unmerklichen Übergang führte – von der äußeren Welt hin zu einem tieferen Erleben dieses Ortes.

Wir folgten seiner Aufforderung gern, denn die Wanderung durch das trockene Land hin zur Küste und der schweißtreibende Aufstieg über die steinerne Treppe hatten ihre Spuren hinterlassen.

In unserem Zimmer fanden wir nicht einfach nur passende Kleidung – es war Kleidung, deren Größe perfekt schien. Fast so, als wäre sie genau für uns gemacht worden.

„Er muss gewusst haben, dass wir kommen," stellte Ursula nachdenklich fest, während sie eine der Tuniken aufhob und den weichen Stoff prüfend zwischen den Fingern hielt.

„Ich habe dir doch von meinem Erlebnis in der Meditation erzählt," erinnerte ich sie. „Gestern Abend, auf dem Hof von Nadir und Youssef. Das war eindeutig Ambrosius, der mir die Bilder geschickt hat. Er muss sehr spirituell sein."

Ursula hielt die Tunika vor ihren Körper und betrachtete sie im Licht der Kerzen. „Aber woher hat er gewusst, dass wir kommen?" Sie hielt inne und sah mich an. „Und er hat dich auch gleich als Erstes angesprochen. So kam es mir zumindest vor."

Ich zuckte mit den Schultern. „Wie er das macht, weiß ich auch nicht. Ich kann nur sagen, dass er mir sehr vertraut vorkommt. Fast so, als würden wir uns schon lange kennen."

Ursula überlegte einen Moment, legte die Tunika behutsam zusammen und lächelte dann. „Dann lass uns erst einmal hier ankommen," schlug sie vor. „Und morgen sehen wir weiter. Ich möchte mich ihm noch kurz in dieser wunderschönen Kleidung vorstellen – und dann früh ins Bett gehen. Der Tag war lang und anstrengend."

„Mir tut auch alles weh," gestand ich. „Jeder einzelne Muskel. Aber ich bin so aufgekratzt, dass ich später wohl noch meditieren werde, um wieder ganz zu mir zu kommen."

Ursula nickte. „Dann auf geht's!" bestimmte sie mit einem Hauch von Entschlossenheit. „Lass uns jetzt diesen Raum der Erneuerung suchen."

Die Kleidung, die für uns bereitlag, war ebenso schlicht wie beeindruckend. Meine bestand aus einer dunkelgrünen Tunika und einer sandfarbenen Hose aus festem, aber weichem Stoff. Daneben lag ein breiter Ledergürtel mit dezenten Verzierungen.

Ursula hatte eine feinere Tunika ausgewählt, von einem tiefen Blau, das im Kerzenschein leicht schimmerte. Zierliche goldene Stickereien zogen sich entlang des Halsausschnitts und der Manschetten. Sie hielt auch diese Tunika kurz an sich, als würde sie prüfen, wie sie ihr stehen würde, bevor sie sie sorgfältig wieder zusammenlegte.

„Das ist wirklich schön," sagte sie leise und strich mit der Hand über die Stickereien. „Funktional und trotzdem… irgendwie besonders. Fast zu schade, um es nur hier zu tragen."

„Es steht dir bestimmt hervorragend," bemerkte ich beiläufig, und sie schenkte mir ein Lächeln, das fast ein wenig verlegen wirkte.

Mit der Kleidung in den Händen verließen wir schließlich das Zimmer, um den Raum der Erneuerung zu suchen. Wir waren bereit, den Staub und die Anstrengung des Tages hinter uns zu lassen – und uns auf das einzulassen, was dieser Ort noch für uns bereithielt.

Der Raum war schnell gefunden – und verschlug uns die Sprache.

Wir hatten bereits das luxuriöse Bad in unserer Suite in Algier genossen, doch die Einrichtung dort wirkte im Vergleich zu dem, was uns hier erwartete, geradezu banal. Der Ausdruck Raum der Erneuerung war für diesen Ort mehr als angemessen. Obwohl er, wie das gesamte Haus, schlicht gestaltet war, lag eine besondere Aura in der Luft – eine Mischung aus zeitloser Eleganz, Naturverbundenheit und erhabener Größe.

Die kuppelartige Decke wölbte sich hoch über uns und senkte sich in der Mitte leicht zu einer großen, kreisrunden Öffnung ab. Durch diese war der klare Nachthimmel zu sehen, in dem die Sterne wie feine Diamanten funkelten. Mondlicht fiel sanft durch die Öffnung und malte silbrige Muster auf den glatt polierten Steinboden. Dieser war mit handgearbeiteten Fliesen bedeckt – jede einzelne ein kleines Kunstwerk mit floralen Mustern, die wie in einem lebendigen Tanz ineinandergriffen. Das Mondlicht ließ die Farben auf den Fliesen aufleuchten: tiefes Blau, zartes Türkis, erdiges Ocker und leuchtendes Weiß.

Zu beiden Seiten der Öffnung standen kunstvoll gearbeitete Waschbecken aus poliertem Marmor, jedes mit einem großen, ovalen Spiegel darüber. Die Spiegel waren perfekt aufeinander ausgerichtet, sodass sie den Raum ins Unendliche öffneten, wenn man dazwischen stand. Man hatte das Gefühl, in eine andere Dimension zu blicken – eine, in der der Himmel und die Erde verschmolzen.

Die Luft duftete nach frischen Kräutern, Zitronenblüten und einem Hauch von Sandelholz. Auf einem filigranen Holzregal standen handgefertigte Seifen in verschiedenen Formen und Farben – kleine, glatte Wunderwerke, die mit ätherischen Ölen angereichert waren. Daneben lagen flauschige Handtücher, die so weich wirkten, dass man sich kaum vorstellen konnte, sie zu benutzen.

Ursula streifte mit den Fingerspitzen über das kühle Porzellan des Beckens. „Wofür wohl diese Kette ist?" murmelte sie mit einem Hauch von Neugier in der Stimme. Sie zeigte auf eine lange Messingkette, die von der Decke herabhing und oben in einem kleinen Loch verschwand.

Ich trat einen Schritt zur Seite und deutete auf die Kette. „Zieh daran," forderte ich sie mit einem leichten Grinsen auf. „Ich habe da so eine Ahnung."

Ursula zögerte kurz, dann umschloss sie die Kette mit beiden Händen und zog vorsichtig. Für einen Moment passierte nichts, doch dann erklang ein leises Klicken, und plötzlich brach ein Wasserfall durch die Öffnung in der Decke. Wie aus dem Nichts ergoss sich kristallklares Wasser in den Raum. Es fiel in einem breiten, gleichmäßigen Strom herab, der im Mondlicht funkelte wie flüssiges Silber. Das Rauschen erfüllte den Raum, ein sanfter, beruhigender Klang, der alle Gedanken wegzuspülen schien.

Ursula trat einen Schritt zurück und sah staunend zu, wie das Wasser in einen schmalen, fast unsichtbaren Ablauf am Boden floss. Sie zog erneut an der Kette, und der Wasserfall versiegte. „Wow," flüsterte sie. „So etwas habe ich noch nie gesehen."

Wir warfen uns einen kurzen Blick zu, ein stilles Einverständnis. Dann legten wir unsere Kleidung zur Seite, traten unter die Öffnung und zogen erneut an der Kette.

Das Wasser traf mich mit einer erfrischenden Kälte, die sofort die Hitze des Tages von meiner Haut wusch. Es war, als würde jeder Tropfen nicht nur den Staub und Schweiß des Aufstiegs hinabspülen, sondern auch die Anspannung der letzten Stunden. Der erste Schock der Kälte wich schnell einem Gefühl von Klarheit und Lebendigkeit. Ich hob den Kopf und ließ das Wasser über mein Gesicht strömen, spürte, wie es über meine Schultern und meinen Rücken lief, wie es jede Verspannung löste.

Ursula neben mir schloss die Augen und hob die Hände, als wolle sie das Wasser begrüßen. „Das fühlt sich an wie… wie eine Reinigung, die tiefer geht als nur die Haut," sagte sie leise, fast ehrfürchtig.

Ich nickte stumm. Die Seife, die ich in die Hand nahm, duftete nach frischen Kräutern und Zitrusfrüchten. Sie schäumte leicht auf und hinterließ ein seidiges Gefühl auf der Haut. Jede Bewegung, jedes Einseifen fühlte sich an wie ein Ritual – ein bewusster Akt der Erneuerung. Das sanfte Plätschern des Wassers mischte sich mit dem zarten Klirren einzelner Tropfen, die auf den Boden fielen und sich in winzige, schillernde Perlen verwandelten.

Die Handtücher, die wir dann griffen, waren so weich und dick, dass sie die letzte Feuchtigkeit wie von selbst aufsogen. Sie hüllten uns ein wie eine schützende Schicht, während wir uns richteten. Jeder von uns an einem der Waschbecken. Albern winkten wir uns im Spiegel zu. Und schließßlich sahen wir uns frisch gekleidet wieder an.

Wir fühlten uns tatsächlich wie neu geboren, das Blut pulsierte in uns, als wir den Raum der Erneuerung verließen – bereit, uns dem Geheimnis dieses Ortes weiter zu nähern. Alle Strapazen, die uns hier hin geführt hatten, waren weggewaschen.

Wir fanden Ambrosius vor dem Haus, stehend und in die Ferne blickend.

Schweigend gesellten wir uns zu ihm und blickten auf die Lichter von Arterien.

Die meisten und hellsten Lichter funkelten dort drüben, wo wir den Felsen, die Insel aus der Legende, vermuteten.

Von hier oben hatte man einen großartigen Überblick. Der Ort schien nicht zufällig gewählt – man konnte sich mit ganz Arterien verbunden fühlen und dennoch in der Abgeschiedenheit leben. Es war der perfekte Ort, um in Stille zu ruhen und zugleich ein waches Auge auf das Land zu haben. Die Lage in der Höhe sorgte für ausreichend Sonnenlicht. Die Schatten der Berge kamen hier oben erst später am Tag und gingen wieder früher. Zudem war der Ort so gelegen, dass er von der Abendsonne besonders profitierte.

Das Klima hier oben war gemäßigt, die Pflanzen rund um das Haus fühlten sich wohl, wuchsen und gediehen prächtig.

Was beim Blick über Arterien auffiel, war die Stille.

An vielen Orten der Welt blickt man ins Tal und hört die Geräusche der Menschen. Oder vielmehr die Geräusche der Maschinen der Menschen. Meistens irgendwelche Fahrzeuge. Das Rauschen einer Autobahn in der Ferne.

Nicht so hier. Hier war es fast lautlos. Lediglich das Zirpen der Zikaden legte sich wie ein Teppich über die Stille.

„Tut mir leid, meine Herren", durchbrach Ursula diesen Moment, „ich bin todmüde und muss mich schlafen legen."

„Eine angenehme Nachtruhe wünsche ich dir", sagte Ambrosius und nickte ihr noch einmal zu.

„Euch auch", erwiderte sie, „und vielen herzlichen Dank für diesen außergewöhnlichen Empfang!"

„Gerne", sagte Ambrosius, „aber außergewöhnlich? Ist das so?"

Und auch wenn es eine Frage zu sein schien, die unbeantwortet bleiben wollte, erwiderte ich: „Für uns ist es das."

„Dann wünsch auch ich dir eine gute Nacht", sagte ich zu Ursula und fügte noch hinzu: „Ich werde wohl hier draußen noch etwas meditieren. Ich komme später."

Ursula zog sich zurück. Ambrosius und ich richteten unseren Blick noch einmal in die Ferne.

Er legte seine Hand auf meine Schulter und sagte: „Es ist schön, mein Freund, dass du da bist."

„Ich freue mich auch hier zu sein", antwortete ich und schob damit die Frage, die mir eigentlich auf der Zunge brannte, noch einmal beiseite.

„Dann setze ich mich mal hier drüben an die Wand für meine Meditation," sagte ich, während ich meinen Platz wählte. „Die Wand ist warm, und die Luft hier draußen, sehr angenehm."

„Du kannst ja schon einmal beginnen," meinte Ambrosius mit einem sanften Lächeln. „Ich habe eine weitere Idee."

Er machte eine kurze Pause, ließ den Blick über den Platz gleiten und sprach mit ruhiger Stimme: „Fiat lux, et lux fit." – „Es werde Licht, und es ward Licht."

Ich ließ mich im Schneidersitz nieder, spürte die raue Wärme des Steins im Rücken und schloss die Augen. Ambrosius war noch bei mir, ruhig, doch zielstrebig. Ich hörte, wie er begann, an der dafür vorgesehenen Stelle vor dem Haus ein Feuer zu entfachen. Ein sanftes Klappern begleitete seine Bewegungen, das rhythmische Aufeinandertreffen von Holz und Stein beruhigte mich.

Die kühle Luft schien sich um mich zu legen, doch ich sank schnell in den vertrauten Zustand meiner Meditation. Der Wind trug den ersten, harzigen Duft des Feuers zu mir, und die Welt um mich herum begann, sich in einer wohltuenden Stille aufzulösen.

Plötzlich spürte ich eine Hand sanft auf meiner Schulter. „Es ist Zeit," sagte Ambrosius leise.

Ich öffnete die Augen. Das Feuer loderte bereits in hohen Flammen, seine goldenen Zungen tanzten im Wind. Es tauchte den Bereich vor dem Haus in ein warmes, flackerndes Licht, das die Schatten spielerisch auf die rauen Wände des Hauses warf. Ich setzte mich näher ans Feuer, das mich sofort einnahm. Ich liebe es, am Feuer zu sitzen. Es hat etwas Beruhigendes. Die Flammen, das Knistern – ich vergesse dann die Zeit um mich herum.

Ambrosius hatte zwei Sitzkissen aus Leder nahe der Feuerstelle arrangiert, nebeneinander, mit dem Rücken zum Haus. Vor uns lag das lodernde Feuer, dahinter die unendliche Weite der Landschaft. Das Knistern des Feuers verband sich mit dem Zirpen der Zikaden, beide spielten nun ihr gemeinsames Lied, eine Melodie der Ruhe und Verbundenheit.

Ich nahm Platz neben Ambrosius, der das Spiel der Flammen beobachtete. Nach einem Moment der Stille begann ich: „Es kommt mir vor, als würden wir uns von früher kennen."

Er drehte den Kopf zu mir, seine Augen spiegelten das Flackern des Feuers wider. „Wenn du das Gefühl hast," sagte er schlicht, „dann ist es so."

Ich wollte mehr wissen. „Aber nicht aus diesem Leben?"

Ambrosius schwieg kurz, dann fuhr er fort, seine Stimme ruhig und tief: „Nein. Nicht aus diesem Leben."

„Kannst du mir sagen, aus welchem Leben?" fragte ich vorsichtig. Die Neugier lag in meiner Stimme.

Ambrosius zog die Augenbrauen leicht zusammen, als ob er abwog, was er preisgeben sollte. „Wir Menschen sind gemacht, um nicht zu wissen, was vorher gewesen ist," erklärte er. „Nur so können wir die Dinge neu erleben. Und für dich gilt es noch, das Leben zu erfahren. Es ist noch nicht an der Zeit, zu wissen."

Seine Augen blieben auf das Feuer gerichtet, als würde er dort die Antworten finden, die er mir noch nicht geben konnte. Für einen kurzen Moment schien es, als sei die Versuchung groß, mir von unserer gemeinsamen Vergangenheit zu erzählen. Doch er hielt inne.

„Dann belassen wir es dabei," sagte ich schließlich, mit einem sanften Lächeln. „Dass wir aus einer Seelenfamilie stammen."

Ambrosius sah mich an, tief und durchdringend. Seine Hand legte sich sanft auf meinen Handknöchel, eine Geste der Nähe und des Vertrauens. „Aus einer Seelenfamilie. Das sind wir," sagte er leise. „Glaube mir, das sind wir."

Für einen Moment schwiegen wir, ließen die Worte nachklingen, während das Feuer vor uns knisterte. Der Wind streichelte die Flammen, die Funken tanzten in den Nachthimmel. Wir genossen diesen Augenblick der Verbundenheit, ein stilles Versprechen, dass wir diesen Weg – wohin er auch führen würde – gemeinsam gehen würden.

„Ist das alles hier eine Illusion?" begann ich und stellte die nächste meiner Fragen.

Ambrosius legte den Kopf leicht zur Seite, sein Blick ruhte ruhig auf mir. „Wie meinst du das genau?" wollte er wissen.

Ich hielt kurz inne, wählte meine Worte sorgfältig. „Ich rede davon," fuhr ich fort, „dass von alldem hier nichts zu sehen war, als wir an die Küste von Algerien kamen. Und dann war da das Betreten der Taube… Es fühlte sich an wie ein Portal."

Ambrosius hörte aufmerksam zu, seine Hände ruhten locker auf seinen Knien, während das Feuer vor uns ruhig weiterknisterte.

„Und ich frage mich," sagte ich nachdenklich, „ob es ein Portal in eine andere Welt war. Oder ob ich vielleicht gerade einer Fantasie erliege und all das hier gar nicht wirklich ist."

Ambrosius ließ sich Zeit mit seiner Antwort, als ob er die Bedeutung meiner Worte genau abwägen wollte. Schließlich sprach er, seine Stimme tief und ruhig: „Das hier ist wirklich."

Nur dieser eine Satz. Seine Worte legten sich wie ein Fels in die Stille der Nacht.

Ich sah ihn an, doch er hielt meinen Blick nur kurz. Dann erhob er seine Stimme leicht, als wolle er den Nebel meiner Zweifel durchdringen: „Es ist genau andersherum. Das, was du für die Realität hältst… das ist die Illusion."

Seine Worte sanken langsam in mich hinein, und ich konnte nicht anders, als weiter nachzufragen. „Das musst du mir genauer erklären," bat ich bohrend. „Ich konnte die Energie von alldem hier wahrnehmen, schon als wir an der Küste standen. Es war real – ich habe es gespürt. Deshalb fällt es mir leicht zu glauben, dass das hier die Wirklichkeit ist… und der Rest nur eine Täuschung. Aber wie funktioniert das?"

Ambrosius legte die Fingerspitzen aneinander, als ob er die richtige Antwort aus der Stille formen wollte. Das Feuer warf Schatten auf sein Gesicht, die seine Züge für einen Moment geheimnisvoll erscheinen ließen.

„Hm," machte er nachdenklich, sein Blick schweifte kurz in die Ferne. „Wo fange ich an?" Er lehnte sich zurück, griff nach einem kleinen Ast und ließ die Spitze durch die Glut wandern, bevor er ihn behutsam zurücklegte. „Ah… ich denke, wir haben Zeit."

Er richtete sich auf, die Augen funkelten im Schein der Flammen. „Ich fange ganz von vorne an.“

Ich lehnte mich gespannt vor, das Lederkissen knarrte leise unter meiner Bewegung. „Das ist gut,“ sagte ich bekräftigend. „Ich bin neugierig und möchte einfach alles wissen.“

Ambrosius lächelte leicht, als ob er sich an die Anfänge einer Geschichte erinnerte, die schon lange darauf wartete, erzählt zu werden. „Dann höre zu,“ sagte er leise. „Und lass mich dich in die Wahrheit dieser Welt führen.“

„Über die Jahrtausende,“ fuhr Ambrosius fort, „haben die Menschen hier gelernt, nicht zu existieren. Und sie haben diese Fähigkeit mit der Zeit immer weiter perfektioniert. Von den Ursprüngen bis heute.“

Ich spürte, dass dies der Moment war, ihm einfach Raum für seine Schilderungen zu lassen. Also schwieg ich.

„Und alles begann im Grunde mit einem Zufall. Einer Laune der Natur.“ Ambrosius hob den kleinen Ast, den er zuvor bereits in den Händen gehalten hatte, und malte einen Kreis in die Luft. „Hast du die Wolken bemerkt?“ wollte er nun von mir wissen.

Ich nickte.

„Gut,“ sagte er zufrieden. „Dann ist dir vielleicht auch aufgefallen, dass sich die Wolken wie ein Kreis rund um das Land bewegen.“

Wieder nickte ich.

Ambrosius ließ den Ast sinken und sah mich eindringlich an. „Das kommt von der geografischen Besonderheit dieses Ortes. Die Gebirge verlaufen im Süden und Osten entlang der Grenzen des Landes. Nach Westen hin jedoch ergibt sich ein offener Raum. Die Winde, die vom Atlantik ins Mittelmeer wehen, werden an der Meerenge von Gibraltar beschleunigt und treffen dann auf die Gipfel unseres Landes genau dort vorne im Westen.“

Er deutete mit einer leichten Kopfbewegung in die Ferne.

„Die Form des Gebirges lenkt die Winde zu einem großen Wirbel, der außen um das Land herumführt. Gleichzeitig sind die

Berge für ein Gebirge direkt an der Küste außergewöhnlich hoch. Du hast es wohl beim Aufstieg bemerkt."

Ich nickte erneut, und für einen Augenblick huschte ein vergnüglich-müdes Lächeln über sein Gesicht.

„Zudem," fuhr er fort, „liegt südlich von uns der afrikanische Kontinent und nördlich das Mittelmeer. Diese Gegebenheiten haben dazu geführt, dass hier ein Land entstanden ist, das sich dauerhaft hinter einem Schleier aus Wolken und Nebel verbirgt."

Er machte eine kurze Pause, während das Knistern des Feuers den Raum zwischen uns füllte.

„Die Berge in Richtung Festland sind so steil, dass sie, besonders in früheren Zeiten, als unüberwindlich galten. Und in Richtung Meer…" Ambrosius ließ den Blick ins Leere schweifen, als ob er die sturmgepeitschten Klippen vor sich sähe. „…gibt es unzählige Uferfelsen und Klippen, die mitten im Nebel verborgen liegen. Viele der ersten Seefahrer, die versuchten, durch die Wand aus Nebel zu dringen, verloren ihr Leben. Und die wenigen, die es schafften, lernten schnell, den Zugang zu diesem Land geheim zu halten."

Seine Stimme wurde leiser, als ob er mir ein altes Geheimnis anvertraute.

„Zumal dieses Land nicht nur eine Zuflucht bot," sagte er mit einem Hauch von Ehrfurcht, „sondern aufgrund der natürlichen Gegebenheiten auch ein besonders fruchtbares Klima. Der Garten Eden."

Ich hob leicht die Augenbrauen, und Ambrosius lächelte. „Ja," bestätigte er, „du musst dir vorstellen: Das war alles zu einer Zeit, als nur wenige Menschen zur See fuhren. Weit zurück im Altertum, als diese Gegend noch als unerforscht galt."

Er ließ den Blick in die Flammen sinken, als ob er in die Tiefe der Jahrtausende schaute. „So fing es an."

„Und im Laufe der Jahre," fuhr Ambrosius fort, während er die Glut des Feuers mit einem langen Zweig aufwirbelte, „machten die Menschen hier noch eine ganz andere Entdeckung. Sie stellten fest, dass sich an diesem Ort besondere Fähigkeiten ausbilden. Die Menschen waren hier kreativer als anderswo, und vor allem waren sie sehr spirituell. Heute wissen wir, dass dies mit den vulkanischen Besonderheiten dieser Region und dem Erdmagnetfeld zusammenhängt."

Ich zögerte einen Moment, bevor ich doch eine Frage stellte: „Liegt deswegen der Nullmeridian hier? Ich habe gelesen, dass er aufgrund des Erdmagnetfelds festgelegt wird und dass er gar nicht genau durch die Platte in Greenwich verläuft, die ihn eigentlich markiert."

Ambrosius nickte langsam, ein Schimmer von Anerkennung in seinen Augen. „Das weißt du also auch."

Er legte den Zweig beiseite und sah mich direkt an. „In ihrer Spiritualität haben die Menschen gelernt, dass alles in dieser Welt nur eine Illusion ist. Und dass wir Menschen selbst unsere eigene Illusion erschaffen. Imago Dei – wir sind ein Ebenbild Gottes. Also sind wir ebenfalls Schöpfer. Die Menschen hier haben ihre spirituellen Kräfte genutzt, um eine Illusion zu erschaffen, die dieses Land vor den Augen weniger spiritueller Menschen verbirgt. Denn je weiter sich die Außenwelt entwickelte, desto näher kamen sie diesem Land."

Er legte die Hände ineinander, als wolle er etwas Unsichtbares umfassen. „So entstand die Kaste der Bewahrer – Menschen, deren Aufgabe es war, ihre spirituellen Fähigkeiten zu nutzen, um das Land im Verborgenen zu halten und seine heiligen Ideale und Errungenschaften zu schützen."

„Gardiens?" fragte ich erstaunt, meine Neugier geweckt.

Ambrosius nickte bedächtig. „Ja. Sie tragen viele Namen, so wie wir hier viele Sprachen sprechen. Für dich möchte ich sie der Einfachheit halber Bewahrer nennen. Über Jahrtausende erfüllten sie diese Aufgabe."

„Und heute?" Die Frage platzte aus mir heraus, bevor ich sie zurückhalten konnte.

Ambrosius seufzte leise. „Heute glauben die Menschen, dass sie all dies technisch bewerkstelligen können. Sie meinen, die Bewahrer nicht mehr zu brauchen – und schlimmer noch: Sie glauben, auf die heilige Idee verzichten zu können. Die heilige Idee der Verbundenheit mit dem Licht."

Ein Schatten von Traurigkeit legte sich über sein Gesicht, und für eine Weile schwiegen wir beide, während das Knistern des Feuers die Stille füllte.

Schließlich erhob er sich, klopfte sich den Staub von den Händen und sagte leise: „Nunc tempus est reficiendi spiritum."

„Jetzt brauche ich etwas zu trinken."

Mit ruhigen, zielstrebigen Schritten ging er ins Haus. Nach wenigen Minuten kehrte er zurück und trug zwei steinerne Krüge, gefüllt mit tiefrotem Granatapfelsaft.

Er reichte mir einen der Krüge, setzte sich wieder ans Feuer und nahm einen tiefen Schluck. „Trink, Freund. Es gibt noch viel zu erzählen."

Ich nahm einen Schluck des Granatapfelsafts und ließ ihn kurz zwischen Zunge und Gaumen gleiten, um seinen Geschmack vollends zu erfassen. Dabei dachte ich über die rote Farbe nach. Und über das Bild des roten Herzens, dessen Adern sich über die Welt erstreckten. Doch zuerst wollte ich mehr über den Namen dieses Landes erfahren.

„Arterien – ist das der richtige Name?" fragte ich.

Ambrosius blickte knapp über das Feuer hinweg in den Himmel. „Dieses Land hat viele Namen. Arterien ist einer davon."

„Die Kunst des Nichts, oder?" Ich sah ihn fordernd an.

„Auch das ist dir also bewusst", sagte er lächelnd. „Ich habe dir ja schon gesagt, dass die Menschen hier über Jahrtausende das Versteckspiel perfektioniert haben. Wenn man etwas verstecken will, das nie ganz verborgen werden kann, ist es hilfreich, viele kleine falsche Spuren zu legen. Es war ein kluger Schachzug, diesen Ausdruck mit eurem Wort für die Adern, die vom Herzen wegführen, zu verbinden."

Er machte eine kurze Pause, ein fast schelmisches Lächeln huschte über sein Gesicht.

„Und es geht noch weiter. Die Venen haben hier ebenfalls eine Bedeutung. Das Volk nennt sich selbst die Venen. Sollte also irgendwo auf der Welt von den Venen die Rede sein, ist es recht praktisch, wenn das Wort mehrere Bedeutungen hat. Wenn du dieses Prinzip einmal verstanden hast, wirst du es noch oft entdecken: Das Prinzip, etwas zu verstecken, indem man es offen zugänglich macht. Oft wird eine Geschichte erzählt – nur ein klein wenig anders. Genauso verhält es sich mit Atlantis."

„Atlantis?" fragte ich verwundert. „Ist das auch einer der Namen von Arterien?"

Ambrosius schmunzelte. „Im Grunde genial, nicht wahr?" Nach einer kurzen Pause fuhr er fort: „Die alten Griechen haben diese Geschichte bekannt gemacht. Sie wussten nicht genau, wo dieses geheime Land liegt. Ihnen war nur klar, dass es nicht im Osten des Mittelmeeres lag, dort, wo sie sich zu Hause fühlten. Eine Reise in Richtung der Meerenge von Gibraltar war wegen der Strömungen und Stürme für damalige Schiffe gefährlich. Sie vermuteten, dass dieses Land irgendwo im Westen liegen musste. Und so brachten sie es mit dem Gebirge des Atlas in Verbindung. Daher stammen die Geschichten über die Atlanten."

Ambrosius lehnte sich etwas nach vorne. „Der nächste Schachzug war, den Atlantik zu benennen und Atlantis dorthin zu verlegen. Niemand kam mehr auf die Idee, dass dieses geheime Land viel näher liegen könnte."

„Und haben nicht sogar die Deutschen nach Atlantis gesucht?" fragte ich neugierig.

„Atlantis und Aria", erwiderte Ambrosius. „In ihrem Wahn hofften sie, dieses geheime Land zu finden und zu erobern. Und falls das nicht gelingen sollte, wollten sie zumindest beweisen, dass die Arier existiert hatten – als überlegene Rasse."

Ich warf einen kleinen Zweig ins Feuer. „War deshalb der Krieg in Afrika so wichtig?"

Ambrosius sah mich intensiv an. „Du willst nicht wissen, welche zentrale Rolle dieses Land bei diesem und anderen Kriegen gespielt hat.“

Wir schwiegen einen Moment, das Knistern des Feuers füllte die Stille.

Dann wechselte ich zurück zum ursprünglichen Thema: „Man hat mir erzählt, dass dieses Land auch der Zorn Gottes genannt wird. Und dass manche es für den Ursprung der biblischen Plagen halten.“

„Sicher weiß ich das nicht“, sagte Ambrosius langsam. „Aber hier im Land gilt diese Geschichte als Allgemeingut, das wir an unsere Kinder weitergeben. Wobei wir wissen, dass Gott niemals zornig ist.“

Sein Blick verlor sich kurz im Himmel. Dann fügte er nachdenklich hinzu: „Zumindest einige von uns wissen das noch.“

Ein Gedanke schoss mir durch den Kopf. „Bist du auch ein Bewahrer?“

Er senkte den Kopf, seine Augen ruhten auf dem Boden vor dem Feuer. „Ein paar von uns gibt es noch. Aber die Zeit zu handeln wird knapp.“

Das Feuer züngelte knisternd in die Dunkelheit. Ambrosius hob eine Hand und zeigte auf eine filigrane Stickerei an seinem Umhang, die ich bisher nur flüchtig wahrgenommen hatte. Es war ein stilisierter Baum, dessen Wurzeln und Äste sich in einem harmonischen Kreislauf umschlangen. Das Muster schien fast zu leben, als würde es im flackernden Licht atmen.

„Das ist das Symbol der Bewahrer,“ erklärte Ambrosius mit ruhiger Stimme, die über das Knistern des Feuers hinweg hallte. „Der Baum repräsentiert alles, was wir sind und wofür wir stehen. Seine Wurzeln graben tief in die Erde, in die Weisheit vergangener Zeiten, während seine Äste nach oben streben, ins Licht der Erkenntnis.“

Er nahm ein schmales Medaillon hervor, das an einer Lederschnur um seinen Hals hing. Dasselbe Symbol prangte darauf, in Silber gefasst. „Es erinnert uns daran, dass wir nur durch die Verbindung von Vergangenheit und Gegenwart die Zukunft gestalten können. Ein Bewahrer ist niemals nur ein Wächter der alten Wege, sondern auch ein Hüter des Lebens selbst – ein Diener des Lichts und der Wahrheit."

Ich ließ meinen Blick über die Stickereien seiner Robe wandern, die das Symbol immer wieder aufgriffen. Es war, als sei dieser Baum mit ihm verwoben, untrennbar Teil seiner selbst. „Warum trägst du es so oft?" fragte ich leise.

„Weil wir nie vergessen dürfen, wer wir sind," antwortete er. „Der Baum ist nicht nur ein Zeichen – er ist ein Versprechen." Ich war tief beeindruckt. Und ich konnte das Leben des Baumes beinahe spüren als wir einige Zeit ohne zu reden ins Feuer blickten.

„Du hast von den Venen gesprochen?" lenkte ich das Gespräch dann wieder in eine andere Richtung. „Und Ursula glaubt, sie hätte da unten Kanäle gesehen, ähnlich wie in Venedig. Sag bloß, da gibt es auch einen Zusammenhang."

„Auch den gibt es," erwiderte Ambrosius mit einem leichten Schmunzeln. Sein Blick wanderte kurz zum Feuer, das vor uns knisterte. „Die große Stadt da unten heißt Venis. Auswanderer sind von hier nach Italien gegangen und haben dort Venezia gegründet. Sie haben die Kunst, Kanäle zu bauen, mitgenommen."

Ich überlegte kurz, bevor mir eine neue Frage einfiel. „Habt ihr dann hier auch Gondeln wie in Venedig?"

„Auch die stammen von hier," antwortete Ambrosius und legte nachdenklich einen kleinen Ast ins Feuer. „Die Gondeln sind ursprünglich wegen der Klippen da draußen entstanden. Mit richtigen Schiffen kann man nicht hindurchfahren. Man brauchte etwas, das schmal ist und wenig Tiefgang hat. So hat man die Gondel genutzt, um Fracht und Menschen durch die Felsen hindurch ins Land hinein und aus dem Land hinaus zu bringen. Im Grunde ist es heute noch so."

„Es gibt also auch einen Zugang über das Meer?" Meine Neugier wuchs weiter.

Ambrosius nickte. „Ja, ja. Nur wenige kennen diesen Zugang. Aber das Meer ist eine wichtige Verbindung. Wir nennen es das Mare Coppolo."

Ich konnte nicht anders, als zu lachen. „Das ist nicht euer Ernst? Mare Coppolo? Und Marco Polo kommt auch noch aus Venedig. Dann ist also damals einer mit Verbindungen nach Arterien nach Osten gereist?"

Ambrosius lächelte nur geheimnisvoll. „Es gibt viele Verbindungen zwischen der Welt und hier."

Eine neue Idee drängte sich in meine Gedanken. „In einem Text, der uns hierher geführt hat, war von Phoenis die Rede. Ich dachte dabei sofort an den Phönix aus der Asche. Aber sind Phoenis und Venis ein und dasselbe? Man schreibt es ja ganz unterschiedlich."

Ambrosius sah mich an, als sei diese Frage von besonderer Bedeutung. „Wer sagt dir," begann er langsam, „was richtig ist und was falsch? Woher weißt du, ob es Phönizier oder Venezier sind? Die Aussprache kann sich schon mal ändern. Und Schrift ist auch nur eine Erfindung der Menschen."

Ich dachte über seine Worte nach und spürte, wie sie sich in meinem Bewusstsein entfalteten. „Eigentlich ist es sogar sehr offensichtlich," sagte ich schließlich. „Die Phönizier waren meines Wissens nach auch gute Händler, genau wie die Venezianer. Und du hast davon gesprochen, dass ihr hier viele Sprachen kennt. Ich meine einmal gehört zu haben, dass sich die Phönizier nicht genau einem Volksstamm zuordnen ließen. Anscheinend waren es Menschen aus verschiedenen Ländern."

Ambrosius nickte zustimmend. Das Feuer knisterte leise, während seine Augen in die Flammen blickten.

„Und in einer Dokumentation," fuhr ich fort, „habe ich gehört, dass Forscher den Ursprung der Phönizier irgendwo in Nordafrika vermuten. Man hat sogar überlegt, ob es Verbindungen zwischen ihnen und den Einwohnern von

Karthago gab. Und jetzt sitze ich hier, in der Heimat der Phönizier... nein, der Venen."

Die Erkenntnis traf mich mit voller Wucht. Ich versuchte, die Größe dieses Gedankens abzumildern, indem ich einen Scherz machte. „Dann ist die Küste da unten also Venis Beach?"

Ambrosius erhob sich langsam und legte noch ein Stück Holz ins Feuer. Seine Bewegungen waren ruhig und bedacht. Er sah mich an, seine Augen voller Bedeutung. „Langsam," sagte er leise, „verstehst du die Tragweite."

Ich fuhr mir durch die Haare und erinnerte mich an die Parallelen. „Und sowohl die Phönizier als auch die Menschen in Venedig waren dafür bekannt, gute Seefahrer und nicht nur gute Händler zu sein. Diese Parallele passt auch."

Doch die Konsequenz dieser Überlegungen ging viel weiter. Wenn Arterien im Altertum und auch später so eng mit der Welt verknüpft war, so war das vermutlich auch heute so. Ich konnte diesen Gedanken zunächst gar nicht erfassen oder gar zu Ende denken, so groß war er in seiner Bedeutung.

Ambrosius sah mich mit einem nachdenklichen Ausdruck an. „Wir waren schon immer gute Kaufleute," fügte er hinzu. „Auch das ist bis heute im Grunde geblieben."

„Und gerade fällt mir noch etwas auf", sagte ich und spürte, wie trocken meine Kehle geworden war. Ich griff nach dem Steinkrug und nahm einen Schluck von dem Granatapfelsaft, der kühl und belebend meine Gedanken klärte. Dann fuhr ich fort: „Es sind die Venen. Dieses Wort steckt auch in Venus. Es wird immer verrückter, wie offen alles vor uns liegt, und doch bleibt es unsichtbar. Das Bild von der Venus, die auf dem Felsen sitzt... Die Göttin der Liebe thront buchstäblich auf dem Felsen."

Ambrosius sah mich aufmerksam an, seine Augen ruhig, aber wachsam.

„Und bei den Griechen, die von Atlantis wussten," führte ich weiter aus, „wurde die Göttin der Liebe durch Neptun, den Gott des Wassers, geboren. So viele Legenden haben mit Arterien zu tun, und doch bleibt das Land bis heute verborgen."

Ambrosius 'Gesichtsausdruck wurde weicher, fast melancholisch. „Ihr beide habt es gefunden", sagte er leise.

Ich konnte meine Gedanken kaum bremsen. „Und ich habe noch mehr gelesen", fuhr ich, nun voller Aufregung, fort. „Die Venus ist ja auch ein Planet. Der Morgenstern. Die Römer nannten einerseits die Göttin der Liebe Venus, andererseits bezeichneten sie den Morgenstern als Luzifer."

In diesem Moment setzte sich Ambrosius etwas aufrechter hin. Eine kaum wahrnehmbare Veränderung, doch sie ließ mich innehalten. Es war, als hätte meine Erkenntnis seine volle Aufmerksamkeit gewonnen.

„Luzifer, der Lichtbringer…", sagte ich nachdenklich. „Wenn die Römer wussten, dass der Morgenstern sowohl mit der Liebe als auch mit dem Licht verbunden ist, dann kannten zumindest ihre spirituellen Gelehrten den Zusammenhang."

Ambrosius nickte leicht und sprach mit einer fast feierlichen Ruhe: „Es ist ein und dasselbe."

Ich lehnte mich zurück und nahm einen weiteren Schluck des Safts. „Aber dann gibt es da noch die Deutung der Kirche," sagte ich, meine Stimme nun gedämpfter. „Im Alten Testament wird der Morgenstern auch als der gefallene Engel beschrieben. Luzifer war ursprünglich der Bewahrer des Lichts… und wurde zum gefallenen Engel. Ambrosius, steckt hinter dieser Geschichte eine Wahrheit?"

Ich sah ihm forschend in die Augen, verlangend nach einer Antwort, die ich zugleich zu fürchten begann.

Ambrosius senkte den Kopf, als lastete die Schwere der Vergangenheit auf seinen Schultern. Seine Stimme war leise, traurig: „Luzifer ist nichts anderes als der Name des Herrschers von Arterien. Seine ursprüngliche Aufgabe war es, das Licht zu bewahren – was im Kern bedeutete, die Liebe in die Welt hinauszutragen. Er entstammte einst der Kaste der Bewahrer… der Gardiens. Er war der oberste Bewahrer."

Ein Seufzen entwich ihm, und das Feuer schien für einen Moment in seinem Knistern zu verharren.

„Doch mit der Zeit wuchs der Einfluss von Arterien in der Welt", fuhr er fort. „Und die Gierigen setzten sich durch. Die Schattenbringer traten auf den Plan. Seitdem stellen sie den Herrscher von Arterien. Luzifer... ist heute ein Schattenbringer." Ambrosius 'Stimme wurde noch leiser. „Ubi lux est, ibi umbra est. Wo Licht ist, ist auch Schatten."

Die Worte hingen in der Luft wie ein dunkler Schleier. Ich fühlte, wie sich die Erkenntnis in mir festsetzte – kalt und unnachgiebig. Vorsichtig legte ich meine Hand auf Ambrosius ' Schulter, suchte Halt in seiner Weisheit, seiner Gelassenheit. Doch ein Gedanke durchfuhr mich wie ein Blitz, und ich zog erschrocken meine Hand zurück.

„Unsere Reise begann mit Ursulas Worten", flüsterte ich. „Sie sagte, wir würden uns auf die Suche nach dem Bösen machen. Und jetzt sitze ich hier... nicht weit entfernt von Luzifer selbst."

Das Feuer in der Feuerstelle flackerte auf und warf warme Lichtflecken auf den Garten und die Obstbäume. Doch der Gedanke, dass das Böse in Arterien herrschte, ließ eine unheimliche Kälte durch meinen Körper fahren. Ich erstarrte, die Finsternis der Erkenntnis ließ mich erschauern.

Als ich wieder klar denken konnte, wurde mir bewusst, dass mir ein entscheidendes Bindeglied fehlte. Ich wusste jetzt, dass Arterien wie ein Herz war, von dem sich Adern über die ganze Welt erstreckten. Aber wie genau funktionierte das? Wie floss das Blut, das die Welt speiste?

Diese Frage nagte an mir, und als mir klar wurde, dass dies der Kern von allem war, wandte ich mich direkt an Ambrosius:

„Wie macht er das? Wie beeinflusst Luzifer die Welt?"

Ambrosius legte zunächst bedächtig zwei Scheite Holz nach. Das frische Holz krachte, als die Flammen es erfassten, und ein Funkenregen tanzte in die dunkle Nacht. Dann setzte er sich wieder, blickte in die Ferne, als sähe er etwas, das jenseits meiner Vorstellung lag, und begann zu sprechen:

„Ah, das hat sich über die Jahrtausende gewandelt. Du hast von Venus gesprochen. Doch sie ist nicht nur die Göttin der Liebe. Sie ist auch die Göttin der fleischlichen Versuchung. Amor vincit omnia – die Liebe überwindet alles, ja. Aber welche Liebe? Die göttliche oder die weltliche? Die Schattenbringer verstehen diesen Unterschied. Und sie haben die Menschen mit dem Prinzip der Verführung in ihren Bann geschlagen, seit Anbeginn der Zeit.

Die Versuchung ist ihr Werkzeug. Sie haben so viel Reichtum angehäuft, dass sie kaum jemanden zu irgendetwas zwingen müssen. Sie halten dem Esel nur die Karotte vor die Nase – und schon beginnt er, das Mühlrad zu bewegen."

Ambrosius hielt inne, sein Blick schien in die Tiefen der Zeit zu wandern. Die Flammen spiegelten sich in seinen Augen, während er weitersprach:

„Es gibt viele Esel da draußen. Sie jagen den Versprechen von Wohlstand und Macht hinterher, unwissend, dass sie bloß Spielfiguren sind – Diener jener, die immer reicher und mächtiger werden. Der Esel erkennt nicht, dass der Reiche, trotz all seines Vermögens, das Mühlrad nicht selbst bewegen kann.

Doch sie verstehen auch nicht, dass sie eine neue Welt erschaffen könnten. In diesem Tal der Illusion, in dem sie umherirren, müssten sie sich nur gemeinsam dem Licht zuwenden. Das Licht verbreiten – statt den Schatten zu dienen."

Seine Worte durchdrangen mich, und während mein Verstand noch rang, ihre Tragweite zu erfassen, berührten sie etwas Tiefes in mir. Einen verborgenen Fleck, an dem diese Wahrheit schon immer lebendig gewesen war.

In tiefer Verbundenheit legte ich ihm die Hand auf die Schulter und sagte:

„Zwei dieser Esel sind heute hierhergekommen. Und ich glaube daran, dass es noch mehr werden."

Ein Scheit Holz sprang in diesem Augenblick mit einem lauten Krachen auf, als ob die Welt selbst diese Wahrheit bekräftigen wollte.

Ambrosius fuhr nachdenklich fort, während das Feuer in der Dunkelheit knisterte:

„So wie wir Bewahrer gelernt haben, uns hier in Arterien besonders tief mit dem Licht und der universellen Energie zu verbinden, haben die Schattenbringer gelernt, die Kräfte dieses Landes auf ihre Weise zu nutzen. Früher konnten wir Bewahrer dagegensteuern. Es gelang uns, die Energie hochzuhalten und diese Schwingung in die Welt hinauszutragen. Kraftorte, verteilt über den ganzen Planeten, dienten als Tore für das Licht.

Wir mussten oft nicht einmal aktiv eingreifen – die spirituellen Menschen der verschiedenen Religionen haben diese Orte selbst erkannt und genutzt. So brachten wir über Jahrtausende immer wieder das Licht zu den Menschen. Doch die Schattenbringer hatten stets das Ziel, genau das Gegenteil zu erreichen: die Schwingung niedrig zu halten, die Menschen abzulenken, sie zu verlocken, damit sie das Streben nach den höheren Sphären vergessen.

Die meisten Menschen wissen nicht mehr, wie sich die hohe Schwingung anfühlt. Sie jagen stattdessen den flüchtigen Freuden nach – dem schnellen Geld, der Macht, den Oberflächlichkeiten."

Ambrosius hielt inne und sah mich an, als ob er sicherstellen wollte, dass ich seinen Worten folgen konnte.

„Lange Zeit war dieses Spiel im Gleichgewicht," fuhr er fort. „Mal gewann der Schatten mehr Raum, mal konnte das Licht die Herzen der Menschen erhellen. Es gab immer beides."

„Und was ist dann geschehen?" fragte ich neugierig.

Ambrosius 'Blick wurde ernst. „Dann kam die Zeit, die du als die Industrialisierung kennst. Die Schattenbringer erkannten, dass sie mit technischen Mitteln die Menschen besser kontrollieren konnten. Sie lernten, Frequenzen und Energien zu beeinflussen. Die Technologie brachte jedoch auch Wachstum – mehr Menschen, mehr Leben. Um ihre Kontrolle zu behalten, mussten sie ihre Methoden immer weiter verfeinern. Und sie versuchten, die Zahl der Menschen durch Kriege und Krankheiten zu verringern.

Denn die Schattenbringer wissen: Ein einziger Funke genügt, um ein Feuer zu entfachen. Wenn viele Menschen gleichzeitig das Licht wiederfinden und die Schwingung dieser Welt erhöhen, werden alle technologischen Errungenschaften der Schattenbringer nutzlos."

„Und wie lenken sie die Menschen? Geben Luzifer und die Schattenbringer direkte Befehle?"

Ambrosius schüttelte den Kopf. „Nein, so funktioniert das heute nicht mehr. Früher haben die Schattenbringer ihre Vasallen einmal pro Jahr am Mont des Images einbestellt, zu den Treffen des Bilderberges. es ist heute viel subtiler. Menschen sind wie Antennen. Unser Organismus ist darauf abgestimmt, Schwingungen aus der Erde aufzunehmen. Du weißt, dass Menschen im Weltraum ohne bestimmte Frequenzen nicht überleben können."

„Ja," bestätigte ich.

„Genau das ist der Schlüssel. Wir sind darauf optimiert, Schwingungen aufzunehmen – besonders von anderen Menschen, die uns ähneln. Wir sprechen sogar davon, mit jemandem ‚auf einer Wellenlänge zu sein'. Viele Menschen draußen, deren Familien ursprünglich von hier stammen, sind besonders empfänglich für diese Schwingungen."

Ich erinnerte mich: „Wir haben jemanden getroffen – De la Roche. Seine Familie glaubt, von einem Felsen abzustammen. Ich denke, sie meinen die Felseninsel dort vor der Küste."

Ambrosius nickte. „La Roche et Fèlle. Viele stammen von dort."

„Eifel?" fragte ich verwundert. „Hat das etwas mit dem Ingenieur Eifel und seinem Turm zu tun?"

„Hm. Wie beantworte ich jetzt diese gute Frage?" überlegte Ambrosius und blickte in den Nachthimmel. „Man kann das sehr einfach verwechseln, wenn man nicht ganz genau auf die richtige Aussprache achtet." Er kicherte. „La Roche et Fèlle." Sprach er jetzt deutlicher aus. „Der Fels und das Mädchen. Der Name bezieht sich auf die Venus." Er lachte kurz in sich hinein. „Da bist du nicht der Einzige, der über diese Ähnlichkeit stolpert, fast so als wäre sie beabsichtigt."

Er blickte mich aus dem Augenwinkel kurz schelmisch an und fuhr dann fort: „Aber der Tour Eiffel spielt durchaus eine Rolle. Anders als man denken mag. Eher als Exempel." sagte Ambrosius. „Der Eiffelturm besteht nicht zufällig aus Stahl. Er wurde gebaut, nachdem Tesla entdeckt hatte, wie man Energie über weite Distanzen überträgt. Und hat es dich nie gewundert, warum die Franzosen den Amerikanern die Freiheitsstatue schenkten? Ihre Stahlstruktur ähnelt der des Eiffelturms. Viele Gebäude tragen heute Stahlgerüste – und das kommt den Schattenbringern ganz gelegen."

„Das kam mir immer seltsam vor," überlegte ich laut. Ich hing noch immer bei der Freiheitsstatue und einer längst vergangenen Urlaubsreise nach New York. „Aber ich dachte, es wäre ein politisches Geschenk."

„Vielleicht war es das – und vielleicht noch mehr. Die Schattenbringer senden ihre Schwingungen über ein globales Netz. Menschen, die ihnen ähneln, reagieren besonders darauf. Doch es gibt immer jene, die anders sind – die ‚schwarzen Schafe'. Man grenzt sie aus, weil sie nicht ins System passen."

Ambrosius beugte sich vor, seine Augen leuchteten. „Sie haben auch gelernt, die Illusion um Arterien technisch aufrechtzuerhalten. Doch ihre Energie reicht nicht aus, um die ganze Welt in Dunkelheit zu hüllen. Der Mensch selbst ist mächtiger. Wenn Menschen lernen, ihre Schwingung zu erhöhen, sind sie für die Schattenbringer unerreichbar. Sie handeln anders, sehen die Welt anders – und das Licht breitet sich aus."

„Gibt es Hoffnung?" fragte ich leise.

Ambrosius legte mir die Hand auf die Schulter. „Ja. Wenn genug Menschen das Licht in sich entzünden, wird kein Schatten mehr bestehen können. Das Prinzip der Resonanz – es gilt auch für das Licht. Viele hochschwingende Menschen können eine neue Realität erschaffen.

Es liegt in deiner Hand. Diese lange Nacht der Schatten muss ein Ende haben."

Ich atmete tief durch und ließ seine Worte in mir nachklingen. „Ein lohnenswertes Ziel," sagte ich schließlich. „Und eine Hoffnung, die ich nicht mehr loslassen werde."

„Was ist mein Anteil? Warum bin ich überhaupt nach Arterien gekommen?"

Die Gedanken wirbelten in meinem Kopf, als ich Ambrosius erneut ansah. Ursprünglich war es nur ein gewisser Fatalismus gewesen. Meine Situation damals – nicht hoffnungslos, aber auch ohne ein klares Ziel. Deshalb hatte ich wohl zugestimmt, diese Reise anzutreten. Doch längst war daraus mehr geworden.

Ein innerer Antrieb ließ mich Schritt für Schritt weitermachen. Es fühlte sich richtig an. War ich selbst eines dieser schwarzen Schafe, von denen er sprach? Zweifellos. Und lange Zeit war ich auch nur ein Esel gewesen, der stur am Mühlrad des Lebens lief, nur um immer wieder an den gleichen Punkt zurückzukehren.

Dann riss mich das Leben aus diesem Kreislauf. Schwarzes Schaf und Esel zugleich – orientierungslos und lethargisch. Bald offenbarte sich dieser Weg vor mir. Es fühlte sich an wie ein Geschenk, nicht wie eine Last. Und nun war ich hier, bereit, den nächsten Schritt zu gehen.

Ich atmete tief ein und richtete meine Worte entschlossen an Ambrosius: „Was können wir tun? Ich meine hier und jetzt. Nicht allgemein, sondern konkret. Was kann ich machen?"

Ambrosius erwiderte meinen Blick, sein Gesicht nachdenklich, dann richtete er den Blick in die Ferne. Ein kurzer Moment des Schweigens verging, ehe er sprach:

„Es gibt eine alte Legende unter uns Bewahrern. Man erzählt sich, dass eines Tages das Licht des Nordens und das Licht des Südens gleichzeitig über Arterien erstrahlen werden. In jener Stunde wird einer aus unseren Reihen – ein Bewahrer – die Herrschaft über Arterien übernehmen und das Licht in die Welt zurücktragen."

Seine Worte trafen mich wie ein Blitz. Ich fühlte, wie mein Herz schneller schlug, und meine Stimme wurde leiser, ehrfürchtig: „Youssef … nein, sein Großvater."

Ich holte tief Luft und fuhr fort: „Wir haben einen Mann getroffen, dessen Großvater an der Küste lebte. Er soll ein Bewahrer gewesen sein. Ohne zu wissen, was ich tat, stellte ich mich dem Mann als ‚Stern des Südens' vor – und Ursula als ‚Nordlicht'. In Deutschland nennen wir Menschen aus dem Norden oft so. Und der Stern des Südens … das hat mit Fußball zu tun. Die Worte kamen damals ganz unbewusst über meine Lippen. Aber genau diese Worte haben uns hierher geführt."

Ambrosius blickte in den Himmel, seine Augen schienen in die Vergangenheit zu tauchen. „Ich kenne den Großvater dieses Mannes. Er ist uns vorausgegangen. Doch gestern habe ich die Kraft des Lichts wieder auf seinem Anwesen gespürt. Das war der Moment, als ich Kontakt zu dir aufnahm."

„Ich verstehe." Meine Stimme war nun ruhiger, gefasst. „Wie soll das geschehen? Wie finden wir diesen Bewahrer? Und wie wird er der Herrscher von Arterien?"

Ambrosius ’Blick wurde wieder klar. „Man erzählt sich von einem Raum – einem Raum des Thrones, in dem einst Luzifer erhöht wurde. Dort könnte das alte Wissen verborgen sein."

„Wie gelangt man dorthin?" Meine Neugier wuchs.

„Ich weiß es nicht", gestand Ambrosius. „Ich habe viele Jahre danach gesucht, aber ihn nicht gefunden. Vielleicht habt ihr beide mehr Glück. Ihr könntet im Tempel des Lichts beginnen. Dort spricht das Orakel zu jenen, die ihr Ziel verloren haben."

„Und wo liegt dieser Tempel?"

„Er befindet sich im Reich der Schattenbringer." Ambrosius zögerte, dann fuhr er fort: „Die Schattenbringer haben die großen Tore des Tempels zugemauert. Doch sonst werdet ihr vermutlich kaum auf Hindernisse stoßen. Hier in Arterien sind wir nachlässig mit der Sicherung unserer Dinge. Zum einen kommen kaum Fremde, zum anderen fehlt oft die Notwendigkeit, denn jeder hat, was er braucht."

„Und wie sollen wir hinein gelangen?"

Ambrosius lächelte sanft. „Mit der Kraft des Glaubens, mein Freund. Es ist wie bei der Meditation: Man tritt nicht einfach in das Reich des Lichts ein. Das Licht entscheidet, wer würdig ist."

Er legte eine Hand auf meine Schulter und sprach: „Non enim homo ad Deum venit, sed Deus ad hominem." – Nicht der Mensch kommt zu Gott, sondern Gott kommt zum Menschen.

Ich nickte langsam. „Dann möchte ich dorthin."

Ambrosius lächelte. „Doch zunächst solltest du ruhen. Die Nacht ist bereits fortgeschritten."

Er hatte recht. Erst jetzt nahm ich das sanfte Dämmern des Himmels wahr. Gemeinsam standen wir auf und gingen ein Stück vom Haus fort, bis wir einen besseren Blick auf die Weite von Arterien hatten.

Ich verharrte einen Moment, die Stille und die Weite des Landes auf mich wirken lassend. Dann sprach ich leise, aber entschlossen: „Arterien, ich komme. Jetzt gehe ich erst schlafen, aber wir sehen uns bald."

Mit diesen Gedanken begab ich mich in unser Schlafzimmer und legte mich zur Ruhe. Die lange Nacht sollte endlich ein Ende finden.

KAPITEL 6 – DER TEMPEL DES LICHTS

„Dein Name ist also Aurelio?" hörte ich Ursula sagen, als ich am Morgen in den Wohnraum trat. Der Raum roch nach frisch gebrühtem Kräutertee und gebackenem Brot.

Die Nacht war kurz gewesen, und Ursula war schon wach, als ich die Augen öffnete. Nun sprach sie mit einem auffallend hübschen Jungen, der gerade in jenem Alter war, in dem die Knabenzeit hinter ihm lag, und der Übergang zum Mann offensichtlich wurde.

Er hatte eine schlanke, aber kräftige Statur, als wäre er an die Herausforderungen der Natur gewöhnt. Sein Gesicht war fein geschnitten, mit hohen Wangenknochen und einem sanften Ausdruck, der von großer innerer Ruhe zeugte. Besonders seine Augen fielen mir auf: smaragdgrün, mit einer Tiefe, die den Eindruck erweckte, er könne weit über die sichtbare Welt hinausblicken. Sein dunkelblondes Haar fiel in weichen Wellen bis knapp über die Schultern und schimmerte im Licht fast golden.

Er trug eine einfache, aber sorgfältig gefertigte Tunika aus cremefarbenem Leinen, die ihn als Schüler von Ambrosius auswies. Auf der Brust prangte das gestickte Symbol der Gardiens – der stilisierte Baum, der die Verbindung von Himmel und Erde verkörperte. Um seinen Hals hing ein kleiner Anhänger aus Holz, in den die Symbole der vier Elemente eingraviert waren, ein Geschenk von Ambrosius, wie ich später erfuhr.

Die beiden waren gerade dabei, das Frühstück zuzubereiten. Ursula schnitt Obst in kleine Stücke, während Aurelio den dampfenden Kräutertee in einfache Tonbecher goss.

„Guten Morgen", begrüßte ich die beiden neugierig und trat näher.

Ursula lächelte. „Sieh mal, wer hier ist." Sie deutete mit dem Messer in Richtung des Jungen. „Das hier ist Aurelio. Er ist der Schüler von Ambrosius."

Aurelio wandte sich mir zu, seine Bewegungen waren fließend und voller Anmut. „Salve," sagte er mit einer klaren, warmen Stimme. „Es ist mir eine Ehre, Euch kennenzulernen." Er verneigte sich leicht in meine Richtung, eine höfliche Geste, die sowohl Respekt als auch Selbstbewusstsein ausstrahlte. Es war vom ersten Augenblick an offensichtlich, dass er, neben all den Weisheiten, die er bei Ambrosius gelernt hatte, auch dessen edlen und ehrenhaften Umgang mit Menschen übernommen hatte.

„Eigentlich wäre jetzt alles bereit", sagte Ursula und wischte sich die Hände an einem Tuch ab.

Aurelio nickte. „Dann hole ich den Meister." Ohne Eile, aber mit entschlossener Haltung, ging er hinaus ins Freie.

Ich nutzte die Gelegenheit, um ein paar schnelle Worte mit Ursula zu wechseln. „Ich habe mich heute Nacht lange mit Ambrosius unterhalten", begann ich leise. „Wir sind hier genau richtig. In Arterien herrscht das Böse selbst. Aber es gibt vielleicht einen Weg."

Ursula legte ihre Hand beruhigend auf meinen Unterarm. „Alles gut! Ambrosius hat mir bereits das Wichtigste berichtet. Und auch von seinem Vorschlag, zum Tempel des Lichts zu gehen."

„Sehr gut", sagte ich und nickte ihr zu.

Genau in diesem Moment kam Ambrosius zurück ins Haus, gefolgt von Aurelio. Der alte Gelehrte bewegte sich mit gemessenen Schritten in den Raum, seine Augen, weise und gütig, musterten uns aufmerksam. Aurelio folgte ihm mit der stillen Gelassenheit eines Schülers, der seinen Meister tief achtet.

Wir nahmen schweigend unser Frühstück ein, genauso wie wir am Abend zuvor die Mahlzeit zu uns genommen hatten.

Bevor ich begann, die Speisen zu mir zu nehmen, legte ich meine Hände mit den Handflächen zur Mitte hin geöffnet links und rechts an den Teller und sprach innerlich meinen Simran. Normalerweise verlor niemand eine Bemerkung darüber.

Aurelio sah mich mit neugierigen Augen an. „Segnet Ihr Eure Speisen?"

„Ja, mit einem heiligen Mantra", antwortete ich ruhig.

Ambrosius hob die Hand und maßregelte seinen Schüler mit einem sanften Blick. „Du kannst unseren Gast später dazu befragen, Aurelio. Er wird dir gerne alles erzählen. Aber jetzt lasst uns essen."

Wir nahmen die Mahlzeit weiter schweigend ein. Jeder von uns war in Gedanken versunken, als wüssten wir, dass dieser Tag ein entscheidender Schritt auf unserer Reise sein würde.

Während des Essens beobachtete ich Aurelio. Trotz seiner Jugend lag eine stille Stärke in ihm, als wäre er bereit, eine große Bürde zu tragen – auch wenn er noch nicht wusste, wie schwer sie sein würde.

Nach dem Frühstück ergriff Ambrosius das Wort. Seine Stimme war ruhig, doch in ihr lag eine unüberhörbare Entschlossenheit. „Aurelio wird euch begleiten."

Der junge Schüler hob sofort den Kopf und sah seinen Meister an. „Aber Meister," wandte er ein, „ich möchte bei Euch bleiben. Meine Ausbildung ist noch nicht abgeschlossen."

Ambrosius legte seine Hand auf Aurelios Schulter, eine Geste der Zuneigung und gleichzeitig der Bestimmung. „Nein, mein Schüler," entschied er sanft, aber bestimmt. „Unsere Freunde hier kennen sich in Arterien nicht aus. Du hingegen weißt alles, was du wissen musst. Es ist an der Zeit, dass du deinen eigenen Weg findest."

Aurelio hielt einen Moment inne, sein Blick suchte die Augen seines Lehrers, als wolle er noch einmal Gewissheit finden. Schließlich verneigte er sich leicht. „Ja, mein Meister."

Ursula, die die Szene aufmerksam beobachtet hatte, fragte mit leicht besorgtem Ton: „Kommst du nicht mit, Ambrosius?"

Der alte Weise schüttelte den Kopf. „Nein, Ursula. Das, was ihr vor euch habt, habe ich schon mehrfach versucht – und bin gescheitert. Wir müssen dem Schicksal eine neue Tür öffnen. Euer Weg ist nun ein anderer."

Ursula nickte langsam. „Das verstehe ich."

Ambrosius lächelte sanft. „Dann bereitet euch auf eure Reise vor. Nutzt die verbleibende Zeit weise." Er blickte einen Moment nachdenklich zur Tür, als spüre er etwas, das wir nicht wahrnehmen konnten. „Carpe diem – ergreift den Tag, bevor die Schattenbringer eure Ankunft bemerken."

Die Worte des Weisen schienen im Raum zu verhallen, als wir uns erhoben und begannen, unsere wenigen Habseligkeiten für die bevorstehende Reise zusammenzupacken. Aurelio stand einen Moment lang still, seine Hände an einem ledernen Beutel, den er mit Vorräten füllte. Seine Augen wirkten nun entschlossener, bereit, die Verantwortung anzunehmen, die ihm sein Meister auferlegt hatte.

Ich schnallte meinen Rucksack fest und blickte zu Ursula, die ebenfalls in konzentriertem Schweigen ihre Sachen ordnete. „Wir sind bereit," sagte ich schließlich leise, mehr zu mir selbst als zu den anderen.

Aurelio trat zu uns, sein Blick fest und voller innerer Stärke. „Dann lasst uns gehen. Arterien erwartet uns."

„Halt!", rief Ambrosius, seine Stimme durchdrang die Stille wie ein Gong. „Aurelio, mein Schüler, wir müssen unseren neuen Freunden erst erklären, wie wir hier in Arterien reisen."

Aurelio nickte, sein Blick aufmerksam auf den Meister gerichtet. „Ja, mein Meister. Was genau meint Ihr?"

„Das würde mich auch interessieren," sagte Ursula und trat einen Schritt näher.

„Wir legen hier alle Strecken zu Fuß zurück," begann Ambrosius ruhig. „Frühere Versuche mit Fahrzeugen haben wir aufgegeben. Sie verbrauchen in unserem kleinen Land zu viel Platz, und durch sie verlieren wir die Verbindung zu dem, was uns nährt."

„Was ist daran aber besonders?" fragte Ursula, ihre Stirn in nachdenkliche Falten gelegt.

„Das Besondere liegt in uns," fuhr Ambrosius fort. „Damit uns die Zeit auf längeren Strecken nicht so lange vorkommt, lassen wir sie schneller ablaufen."

Ursula blinzelte. „Wie soll das denn gehen?"

Ich lächelte leicht. „Ich mache das auch manchmal, zum Beispiel auf langen Autofahrten. Ich stelle mir vor, wie ich mich auf einen anderen Zeitstrahl begebe, auf dem die Zeit schneller vergeht. Auch umgekehrt habe ich es schon versucht, wenn ich eine Situation genießen wollte. Dann springe ich auf einen Zeitstrahl, auf dem die Zeit langsamer läuft. Man darf nur nicht vergessen, danach wieder auf den ursprünglichen Zeitstrahl zurückzukehren."

Ambrosius 'Augen funkelten zustimmend. „Genau das ist es. Jeder hat seine eigene Technik. Ich stelle mir vor, dass ich das Ziel sehe und dass dort der Ausgang aus der beschleunigten Zeit liegt. Wenn du dort ankommst, trittst du automatisch wieder in den normalen Zeitfluss ein. Du musst nichts weiter tun, als es dir vorzustellen. Dein Körper weiß, wie es geht."

Ursula blickte erst Ambrosius und dann mich fragend an.

„Du hast die Vorstellungskraft," sagte ich zu ihr. „Erinnere dich an die Übung, bei der du deine Energie fließen lässt. Dazu brauchst du genau diese Vorstellungskraft. Und weil du diese Übung kannst, weiß ich, dass du auch die Zeit beschleunigen kannst."

Sie nickte langsam, noch etwas zögerlich. „Versuchen kann ich es ja mal."

Ambrosius lächelte warm. „Du wirst sehen, wie einfach es ist, wenn du nur daran glaubst."

„Na, dann können wir ja los," schlug ich vor.

„Nein, mein Freund." Ambrosius legte mir sanft eine Hand auf die Schulter. „Ihr müsst euch zuerst SCHÜTZEN."

„Schützen? Wovor? Etwa vor den Schattenbringern?"

„Nicht nur," sagte Ambrosius ernst. „Wenn ihr die Zeit schneller laufen lasst, müsst ihr eure Entscheidungen der

Intuition überlassen. Bewusste Entscheidungen sind dann zu langsam. Ihr müsst euch schützen – innerlich und äußerlich. Habt ihr ein Krafttier?"

„Ich benutze meist den Löwen," antwortete ich. „Den schicke ich voraus, um Hindernisse aus dem Weg zu räumen."

„Sehr gut," lobte Ambrosius. „Und du?" Er blickte Ursula an.

Sie überlegte einen Moment. „Vielleicht mein Schmetterling. Er begleitet mich immer wieder."

„Auch ein Schmetterling kann ein Krafttier sein," sagte Ambrosius bestimmt. „Stell dir vor, wie er vorausfliegt und mit dem Schlag seiner Flügel die Hindernisse fortträgt. Genau genommen ist das Krafttier eine Erweiterung deiner selbst. Dieses Bild macht es einfacher, deine Energie intuitiv zu nutzen. Dein Körper und Geist verstehen es sofort."

Ursula atmete tief ein. „So erklärt, leuchtet mir das ein. Vielen Dank."

„Es gibt noch ein Drittes," fuhr Ambrosius fort. „Ihr müsst eine Energieblase erschaffen. Stellt euch vor, wie eure Energie über das Wurzelchakra nach unten aus euch herausfließt, euch umgibt und oben durch das Kronenchakra zurückkehrt. So lasst ihr eure Energie zirkulieren und schützt euch vor negativer Energie. Ich mache das in drei Schritten: Zuerst die Energieblase, dann das Krafttier, und dann lasse ich die Zeit schneller laufen."

„Ihr habt den Anker vergessen," bemerkte Aurelio leise.

Ambrosius lächelte. „Gut aufgepasst, mein Schüler." Er legte Aurelio die Hand auf die Schulter. „Der Anker ist der Anfang. Ihr müsst euch zuerst mit eurem Ziel verbinden. Dann gelangt ihr sicher hin und zurück."

„Und wenn wir einen Fehler machen?" fragte Ursula unsicher.

Ambrosius sah Aurelio an. „Du wirst auf sie achten. Wie ein Vater auf seine Kinder."

Aurelio nickte ernst. „Ja, Meister."

„Und wie setze ich den Anker?" Ursula runzelte die Stirn. „Ich kenne das Ziel doch gar nicht."

„Kommt," sagte Ambrosius und führte uns zu der Stelle, an der wir zuvor die Dämmerung begrüßt hatten. „Seht ihr dort hinten das Gebäude an der Küste, auf dem Plateau? Das ist der Tempel des Lichts." Er deutete in die Ferne.

Ursula nickte. Ich schloss die Augen. „Ich sehe ihn nicht, aber es reicht doch, wenn ich mich in meinen Gedanken mit ihm verbinde, oder?"

„Das reicht vollkommen," bestätigte Ambrosius sanft. „Dann wünsche ich euch eine gute Reise und viel Erfolg."

Die Reise durch Arterien war, als würden wir durch die Seiten eines uralten Buches schreiten – jede Zeile, jede Landschaft enthüllte ein neues Geheimnis. Wir verließen das Haus von Ambrosius in den Bergen des Südostens, umgeben von der stillen Weisheit der Steine und der sanften Umarmung der morgendlichen Sonne. Es war, als ob Arterien selbst uns willkommen hieße, denn der Aufbau der schützenden Energieblase und das Beschleunigen der Zeit gingen hier leichter von der Hand, als ich es jemals erlebt hatte. Fast mühelos glitten wir in diesen besonderen Modus – eine Symbiose aus geistiger Harmonie und der Magie dieses geheimnisvollen Landes.

Ambrosius hatte uns noch dabei angeleitet. Und es hatte gewirkt als hätte allein seine Präsenz uns in die Ruhe, Verbundenheit und Aufmerksamkeit versetzt, die es für das Verbinden mit dem eigenen Ziel, dem Aufbau eines energetischen Schutzes nach außen und der beschleunigten Wahnehmung der Zeit gebraucht hatte.

Der erste Abschnitt führte uns durch verschlungene Pfade, die sich wie Adern durch das Land zogen.

Die Vegetation veränderte sich rasch. Aus den kargen Felsen wurde fruchtbares Land, auf dem wilde Blumen in allen Farben blühten. Das Land Arterien entfaltete sich vor uns wie ein Garten Eden, lebendig, üppig und gesegnet mit Wasser, das in glitzernden Bächen aus den Bergen floss. Der Duft von Kräutern und Blüten lag in der Luft, während die warmen Strahlen der Sonne uns begleiteten.

Wir bewegten uns in der Blase aus Energie, wie Ambrosius es gelehrt hatte. Die Zeit war unser Werkzeug. Jeder Schritt, den wir taten, schien uns Meilen voranzutragen. Um uns herum verschwammen die Details, während wir im Zeitraffer durch die Landschaft glitten. Der Boden unter unseren Füßen blieb fest, doch die Welt bewegte sich schneller – ein Rausch aus Farben, Geräuschen und Bewegungen.

Die Zeit gefühlt schneller laufen zu lassen hatte ich ja bereits geübt gehabt. Aber dieses Erlebnis war anders, intensiver, schneller. Die Zeit raste und ich konnte das was ich tat mit dem Verstand nicht mehr so schnell erfassen, wie es geschah. Es war nur noch ein Handeln im Vertrauen auf die eigene Intuition. Bei jedem Schritt.

Bald erreichten wir die ersten Siedlungen, kleine Dörfer, in denen die Menschen, die sich selbst „Venen" nannten, ein einfaches, aber spirituell erfülltes Leben führten. Die Felder waren voller Obst und Gemüse, sorgfältig angelegt und bewirtschaftet, ohne Raum für Verschwendung. Wir sahen weder Vieh noch Tierhaltung – die Venen schienen ihren Reichtum der Erde und nicht den Tieren zu verdanken.

Schließlich öffnete sich vor uns die Stadt Venis, eine uralte Küstenstadt ohne einen richtigen Hafen, die in den Legenden von Arterien einen besonderen Platz einnahm. Ihre engen Gassen, gesäumt von steinernen Häusern und reich verzierten Fassaden, erzählten Geschichten von Seefahrern und Händlern, die einst die Meere beherrschten. Wir durchquerten die Altstadt, wo der Geist vergangener Zeiten lebendig schien, und erreichten den westlichen Ausgang, der uns in Richtung der Küste führte.

Je näher wir der Küste kamen, desto spürbarer wurde die Gegenwart des Tempels des Lichts. Auf einer kleinen Erhebung, einem Hochplateau, thronte er majestätisch über dem Meer. Die

Glaskuppel schimmerte im Sonnenlicht, und die gesamte Struktur strahlte eine zeitlose Erhabenheit aus.

Die letzten Schritte führten uns über einen offenen Platz, der direkt vor der östlichen Glasfront des Tempels lag. Erst jetzt bemerkten wir die prachtvoll verzierten Bodenplatten, die in kunstvollen Mustern das Licht der Sonne einfingen. Die filigranen Gravuren wirkten wie verschlüsselte Botschaften, als wollten sie den Suchenden den Weg in die Geheimnisse des Tempels weisen.

Die Energieblase, die uns bis hierher beschützt hatte, löste sich allmählich auf. Wir kehrten vollständig in die normale Zeit zurück. Mit einem Mal erschien der Tempel des Lichts nicht nur als Bild vor unseren Augen – wir konnten ihn nun in seiner vollen Größe, seiner Präsenz und seiner mächtigen Ausstrahlung erleben. Es war, als hätte sich der Schleier gelüftet, und nun lag er vor uns: greifbar, lebendig, erhaben.

Als wir nähertraten, sahen wir die Flügeltüren, die einst auf der Nord- und Südseite des Tempels den Zugang ermöglichten. Nun jedoch waren sie zugemauert, als sollten sie die Geheimnisse des Tempels bewahren oder unerwünschte Besucher fernhalten. Besonders die Glasfront nach Osten, durchzogen von metallenen Verzierungen, zog unsere Aufmerksamkeit auf sich. Sie war wie ein Tor zu einer anderen Welt.

Der Tempel des Lichts lag verlassen vor uns. Die Spuren der Zeit hatten an ihm genagt – Risse zogen sich durch die steinernen Mauern, und die einst glänzenden Metalle waren matt geworden. Doch trotz dieser sichtbaren Zeichen des Verfalls hatte er nichts von seiner Erhabenheit eingebüßt. Er stand dort, als wäre er selbst ein Bewahrer. Ein Bewahrer, der die Geheimnisse vergangener Epochen hütete, bereit, sie nur denjenigen zu offenbaren, die mit reinem Herzen und klarem Geist gekommen waren.

„Kneif mich", sagte Ursula mit einem leuchtenden Lächeln, ihre Augen funkelten vor Begeisterung. „Ich kann das alles gar nicht fassen. Diese Reise war unglaublich! So viele außergewöhnliche

Eindrücke in so kurzer Zeit. Und dann dieses majestätische Gebäude hier … Kaum zu glauben, dass die Menschen es verlassen haben."

Ihre Worte sprudelten förmlich aus ihr heraus, während sie sich überwältigt umsah.

Ich beobachtete sie einen Moment. Sie drückte die Faszination aus, die dieses Erlebnis auf uns beide ausübte. „Es war gar nicht zu wenig Zeit. Es kommt uns nur so vor", sagte ich und deutete auf die Sonne, die hoch am Himmel stand.

Ursula blickte nach oben, als würde sie meine Worte prüfen, und nickte schließlich nachdenklich. „Du hast recht. Das ist ja spannend. Es fühlt sich gar nicht so an."

„Ich habe so etwas auch noch nie erlebt", fügte ich hinzu und ließ meinen Blick kurz über die altehrwürdigen Mauern des Tempels gleiten, bevor er wieder auf Ursula ruhte. „Ich habe zwar schon kleinere Versuche unternommen, im Geiste eine Energieblase aufzubauen, um zum Beispiel Moskitos abzuwehren – aber das hier übertrifft alles, was ich mir je vorstellen konnte."

Ursula verschränkte die Arme vor der Brust und schüttelte schmunzelnd den Kopf. „Ach, deswegen stechen diese Biester immer nur mich!"

Ich lachte leise und wandte mich an Aurelio, der schweigend neben uns stand. Die Verwunderung über unsere Reaktion war ihm ins Gesicht geschrieben. „Und das macht ihr immer so?" fragte ich ihn.

Aurelio hob leicht eine Augenbraue, als würde er sich über unsere Begeisterung wundern. „Das war nichts Außergewöhnliches", sagte er mit ruhiger, beinahe gelassener Stimme. „Meister Ambrosius hat es mir schon als Kind beigebracht."

Ursula reagierte prompt, ihre Augen blitzten vor Interesse. „Bist du schon immer bei Ambrosius gewesen?"

Aurelio zögerte einen Moment, als würde er tief in Erinnerungen eintauchen. Schließlich antwortete er leise: „Seit ich denken kann. Meine Eltern kenne ich nicht. Der Meister war Vater, Mutter und Lehrer zugleich." Seine Stimme wurde etwas weicher. „Oft denke ich, dass er mit mir strenger ist als mit allen anderen. Ich glaube, das kommt von der großen Verantwortung, die er empfindet."

Ich nickte langsam und sagte mit ehrlicher Wertschätzung: „Auch wenn es wenig bedeutet – ich schätze den jungen Mann, den ich bisher kennenlernen durfte."

Ursula legte ihm kurz eine Hand auf die Schulter und fügte zustimmend hinzu: „Dem kann ich nur beipflichten."

Aurelio verneigte sich leicht, die Geste höflich und voller Würde. „Eure Worte bedeuten mir mehr, als ihr ahnen könnt."

„Aber lasst uns nun hier ein wenig umsehen!" sagte Ursula entschlossen und trat einen Schritt vor, bereit, die Geheimnisse dieses Ortes zu erkunden.

Wir standen vor dem Tempel des Lichts, die imposante Glasfront vor uns. Ursula verschränkte die Arme und musterte das Gebäude mit scharfen Blicken. „Irgendwo muss es doch eine Möglichkeit geben, hier reinzukommen", murmelte sie und trat einen Schritt näher an die Glasfläche heran.

„Die Fenster wirken fast wie Türen", überlegte Aurelio laut und fuhr mit seinen Fingern über die kühle, glatte Oberfläche. „Aber hier gibt es keinen Mechanismus."

Ich trat neben ihn und betrachtete die Glasfront genauer. „Vielleicht ist es Absicht", sagte ich nachdenklich. „Ambrosius hat uns den Tempel doch als Wegweiser ans Herz gelegt. Vielleicht sollen wir etwas erkennen, bevor wir eintreten können."

Ursula lachte kurz, aber ohne Spott. „Wenn das so ist, dann hat er uns aber herzlich wenig Hinweise mitgegeben. Vielleicht sollten wir die Scheiben einfach einschlagen."

„Das wäre unwürdig", entgegnete Aurelio entschieden. „Ein solcher Ort verdient Respekt. Gewalt bringt uns hier nicht weiter."

Ich nickte zustimmend. „Außerdem könnten wir etwas zerstören, das wichtig ist. Ich glaube nicht, dass Ambrosius möchte, dass wir mit roher Gewalt vorgehen."

Ursula seufzte und trat zurück, den Kopf in den Nacken gelegt, um die obere Struktur des Gebäudes zu betrachten. „Was ist mit einem Zugang von oben? Könnte es dort nicht etwas geben?"

Aurelio schüttelte den Kopf. „Keine Spuren von Leitern oder Öffnungen. Wenn es einen Weg von oben gibt, ist er gut verborgen."

„Und selbst wenn", warf ich ein, „wie sollen wir dann wieder nach unten kommen? Es gibt keine Anzeichen für einen Durchgang im Inneren."

Ursula kniff die Augen zusammen und fuhr mit den Fingern über das Mauerwerk neben den Flügeltüren auf der Südseite. „Vielleicht ist die Struktur nicht so stabil, wie sie aussieht. Was, wenn wir das Mauerwerk hier bearbeiten?"

„Das klingt nach einer Menge Arbeit", bemerkte ich trocken, „und am Ende haben wir nur Schutt und Staub."

„Ganz zu schweigen davon, dass das Gebäude vielleicht einstürzt", fügte Aurelio hinzu und hob eine Augenbraue. „Wollen wir wirklich so viel riskieren?"

„Nein, das wollen wir nicht", gab Ursula zu und trat zurück. „Aber wir brauchen eine Idee. Mir geht langsam die Geduld aus."

Die Gefahr, dass der Tempel des Lichts hätte einstürzen können, wenn wir das Mauerwerk vor den Flügeltüren bearbeitet hätten, sah ich zwar nicht gegeben, aber auch mir erschien das Unterfangen zu aufwändig und nicht angebracht. So ging ich zurück zur Ostseite.

Ich blickte erneut durch die Glasfront ins Innere des Tempels. „Was ist mit einem Zugang von unten? Ein Tunnel, eine versteckte Luke?"

Mein Blick ins Innere war aus der Gewohnheit heraus motiviert. Nicht, dass ich wirklich mit Sicherheit hätte erkennen können, was hinter den Glasscheiben lag. Unbeabsichtigt fühlte sich jedoch Aurelio durch mein Ansinnen aufgefordert, genauer hin zu sehen.

Aurelio schüttelte den Kopf. „Nichts deutet darauf hin. Es gibt keine Vertiefungen, keine Auffälligkeiten im Boden. Wenn ein solcher Zugang existiert, ist er gut verborgen."

Ursula stemmte die Hände in die Hüften und schnaubte leise. „Dann bleiben uns nur zwei Möglichkeiten: Entweder wir sitzen hier und grübeln, oder wir vertrauen darauf, dass der Tempel uns einlässt, wenn wir bereit sind."

„Vielleicht ist genau das der Punkt", sagte ich leise, während ich die Sonne betrachtete, die in der Ferne über den Felsen stand. „Ambrosius hat uns sicher nicht alles gesagt, weil wir die Antworten selbst finden sollen."

Aurelio nickte langsam. „Wenn das stimmt, müssen wir Geduld haben und uns als würdig erweisen."

Ursula ließ ihre Schultern sinken und seufzte schwer. „Geduld ist nicht gerade meine Stärke. Aber gut, versuchen wir es auf die ehrliche Tour."

Wir standen schweigend da, den Tempel vor uns, und warteten, ob er uns ein Zeichen geben würde.

Nach nur wenigen Minuten ergriff Ursula wieder die Initiative. „Wir sollten uns das Hochplateau und seine Umgebung genauer ansehen", schlug sie vor, während sie zielstrebig an den Rand der steinernen Kante trat. „Vielleicht gibt es doch irgendwo einen versteckten Zugang."

Aurelio nickte und folgte ihr, während ich zunächst etwas abseits stehen blieb und das Treiben beobachtete. Ursula kniete sich nieder und spähte konzentriert über die Kante. „Da unten, schau mal", murmelte sie und zeigte auf eine Stelle, die sie offenbar entdeckt hatte. „Es sieht aus, als könnte dort etwas sein – ein Höhleneingang vielleicht."

„Bist du sicher?" fragte Aurelio, doch sein Tonfall verriet, dass er bereit war, ihr zu helfen.

„Nicht sicher, aber es ist einen Versuch wert. Hilf mir, hinunterzuklettern."

Aurelio runzelte die Stirn, schaute über den Rand und dann zu ihr. „Das sieht nicht gerade stabil aus … aber okay. Ich halte dich fest."

Mit einer Mischung aus Vorsicht und Entschlossenheit lehnte sich Ursula über die Kante, während Aurelio ihre Arme fest umfasste. Sie tastete mit den Füßen nach Halt an der felsigen Wand, ließ sich vorsichtig hinunter und rief: „Langsam! Nicht loslassen!"

Mein Herz begann schneller zu schlagen, als ich sah, wie sie mit einer Hand einen hervorstehenden Stein ergriff und sich daran festhielt. Ein Steinbrocken löste sich unter ihrem Gewicht und fiel in die Tiefe. Der dumpfe Aufprall hallte in der Stille wider.

„Alles in Ordnung?" rief ich, während ich die Szene aufmerksam verfolgte.

„Ja!" rief sie zurück. Ihre Stimme klang angestrengt. Endlich erreichte sie den Boden des Abhangs. Ich hielt den Atem an, als sie sich zu der vermeintlichen Öffnung begab und sich in der dunklen Vertiefung umblickte.

Nach einer Weile drehte sie sich zu uns um und schüttelte den Kopf. „Nichts. Keine Öffnung, keine Spur von einem Eingang. Es sah von oben besser aus, aber es ist einfach nur … Fels."

Enttäuschung lag in ihrer Stimme, doch sie ließ sich nichts anmerken, als sie sich wieder daran machte, den Abhang herauf zu klettern. Aurelio reichte ihr die Hand und zog sie zurück auf das Plateau.

„Vielleicht gibt es doch noch etwas hier oben", meinte ich und deutete auf die spärliche Vegetation. Gemeinsam begannen wir, die Büsche und niedrigen Sträucher abzusuchen. „Wenn hier etwas versteckt ist, dann logischerweise dort, wo es nicht sofort auffällt."

Aurelio schüttelte nach einer Weile den Kopf. „Kein Glück. Das hier sieht alles völlig natürlich aus."

„Vielleicht sollten wir die Mauern des Tempels noch einmal genauer unter die Lupe nehmen", schlug Ursula schließlich vor.

Gemeinsam machten wir uns daran, die massiven Wände systematisch abzuklopfen. Jeder nahm sich einen Abschnitt vor, während wir konzentriert entlang des Mauerwerks tasteten, suchten und lauschten. Immer wieder hielt einer von uns inne, klopfte erneut an eine Stelle, die verdächtig klang, oder untersuchte einen ungewöhnlich geformten Stein. Nur um erneut festzustellen, dass es sich um nichts Besonderes handelte.

„Hier ist nichts", meinte Aurelio schließlich frustriert, während er seine Hände an seiner Kleidung abwischte.

„Es wirkt, als hätten sie diesen Ort so gebaut, dass man ihn nicht so einfach durch Tricks betreten kann", fügte ich hinzu, die Enttäuschung in meiner Stimme kaum verbergend.

„Der Tempel war ja auch im Ursprung über die breiten Flügeltüren ganz einfach zu betreten, bevor die Schattenbringer sie zugemauert haben", erwiderte Aurelio mit einer fast philosophischen Note.

„Und doch muss es einen Zugang geben", meinte ich nachdenklich. „Sonst hätte uns Ambrosius nicht hierher geschickt."

„Möglicherweise. Aber wo er verborgen liegt, entzieht sich bislang unserer Kenntnis", murmelte Aurelio. „Wir müssen weiter nach Hinweisen suchen."

„Dann bleibt uns wohl nichts anderes übrig, als wieder zur Glasfront zurückzugehen Von dort hat man die beste Übersicht, finde ich", entschied Ursula und sah uns beide an.

Wir versammelten uns erneut vor der großen, spiegelnden Fläche, die uns bislang so undurchdringlich erschien. „Was auch immer der Tempel verbirgt", sagte ich leise, „es lässt sich nicht so einfach finden."

„Könnt ihr mir noch einmal beschreiben, was genau ihr da drinnen im Tempel erkennen könnt?", forderte ich Ursula und Aurelio auf.

Beide rückten bis an die Nasenspitzen an das Glas, um hindurch zu sehen. Dabei schirmte Ursula ihren Blick mit beiden Händen links und rechts ab, um mehr zu erkennen. Sie wirkte konzentriert.

„Es ist ein großer, freier Raum", begann sie, „mit ebenso verzierten Bodenplatten wie hier draußen. Nur ganz links und ganz rechts…" Sie brach ab und versuchte, sich zu orientieren. „An den Wänden stehen zwei Reihen von Sitzbänken, wie man sie aus Kirchen kennt. Aber sie sind eher zur Mitte hingerichtet. Und etwa unter der großen Glaskuppel ist etwas aufgebaut, das mich an ein kleines Häuschen erinnert. Aber genau kann ich es nicht erkennen."

„Ich auch nicht", fügte Aurelio hinzu und schüttelte den Kopf. „Aber warte, lass mich noch mal genauer hinsehen." Seine Stimme war ruhig, fast nachdenklich. „Es sieht aus wie vier Säulen", berichtete er dann, „die vorderen kann ich klar erkennen, die hinteren nur erahnen. Und was wie ein Dach aussieht, scheint mir eine Konstruktion aus Glas zu sein. Die Bodenplatte zwischen den Säulen hat einen besonderen Glanz. Sie sieht anders aus als der Rest des Tempelbodens."

„Wie beeindruckend, was du alles erkennen kannst", sagte Ursula bewundernd, ohne von der Glasfront wegzusehen.

„Ich meine, noch mehr zu erkennen", ergänzte Aurelio. „An den Säulen sind oben Symbole angebracht. Links ist ganz bestimmt das Symbol der Erde zu sehen, und rechts könnte das Wasser sein."

„Dann stellen die anderen beiden Säulen vermutlich Feuer und Luft dar", meinte ich, als ich die Verbindung erkannte.

„Ja, genau", bestätigte Aurelio mit einem Nicken, „genau wie auf meinem Amulett hier, das ich immer um den Hals trage.

Es ist ein Geschenk des Meisters." sagte er, während er das schlichte Band berührte, an dem das Amulett befestigt war.

Ich empfand, die Anordnung sprach für eine sehr bewusste Auswahl. Das Symbol für Erde lag in Richtung der Berge, und das Zeichen für Wasser war dem Meer zugewandt. Die Erbauer hatten vermutlich alles genau durchdacht.

„Vielleicht sind die vier Symbole der Schlüssel, um in den Tempel zu gelangen", überlegte ich laut.

„Die Symbole habe ich hier schon gesehen!" rief Ursula plötzlich und drehte sich von der Glasfront weg. Ihre Augen glänzten vor Entdeckungslust. „Seht ihr?", sagte sie und ging auf einige Bodenplatten zu. „Hier!" Sie begann sofort, die Platten zu untersuchen, und Aurelio war als Erster bei ihr. Ich folgte ihnen.

Alle vier Symbole waren vertreten.

Die Luft – das nach oben gerichtete Dreieck mit einer horizontalen Linie in der Mitte. Das Zeichen für Leichtigkeit und Bewegung, das Intellekt, Kommunikation und Freiheit repräsentiert.

Das Feuer – das einfache nach oben zeigende Dreieck. Es erinnert mich immer an eine Feuerstelle. Das Symbol steht für die aufsteigende, heiße und transformierende Kraft des Feuers. Es repräsentiert Energie, Leidenschaft und die Zerstörung, die Raum für Neues schafft.

Das Wasser – das nach unten gerichtete Dreieck. Es steht für die fließende, reinigende und nährende Natur des Wassers. Es repräsentiert Emotion, Intuition und Anpassungsfähigkeit.

Die Erde – das ebenfalls nach unten gerichtete Dreieck, jetzt aber mit einer horizontalen Linie in der Mitte. Dieses Symbol steht für die Schwerkraft und die beständigkeit der Erde. Es repräsentiert Stabilität, Sicherheit und Wachstum.

Ihre Zuordnung konnte man nur aus der Ausrichtung weiterer Symbole auf anderen Bodenplatten erschließen.

Doch auch hier gab es nichts, was die Bodenplatten mit den vier Elementen von den anderen unterschied. Keine Anordnung, kein erkennbares Muster – nichts. Der frustrierende Gedanke, dass wir eine entscheidende Spur übersehen hatten, lag in der Luft.

„Auch wenn wir es noch nicht erkennen", begann ich nach einer langen Pause, „so sagt mir doch mein Gefühl, dass die vier Elemente irgendwie eine Bedeutung haben."

„Das hilft uns jetzt aber auch nicht weiter", entgegnete Ursula und seufzte. Ihre Enttäuschung war spürbar groß. „Und doch…", setzte sie nachdenklich fort, „vielleicht haben wir noch nicht die richtige Perspektive."

Es war ein Moment der Stille, in dem wir uns alle von der Enttäuschung überwältigen ließen. Doch der Drang, eine Lösung zu finden, trieb uns weiter an. Wir wussten, dass wir nicht aufgeben durften.

Es sollte gerade Ursula sein, die den entscheidenden Schritt machen würde. Doch dazu später mehr.

Zunächst galt es, erst einmal einen gemeinsamen Nenner zu finden, wie wir weitermachen sollten.

Ursula wollte einfach nur weg von hier. „Wenn etwas nicht leicht geht, dann wird es auch nichts," argumentierte sie. Eine bessere Idee hatte sie allerdings auch nicht.

Ich hingegen war der Meinung, dass es einen Grund gehabt haben musste, warum wir Ambrosius getroffen hatten und warum er uns zum Tempel des Lichts geschickt hatte. „Wir müssen nur glauben und vertrauen," sagte ich. Und etwas anderes wollte mir ohnehin nicht einfallen.

Aurelio erklärte, er wolle alles tun, was wir für richtig hielten. Schließlich sei das sein Auftrag. Aber er gab zu bedenken: „Meister Ambrosius war auch schon hier – und er ist gescheitert." Trotzdem konnte auch er keine bessere Lösung vorschlagen.

Genau das war unser gemeinsamer Nenner: Wir hatten keine bessere Idee.

Also beschlossen wir, bis zum nächsten Tag auszuharren und dann zu Ambrosius zurückzukehren.

Wir richteten uns auf die Nacht ein. Am südöstlichen Rand des Hochplateaus fanden wir einen Platz, der von einem Busch geschützt war. Der dichte Strauch hielt den Wind ab, während der Boden die Wärme der Sonne speicherte. Von dort aus konnten wir den Tempel gut überblicken.

Ich war der Erste, der müde wurde – die vergangene lange Nacht forderte ihren Tribut.

Wie ich später erfuhr, tauschten Aurelio und Ursula noch lange Erfahrungen aus ihren unterschiedlichen Welten aus.

Plötzlich weckte mich Ursula. Zunächst dachte ich, ihr wäre einfach nur kalt oder etwas Ähnliches. Doch sie sagte nur: „Schau mal!"

Es musste mittlerweile gegen Morgen gewesen sein, noch bevor das erste Licht der Sonne den Horizont erreichte. Der noch nicht ganz volle Mond stand hoch am Himmel und tauchte die Landschaft in ein silbriges, mystisches Licht.

„Sieht das nicht magisch aus?" fragte Ursula leise.

Der Nebel, der tagsüber Arterien als ein Band aus Wolken umhüllt hatte, war sanft bis an das Hochplateau vorgedrungen. Er reichte nun fast bis zum Tempel des Lichts hinauf, wie ein lebendiges Wesen, das sich zaghaft nach oben tastete. Die Glaskuppel war kaum mehr zu erkennen, während die Glasfront an der Ostseite noch frei blieb. Dadurch wirkte es beinahe so, als würde der Tempel langsam aus dem Nebel hervortreten, wie ein verborgenes Relikt einer längst vergessenen Welt.

Wir saßen auf unserem Platz und beobachteten, wie die sanften Nebelschleier das Gebäude umspielten, sich behutsam um die Strukturen legten, nur um sich dann wieder zurückzuziehen. Es war, als wäre der Tempel lebendig, als würde er mit der Natur atmen.

Dann frischte der Wind auf – so, wie es an Küsten oft geschieht, wenn der Morgen naht. Der Nebel begann sich langsam zurückzuziehen, seine zarten Schwaden lösten sich allmählich auf, als ob das Mondlicht und die Brise ihn forttrugen.

„Hast du das gesehen?" flüsterte Ursula. In diesem Moment blickte sie in meine Richtung und ließ ihren Blick dann über mich hinweg weiter zum Horizont gleiten, als würde sie nach einer Antwort suchen, die irgendwo in der Ferne verborgen lag.

„Der Morgenstern," schwärmte Ursula leise. „Da ist er wieder!"
„Wo denn?" fragte ich neugierig. „Kannst du ihn mir zeigen?"
Behutsam griff sie meine Hand und führte meinen Finger in die Richtung der Venus. „Da," sagte sie, „siehst du ihn?"
„Ich sehe ihn," antwortete ich, „herrlich, wie hell er strahlt."

Ursula drehte sich erneut um, diesmal in Richtung der Glasfront des Tempels. Vielleicht, weil sie beim Blick zur Venus unbequem gesessen hatte. „Ach, das ist zauberhaft," sagte sie bewundernd.
Neugierig wandte ich mich ebenfalls in diese Richtung. „Was siehst du?" fragte ich, „ich kann nichts erkennen."
„Ein ganz zartes Spiel der Farben," flüsterte Ursula. „Auf den Fenstern erkennt man Symbole – dieselben, die hier auf die Bodenplatten gezeichnet sind."

Ich sprang auf, mein Herz schlug schneller. „Schnell! Weck Aurelio! Schnell! Bevor sie wieder verschwinden!"
„Was hast du?" fragte Ursula ungläubig.

„Das ist das Zeichen!" rief ich aufgeregt. „Ganz bestimmt!"

Aurelio, der von meinem Lärm geweckt worden war, kam hinzu. „Was ist los?"

„Ursula hat erzählt," begann ich hektisch, „dass man jetzt Symbole auf den Fenstern sieht. Siehst du sie auch?"

Die Aufregung ergriff mich, zerissen von der Freude über das Ereignis und dem Gefühl der Wahrnehmunng der anderen ausgeliefert zu sein. Gleichzeitig sprangen mein Intellekt und meine Phantasie an.

„Als ob ich lügen würde," meinte Ursula mit verschränkten Armen.

„Nein, nein!" beschwichtigte ich. „So habe ich das nicht gemeint. Aber wo sind die Zeichen?"

Aurelio betrachtete die Glasfront genau. „Die Symbole sind scheinbar wahllos über die ganze Breite verteilt," beschrieb er.

Mein Kopf arbeitete fieberhaft. „Ich versuchte, schnell zu denken. Wo sind die Zeichen der vier Elemente?"

„Die sind an einem der Fenster angeordnet, das irgendwie aussieht wie eine Tür," erklärte Aurelio. „Innerhalb des Rahmens sieht man sie."

„Merkt euch bitte die Stelle!" sagte ich. „Und was siehst du noch?"

„Ich sehe noch vier Symbole, die ich nicht kenne," antwortete Aurelio. „Auch innerhalb des Rahmens, und oben in der Mitte ist der Baum der Gardiens."

Wir standen mittlerweile alle drei vor der großen Glasfront, vor dem Bereich, den Aurelio gerade beschrieben hatte.

„Das Licht muss von innen kommen," sagte Ursula nachdenklich.

„Es sieht aus," ergänzte Aurelio, „als ob es oben von der Glaskuppel kommen würde."

„Fast zu schön," sagte Ursula wieder, „als ob die Glaskuppel ein Projektor wäre."

„Hier muss irgendwo ein Mechanismus sein," hoffte ich.

Wir begannen, die kunstvollen Verzierungen auf dem Rahmen zu untersuchen, drehten, drückten und klopften darauf.

„Hier!" rief Ursula schließlich. „Die Mitte dieser Blüte, bei dem Symbol für Wasser, wackelt ein wenig, aber ich kann sie nicht bewegen. Sieht bei den anderen Symbolen auch so aus."

Und tatsächlich: Wenn man nur die Mitte der jeweiligen Blüte antippte, wackelte es. Die vermeintlichen Knöpfe ließen sich jedoch nicht betätigen.

„Vielleicht müssen wir sie alle gleichzeitig aktivieren," sagte Ursula.

Als wir das versuchten, ging es ein Stück tiefer, aber es tat sich noch nichts.

„Das ist ein Tempel, der ursprünglich von den Bewahrern gebaut wurde," fiel mir ein. „Kannst du bitte das Symbol des Baumes drücken?" fragte ich Aurelio. „Und Ursula und ich versuchen es bei den anderen."

Als wir alle fünf Symbole gleichzeitig betätigten, machte es ein klack. Ein Mechanismus hatte sich gelöst, und dieser Teil der Glasfläche öffnete sich wie eine Tür nach innen.

Als wir den Tempel des Lichts betraten, hielt uns der Anblick für einen Moment völlig in seinem Bann. Wir standen still, beinahe ehrfürchtig. Von innen wirkte die Größe des Raumes noch beeindruckender als von außen. Die Kuppel, die in etwa über der Mitte des Raumes thronte, war nicht einfach nur eine Ansammlung von Fenstern. Sie war eine fast bizarr anmutende Konstruktion aus kunstvoll verschlungenem Glas, das sich in verschiedenste Richtungen wölbte.

Das Mondlicht brach sich in den unzähligen Facetten der Glasstruktur und verwandelte den Raum in ein lebendiges Kaleidoskop aus Farben. Sie tanzten in fließenden Bewegungen über die Wände, den Boden und die kunstvollen Verzierungen. Selbst ich konnte die Intensität dieser Farben spüren, auch wenn meine Augen nur die hellsten Fragmente davon wahrnahmen.

Ich blieb stehen und legte die Hand auf mein Herz, fast so, als wollte ich diesen Moment tief in mich aufnehmen. „Das ist … unglaublich,“ flüsterte ich mehr zu mir selbst.

Ursula, die einen Schritt weiter gegangen war, drehte sich zu mir um. Ihre Augen glänzten, als wären sie selbst Teil dieses Farbenspiels geworden. Sie deutete mit der Hand auf die Kuppel. „Sieh nur! Die Farben … sie leben! Es ist, als würde die Kuppel atmen und uns Geschichten erzählen. Da ist ein Blau, so tief wie der Ozean, das plötzlich in ein strahlendes Gold übergeht. Und sieh dort! Ein zartes Rosa, das sich in ein sattes Grün mischt, als würden Blüten erblühen. Und all das tanzt in vollkommenem Einklang miteinander.“

Während sie sprach, machte sie eine ausladende Bewegung mit den Armen, als wollte sie das Farbenspiel greifen und halten. „Es ist, als ob die Farben eine Melodie spielen, die man nicht hören, aber fühlen kann.“

Ich nickte, obwohl ich vieles von dem, was sie beschrieb, nur erahnen konnte. Der Raum war erfüllt von einer stillen, fast heiligen Energie. Es fühlte sich an, als würde der Tempel mit uns kommunizieren, als wollte er uns willkommen heißen und gleichzeitig auf etwas Größeres hinweisen.

„Es würde mich nicht wundern,“ spekulierte ich leise, „wenn die Symbole vorne an der Glasfront vom Morgenstern erzeugt werden. Der hat weniger Licht als der Mond, und daher können meine Augen sie nicht erkennen.“

Aurelio, der bislang still gewesen war, trat zu Ursula und mir. Auch er wirkte fasziniert, aber zugleich nachdenklich. „Das Farbenspiel ist nicht nur ein Schauspiel,“ murmelte er, „es ist eine Botschaft. Der Tempel will uns etwas zeigen.“

Ursula legte sanft eine Hand auf meine Schulter. „Es ist nicht wichtig, was du nicht sehen kannst,“ sagte sie leise. „Du fühlst, was hier geschieht. Und das ist vielleicht sogar noch mächtiger.“

Ich atmete tief ein, ließ die Atmosphäre des Raumes in mich strömen. „Ihr habt recht,“ sagte ich schließlich. „Dieser

Moment ist für sich selbst vollkommen. Wir sollten ihn genießen, bevor wir uns dem nächsten Rätsel widmen."

Die Stille, die folgte, war nicht leer, sondern lebendig. Wir standen einfach da, umgeben von Licht, Farben und einer mystischen Ruhe, die uns in eine andere Welt zu versetzen schien.

„Und ganz bestimmt ist das hier das Orakel, von dem Ambrosius gesprochen hat. Doch bevor wir es enträtseln können, braucht es unsere Würdigung," sagte ich leise und ließ meinen Blick ehrfürchtig über die Konstruktion schweifen. Langsam trat ich näher an das Orakel unter der Glaskuppel heran. Es wirkte wie ein Heiligtum – eine Verbindung zwischen Erde und Himmel, eingefasst in Kunst und Mystik.

Auch Ursula und Aurelio traten neugierig näher. Während Ursula mit staunenden Augen die filigrane Konstruktion betrachtete, strich Aurelio bedächtig mit der Hand über die Oberfläche einer der Säulen, als wolle er den alten Geist des Ortes fühlen. Ich bemerkte, wie Ursula ihren Kopf leicht zur Seite neigte, ihre Augen auf die zarten Linien des Gebildes gerichtet. Es schien, als hätte sie für einen Moment die Welt um sich vergessen.

Am auffälligsten war das Gebilde, das auf den vier Säulen ruhte. Von außen hatte es wie eine Art Dach gewirkt, schlicht und unscheinbar. Doch jetzt, aus der Nähe betrachtet, offenbarte es seine wahre Natur: ein Kunstwerk aus Glas. Die Oberfläche bestand aus einer komplexen Anordnung geometrischer Körper, die fließend ineinander übergingen, als würde ein unsichtbarer Atem sie bewegen. Die Übergänge in die vier Säulen waren ebenso organisch, als wäre alles aus einem Guss.

Schau dir das an," flüsterte Ursula und deutete auf die filigranen Muster, die sich an den Säulen entlangzogen. „Es sieht aus, als würden sie Geschichten erzählen."

Ich folgte ihrem Blick. Jede der vier Säulen war einzigartig. Die erste, die wir betrachteten, war massiv und schien fast wie eine uralte Baumwurzel aus Stein. „Das muss die Säule der Erde sein," murmelte ich. An ihrer Basis waren eingravierte Symbole, die von Fruchtbarkeit und Wachstum erzählten. Und tatsächlich erkannte ich bein genauerer Betrachtung wie von Aurelio schrieben das Dreieck mit der Spitze nach unten.

Die zweite Säule, die Aurelio genauer untersuchte, war glatt und schimmerte in einem tiefen Blau. „Das ist Wasser," sagte er mit ruhiger Stimme. „Schau, die Wellenmuster… Sie scheinen sich fast zu bewegen, wenn man sie von der Seite ansieht."

Am oberen Ende formte sich das Glas zu einer Art Trichter, der in einer kleinen Öffnung mündete. Durch diese Vorrichtung wurde klares Wasser aufgefangen, das von der Kuppel zu tropfen schien. Der Tempel des Lichts hatte auf diese Weise den Nebel eingefangen, den wir zuvor beobachtet hatten. Die Tropfen fielen in rhythmischen Abständen, als ob sie das ruhige Atmen des Ortes begleiteten.

Ursula trat zur dritten Säule. Sie war aus Glas gefertigt, ein durchgehender Zylinder, der von oben nach unten seine Farbe von kristallklar zu einem tiefen, leuchtenden Rot wechselte. Im Inneren des Zylinders waren abwechselnd Holz und Kupfer zu erkennen, die sich zu einem kunstvollen Muster ergänzten. Ursula streckte vorsichtig die Hand aus und legte sie auf die glatte, leicht schimmernde Oberfläche.

„Autsch!" rief sie plötzlich aus und zog ihre Hand ruckartig zurück. „Die ist ja heiß!" Sie hielt ihre Hand hoch, verzog spielerisch das Gesicht und tat so, als hätte sie sich verbrannt. Doch dann lachte sie. „Nur ein Scherz! Aber fühl mal, sie ist tatsächlich ein bisschen warm."

Ich legte meine Hand ebenfalls auf die Säule und spürte eine leichte, angenehme Wärme, als ob ein lebendiger Puls durch das Material fließen würde.

Wie das bewerkstelligt wurde, konnte ich mir nicht erklären. Ich versuchte, einfach nur aufzunehmen, was es zu entdecken gab. Der Ingenieur in mir und der fühlende Mensch waren gleichermaßen angesprochen.

Die vierte Säule war ebenso beeindruckend. Auch sie war ein durchgehender Glaszylinder, doch hier wechselten sich im Inneren von oben nach unten Materialien ab, die an die Luft erinnerten: schimmerndes Metall, vermutlich Titan, klares Glas und ein organisches Material, das wie feine Federn wirkte. Zwischen diesen Elementen befanden sich zylinderförmige Kammern, die Luft zu enthalten schienen. Bei genauerem Hinsehen konnte man winzige Bohrungen erkennen, die diese Kammern mit der Umgebung verbanden. Die Öffnungen waren zur Mitte des Orakels hin ausgerichtet, als wollten sie einen unsichtbaren Atem in die Konstruktion leiten.

„Das muss Luft sein," flüsterte ich und spürte die Leichtigkeit, die von der Säule ausging. Ihre Eleganz wirkte fast überirdisch, und die winzigen Details der Kammern zogen mich in ihren Bann.

Gleich darauf entdeckte ich auch hier das nach oben zeigende Dreieck mit der horizontalen Linie in der Mitte.

„Es ist faszinierend," sagte Ursula, während sie mit den Fingern sanft die Oberfläche der Säule berührte. „Fast so, als könnte man den Wind sehen."

Ich ging noch einmal um das Orakel herum und betrachtete die Säulen genauer. Jede war einzigartig, doch zusammen ergaben sie ein harmonisches Ganzes, das sowohl die Elemente der Erde als auch die mystische Verbindung zu höherem Wissen widerspiegelte.

„Das sind ja Orgoniten", platzte die plötzliche Erkenntnis aus mir heraus.

„Was ist ein Orgonit?" fragte Ursula, und ich bemerkte, wie sich ihre Stirn leicht runzelte. Sie blickte mich verwundert an, während Aurelio ebenso überrascht die Augenbrauen hob.

„Der Name geht auf Wilhelm Reich zurück", begann ich, als ich versuchte, die Gedanken in Worte zu fassen. „Er hat eine Energie entdeckt, die er ‚Orgon ‘nannte. Für mich ist das identisch mit dem, was die Menschen früher als ‚Äther ‘

bezeichnet haben. Und er baute Geräte, mit denen er diese Energie umwandeln wollte."

Manche nennen den Äther auch das fünfte Element.

Ursula nickte leicht, doch ich spürte, dass sie noch nicht ganz begriff, worauf ich hinauswollte. Ich hatte es noch nicht ausreichend erklärt.

„In seinen Aufbauten", fuhr ich fort, „haben sich immer wieder organisches Material und Metalle abgewechselt. Und das hier ist genauso – sie haben es wohl in den Säulen verwendet. Man glaubt, dass schon die alten Kelten dieses Wissen besaßen. Aber das hier…" Ich atmete tief ein, „das hier ist viel komplexer als alles, was ich bisher gesehen habe."

Ursula und Aurelio betrachteten die Säulen genauer. Die Metallflächen glänzten in einem silbrigen Schimmer, und die organischen Materialien schienen sich lebendig zu winden, als hätten sie eine eigene, geheimnisvolle Kraft.

„Es ist also eine Art Energiekreislauf, richtig?" fragte Aurelio, während er sich mit einem schweifenden Blick noch einmal im Tempel umsah, als wolle er versuchen, den gesamten Raum zu erfassen. „Die Säulen sind verbunden, nicht nur untereinander, sondern mit dem ganzen Ort?"

„Genau", antwortete ich und dachte weiter laut nach. „Es geht darum, die Schwingungen der Umgebung aufzunehmen und zu nutzen. Etwas in der Art jedenfalls. Vielleicht wurde hier eine Art Resonanz geschaffen, die die Energie aus der Luft und der Erde speichert und weitergibt. Diese Symbole, die in die Säulen eingearbeitet sind – sie könnten als Kanäle dienen, die die Energie lenken."

Ich ging um das Orakel herum und betrachtete die Säulen noch einmal mit einer anderen Wahrnehmung. In manchen Bereichen wechselten Metall und organisches Material scheinbar regelmäßig, an anderen Stellen jedoch ohne erkennbares Muster. Die Symbole in den Materialien, die sich wie eingravierte Ranken oder verschlungene Linien präsentierten, hatten kleine Kristalle in sich, die selbst im schwachen Licht funkelten. „Das sind

Kristalle", murmelte ich, „wahrscheinlich haben sie die Funktion, die Energie zu speichern und vielleicht sogar zu verstärken. Zumindest helfen sie bei der Umwandlung."

Ursula trat einen Schritt zurück, ihre Augen weiteten sich, als sie das Ganze von einem anderen Blickwinkel betrachtete. „Es sieht fast so aus, als würde das Orakel die Energie bündeln", sagte sie nachdenklich. „Wie eine Art Transformator."

„Ja", stimmte ich zu, „genau. Es scheint, als ob diese Säulen eine Art selbsttragendes System bilden – eine Harmonie von Materialien und Symbolen, die zusammenwirken, um eine ganz bestimmte energetische Wirkung zu erzielen."

Aurelio, der inzwischen still in die Ferne blickte, kratzte sich nachdenklich am Kinn. „Und was passiert mit dieser Energie? Wie wird sie hier im Tempel genutzt?"

„In irgendeiner Art muss das alles hier mit einer Weissagung zusammenhängen. Schließlich ist es ein Orakel", sagte ich, ohne meine Gedanken auszusprechen. Es fühlte sich an, als ob der Tempel selbst in einer Art Dialog mit der Welt um ihn herum stand – als ob die Säulen eine Verbindung zu einer höheren Dimension hielten.

Ich stand da, betrachtete die Säulen und versuchte, die Tiefe ihrer Bedeutung zu erfassen. Eine starke, aber sanfte Energie schien von ihnen auszugehen, die die Luft erfüllte und mich in eine fast meditative Ruhe versetzte. Der Tempel war mehr als nur ein Bauwerk aus Glas und Metall. Er war ein lebendiger Organismus, der in engem Kontakt mit den unsichtbaren Kräften des Universums stand.

„Schaut mal nach draußen," sagte Ursula leise, fast ehrfürchtig. „Die Sonne geht auf. Sieht das von hier nicht herrlich aus?"

Sie deutete durch die große Glasfront nach draußen. Am Horizont stieg die Sonne gerade über die Berge Arteriens im Osten empor. Der Himmel begrüßte den Tag mit einem prachtvollen Farbenspiel: warme Orangetöne mischten sich mit feurigem Rot und zartem Violett, während goldene Strahlen die umliegende Landschaft in ein magisches Licht tauchten.

Doch es war nicht nur die Natur, die hier ein Schauspiel bot. Von innen betrachtet offenbarten die Glasscheiben des Tempels ein weiteres Wunder. Die Fenster, die zuvor klar und schlicht erschienen waren, funkelten nun in allen Farben des Regenbogens. Tausende Lichtstrahlen brachen sich an der Glasfront und verwandelten den Raum in ein Kaleidoskop aus Farben.

Mit dem ersten Strahl der Sonne geschah jedoch etwas noch Spektakuläreres. Es war, als hätte jemand einen unsichtbaren Schalter umgelegt. Die Kuppel des Tempels schien das Licht einzufangen, zu bündeln und gezielt in das Zentrum des Orakels zu leiten. Das gesamte Orakel begann zu leuchten, ein lebendiges Spiel aus Licht und Schatten.

Besonders eindrucksvoll erstrahlte die Säule des Feuers, doch auch die anderen Säulen trugen ihren Teil zu dem zauberhaften Schauspiel bei. Es war unmöglich, einen einzigen Teil des Orakels herauszuheben – die Perfektion lag in ihrer Einheit. Die leuchtenden Farben tanzten förmlich vor unseren Augen und schienen in einer Art stiller Melodie miteinander zu harmonieren.

„Seht ihr den hellen Fleck in der Mitte?" fragte Ursula und deutete auf den Boden des Orakels.

Zum ersten Mal fiel unser Blick auf die Glasplatte zwischen den vier Säulen, die jetzt im Schein des Lichts von oben und den Reflexionen der Säulen geradezu erstrahlte. Unter der Platte waren kleine, mattgraue Kügelchen zu erkennen, die wie ein feines Granulat wirkten. Der Boden erschien plötzlich lebendig, als ob er eine verborgene Energie in sich trüge, die nur darauf wartete, freigesetzt zu werden.

Wir standen still, wie gebannt, die Augen auf das Orakel gerichtet, und warfen uns fragende Blicke zu.

„Ist es das, wonach es aussieht?" begann Ursula
zögerlich.

„Einer von uns muss sich da reinstellen," antwortete ich
nach einer kurzen Pause, meine Stimme leiser, als ich erwartet
hatte.

„Es ist eure Reise," sagte Aurelio und hielt sich im
Hintergrund, als wäre sein Beschluss längst gefallen.

„Wir müssen uns entscheiden, bevor der Zauber wieder
verschwindet," drängte ich. „Gestern, als wir ankamen, war
nichts davon zu sehen."

„Dann machen wir es reihum," schlug Ursula vor, ihre
Stimme entschlossen, aber ruhig. „Fang du an."

Mit einer Kopfbewegung bedeutete sie mir, den ersten
Schritt zu wagen und den Raum zwischen den Säulen zu betreten.

Ich hielt kurz inne, Schloss, die Augen und rezitierte meinen
Simran. Dann wagte ich den Schritt.

Als ich die Mitte des Orakels betrat, schien die Welt um
mich herum zu verschwimmen. Das Licht, das durch die
Glasstruktur über mir strömte, pulsierte sanft, als würde es auf
meinen Herzschlag reagieren. Es war, als ob sich der Raum
ausdehnte, als ob die Säulen selbst zu den Sternen aufragten.
Plötzlich war ich nicht mehr im Tempel, sondern schwebte in
einem unendlichen Raum aus Licht und Dunkelheit – eine
kosmische Weite, in der das Universum seinen Atem anzuhalten
schien.

Vor mir formte sich eine Spirale aus reinem Licht. Zwei
Gestalten traten aus dieser Spirale hervor: eine mächtige Seele,
umgeben von einer Aura in den Farben tiefen Bernsteins, und ich
selbst – doch nicht in menschlicher Form. Meine Seele, als
Krähe, schimmernd wie Obsidian, mit Augen, die wie Sterne
glühten.

Die beiden Seelen begannen zu tanzen. Es war kein
gewöhnlicher Tanz, sondern ein Reigen aus Licht und Energie.
Die mächtige Gestalt und die Krähe kreisten umeinander,
spiralförmig, einander näher kommend, bis ihre Energien sich

berührten. Es war ein Moment reiner Harmonie, als ob die Schöpfung selbst sie segnete. Unsere Energien verschmolzen, flossen ineinander, und in dieser Verbindung sah ich eine Bestimmung, die vor uns lag: Wir waren zwei Teile eines größeren Ganzen, geschaffen, um einander zu ergänzen und zu stärken.

Aus dieser Verbindung schoss ein Strahl aus reinem Licht empor, der das Universum durchdrang. Dort, wo das Licht endete, formte sich ein Adler. Sein Gefieder war aus goldenem Feuer, seine Augen brannten mit der Weisheit der Ewigkeit. Er breitete seine Schwingen aus, und ich wusste, dass diese Schwingen durch die Verschmelzung der beiden Energien entstanden waren. Ohne die mächtige Gestalt und die Krähe hätte der Adler nicht fliegen können.

Das Bild des Adlers verankerte sich tief in meinem Inneren. Er war ein Symbol der Macht, der Freiheit und der Führung – und ein Zeichen für das, was noch kommen sollte. Doch als die Vision langsam verblasste, blieb eine Frage zurück: Was sollte ich mit all dem anfangen?

Das Orakel hatte keine klare Antwort auf den gesuchten Thronsaal gegeben, keinen Weg aufgezeigt, den ich einfach hätte einschlagen können. Stattdessen fühlte es sich an wie ein Rätsel, dessen Lösung sich mir noch nicht erschloss. Und dennoch – die Vision hatte mir etwas anderes gegeben: die Sicherheit, dass ich auf dem richtigen Weg war, und die Bestärkung, weiterzugehen, auch wenn die nächste Etappe noch im Dunkeln lag.

Langsam kehrte ich in die Realität zurück, die Säulen ragten um mich auf, und das Licht des Orakels erhellte den Raum. Obwohl ich keine klare Lösung hatte, war ich bereit, weiterzugehen, getragen von der Gewissheit, dass der Weg sich offenbaren würde.

„Stopp!", rief Ursula plötzlich und griff nach meinem Arm, um mich davon abzuhalten, aus dem Orakelraum herauszutreten. Ihre Stimme war fest, doch ein Hauch von Aufregung schwang mit.

„Was ist?", fragte ich und drehte mich zu ihr um.

„Schau", sagte sie leise und deutete nach unten. „Hier…
der Boden. Ein Zeichen!"

Ich folgte ihrem Blick. Unter der Glasplatte hatte sich das
Granulat bewegt und ein Symbol geformt. Es war ein Auge,
eingebettet in ein Dreieck, das sich über eine stilisierte Brücke
spannte. Mein Atem stockte kurz, doch der Moment war zu
flüchtig, um lange darüber nachzudenken. „Jetzt bist du dran",
sagte ich schließlich und trat mit einem letzten Blick auf das
Zeichen hinaus. In demselben Augenblick, als ich die Schwelle
überquerte, verschwand das Symbol wieder, als hätte es nie
existiert.

Ursula sah mich mit großen Augen an. „Was hast du gesehen?"

Ich zögerte, strich mit der Hand über meinen Bart und
seufzte. „Das erzähle ich dir später", antwortete ich schließlich.
„Aber es war nichts, das uns weiterbringt. Wir wissen immer
noch nicht, wo dieser Thronsaal ist. Jetzt bist du dran."

Ursula nickte, doch ihre Nervosität war deutlich zu
erkennen. „Ich bin ganz aufgeregt", gab sie zu und rang ihre
Hände.

„Du musst einfach bei dir bleiben", sagte ich beruhigend
und legte eine Hand auf ihre Schulter. „Nutz die Technik, die wir
in Algier geübt haben. So, wie du gestern die Energieblase
erschaffen hast."

Ursula atmete tief ein und aus, dann schloss sie die
Augen. Ich beobachtete, wie sich ihre Schultern langsam
entspannten und ihr Atem ruhiger wurde. Aurelio und ich
tauschten schweigend einen kurzen Blick. Schließlich öffnete sie
die Augen wieder und nickte mir kurz zu.

„Bereit", flüsterte sie und trat in die Mitte der Säulen.

Ich spürte, wie sich eine Spannung in der Luft aufbaute,
fast greifbar, und ließ meine Finger unbewusst an meinem Stock
entlanggleiten, als würde die Bewegung mich beruhigen.
Minuten vergingen. Nichts schien zu passieren, nur ihr Atem ging
langsam und gleichmäßig. Gerade als ich mich fragte, ob es

überhaupt funktionieren würde, begann sich der Boden unter ihren Füßen zu verändern. Das Granulat formte sich zu Linien, die sich allmählich zu einem Symbol verdichteten. Ein leuchtender Smaragdkristall zeichnete sich ab, umgeben von strahlenförmigen Strichen, die wie das Leuchten einer Sonne wirkten. Es war, als würde der Kristall von innen heraus pulsieren, ein sanftes grünes Licht erfüllte den Raum.

Ich hielt erneut den Atem an, als Ursula schließlich ihre Augen öffnete. Sie schaute wie von selbst nach unten und betrachtete das Symbol, das sich vor ihr offenbart hatte. Ihre Lippen formten ein leises „Wow", dann nickte sie nachdenklich. „Das passt", sagte sie schließlich leise.

Langsam trat auch sie aus dem Orakel heraus, und das Symbol verschwand, als ob es nie dagewesen wäre.

„Ich habe etwas gesehen", sagte sie nachdenklich und wandte sich an mich. Ihre Stimme war ruhig, fast sachlich. „Aber ich glaube, es ist noch nicht das, was wir suchen."

Eine Welle der Enttäuschung durchfuhr mich. Das Orakel hatte erneut keine klare Antwort gegeben. Keinen Hinweis auf den Ort des Thronsaals, nichts, das uns wirklich weiterbrachte. Und das, obwohl ich insgeheim gehofft hatte, die Hinweise der anderen auf die Legende rund um den Stern des Südens und das Licht des Nordens hätten auch nur irgendeine Bedeutung, und wir, Ursula und ich, würden den Thronsaal finden können und die Prophezeiung zum Wohle Arteriens erfüllen können.

Ich blickte noch einmal zurück in die Mitte des Orakels, wo nichts mehr an die Symbole erinnerte, die sich zuvor gezeigt hatten. Der Hauch von Hoffnung, den ich gespürt hatte, zerfloss wie Nebel in der Morgensonne.

Ursula bemerkte meinen Gesichtsausdruck und legte mir kurz die Hand auf den Arm, bevor sie sich an Aurelio wandte. „Du musst es auch versuchen", sagte sie zu ihm, ihre Stimme fordernd, aber nicht unfreundlich.

Aurelio nickte, doch seine sonst so entspannte Haltung war einer sichtbaren Anspannung gewichen. Die Verantwortung, die auf seinen Schultern lastete, war ihm deutlich anzumerken. Er holte tief Luft, schloss die Augen und verharrte einen Moment in völliger Stille. Dann sagte er mit fester Stimme: „So sei es."

Die Sonne stand mittlerweile höher. Das Orakel erstrahlte mit einer Intensität, die wir so noch nicht erlebt hatten. Es leuchtete heller als zuvor und schien beinahe zu glühen, eine Energie ausstrahlend, die förmlich in der Luft knisterte.

Langsam und mit Bedacht betrat Aurelio die Mitte des Orakels. Zunächst stand er reglos da, wie ein Stein, der dem Wind trotzt. Doch bald begannen sich seine Gesichtszüge zu verändern. Seine Augenlider flatterten leicht, und ein kaum merkliches Zucken durchlief seine Mundwinkel. Es wirkte, als erlebe er einen intensiven Traum, aus dem er nicht aufzuwachen wagte.

Unter seinen Füßen begann sich das Granulat zu bewegen, wirbelte lautlos und formte schließlich ein Symbol. Ein Kreis erschien zuerst, unter dem sich allmählich ein Kreuz abzeichnete.

„Das Symbol der Venus", flüsterte ich aufgeregt zu Ursula und ergriff instinktiv ihre Hand. Unsere Finger verschränkten sich, und wir standen wie gebannt da, unsere Blicke auf das leuchtende Muster gerichtet.

Doch das Orakel war noch nicht fertig. Um den Kreis zog sich eine Zickzacklinie, die das Symbol wie von unsichtbarer Hand umrahmte. Schließlich formte sich eine Corona, die wie das Leuchten einer Sonne wirkte. Ich zählte die Spitzen – sieben.

„Ich kenne dieses Symbol", sagte ich mit gedämpfter Stimme und sah Ursula an. „Bei Ambrosius… Es war in die Balken seines Hauses eingearbeitet, genau in der Mitte. Die Balken, die die Decke stützen."

Ursula nickte, sagte aber nichts. Auch sie schien von der Erscheinung tief beeindruckt. Die Venus, leuchtend wie die Sonne, strahlte in voller Pracht vor uns.

Aurelio öffnete schließlich seine Augen. Sein Blick fiel auf das Symbol zu seinen Füßen, doch seine Miene blieb merkwürdig leer. Ein feiner Schweißfilm glänzte auf seiner Stirn, und seine Schultern wirkten, als trügen sie eine Last, die ihn niederdrückte.

Mit schleppenden Schritten verließ er die Mitte des Orakels. Kein Wort kam über seine Lippen, doch seine Augen sprachen Bände: Sie waren dunkel und schwer, als lastete die Erfahrung, die er gemacht hatte, wie ein drückender Schatten auf ihm.

Schweigend trat er aus dem Orakel heraus. Das Symbol der leuchtenden Venus verschwand.

Eine drückende Stille legte sich über den Raum. Alle drei von uns hatten nun das Orakel betreten – und doch blieb die Antwort verborgen, die wir suchten. Ursula und ich waren voller Neugier auf Aurelios Vision. Was hatte er gesehen? Was war die Botschaft, die ihn so ergriffen hatte? Unsere Blicke trafen sich kurz, und ich spürte, dass auch sie den gleichen Gedanken hegte: Was war es, das Aurelio erfahren hatte? Die Spannung, die jetzt zwischen uns dreien herrschte, war nicht mehr die der Unsicherheit über das Orakel, sondern die Erwartung auf das, was als Nächstes kommen würde. Was hatten die jeweils anderen beiden gesehen, was einem selbst noch verborgen war?

„Was ist mit dir?" fragte ich Aurelio.

„Ein Adler... Arterien... Ich..." stammelte er, seine Stimme zitterte vor Aufregung.

„Ganz langsam!" sagte Ursula sanft, während sie seine Hand mit einer hielt und mit der anderen beruhigend über seine Finger strich.

Aurelio atmete tief durch, und nach einem Moment der Ruhe begann er zu erzählen. „Ich habe einen Raum gesehen. In den Bergen. Das Symbol des Adlers war dort. Und auch ein wirklicher Adler. Dann wurde ich selbst der Adler. Ich wollte fliegen, aber die ganze Last von Arterien lag auf mir. Ich sah, wie ich mich in die Luft erhob, und das ganze Land – mit all seinen Häusern und Bergen – ruhte auf meinem Rücken."

Er hielt inne und sah mich mit großen Augen an. „Es fühlte sich so unglaublich real an."

Ich nickte langsam. Die Vorstellung, dass Aurelio sich als Adler fühlte, war kraftvoll und beängstigend zugleich.

„Was soll das bedeuten?" fragte er dann, seine Stimme unsicher. „Und was ist mit unserem Symbol?"

Er blickte auf die Stelle am Boden, an der gerade noch das Zeichen der Venus mit der stilisierten Corona sichtbar gewesen war.

„Was ist das für ein Zeichen?" fragte Ursula mit einem Stirnrunzeln.

„Das Zeichen von Arterien," antwortete Aurelio, sein Ton war beinahe ehrfürchtig, als würde er die Bedeutung dieses Symbols noch nicht vollständig begreifen.

„Egal, was es genau bedeutet," sagte ich und legte beruhigend die Hand auf seine Schulter, „wir werden es gemeinsam herausfinden."

Ich hielt inne und dachte an meine eigene Vision. „Ich habe auch einen Adler gesehen", sagte ich dann, „einen, der nicht alleine war, sondern Hilfe hatte." Den Rest meiner Vision behielt ich jedoch noch für mich, um die Situation nicht noch weiter zu überfrachten.

„Und was hast du gesehen?" fragte Aurelio und wandte sich an Ursula. Er deutete auf den Boden im Orakel, genau dorthin, wo der leuchtende Kristall während ihrer Vision erschienen war, und fügte hinzu: „Wir haben alle den Kristall gesehen."

Ursula zögerte einen Moment. Ihre Augen suchten den Boden, bevor sie sich aufrichtete und den Blick in die Ferne richtete, als würde sie die Vision noch einmal vor sich sehen. „Das war verrückt", begann sie schließlich. Sie nahm einen tiefen Atemzug und erklärte mit fester Stimme: „Da war ein riesiger Kristall. Er leuchtete so intensiv, als ob er aus purem Licht bestünde. Aber das war nicht alles. Ich hatte das Gefühl, er ruft mich. Es war, als würde etwas in mir unaufhaltsam zu ihm hingezogen werden."

Sie hielt inne, und ihre Hände ballten sich kurz zu Fäusten, bevor sie sich entspannten. „Doch da waren Schatten.

Viele Schatten. Sie umringten den Kristall wie ein finsterer Nebel, der lebendig war. Sie wollten mich aufhalten, mich davon abhalten, den Kristall zu berühren. Ich konnte ihre feindselige Energie spüren, so dicht und kalt, dass sie mich förmlich erstickte." Ursula schloss für einen Moment die Augen und legte ihre Hand an ihre Brust. „Trotzdem weiß ich – in meinem Innersten –, dass ich diesen Kristall finden muss. Er ist wichtig. Aber wofür?"

„Das werden wir sicher noch zusammen herausfinden", sagte ich und legte Ursula ermutigend die Hand auf die Schulter. „Wir sind jetzt ein Team." Meine Worte sollten mehr Sicherheit vermitteln, als ich tatsächlich empfand, doch ich hoffte, sie würden Ursula und auch mir Kraft geben.

„Das waren bestimmt die Schattenbringer", überlegte Aurelio laut. Seine Stimme war ruhig, aber seine Augen verrieten Besorgnis.

In diesem Moment erlosch das Licht des Orakels abrupt. Der Raum fiel gefühlt in völlige Dunkelheit zurück. Es war, als ob eine unsichtbare Hand die letzte Flamme eines sterbenden Feuers erstickte.

Ein kaltes Schaudern durchlief mich, und ich spürte, wie sich meine Nackenhaare aufstellten. Ursula zog unwillkürlich scharf die Luft ein, ihre Hand suchte Halt bei mir.

Aurelio wirkte wie erstarrt, bevor sein Blick zögerlich wieder weiter wanderte. Erst sah er auf das dunkle Orakel, als würde er darin eine Antwort suchen, dann richtete er seine Augen auf die Glaskuppel über uns, die im Schatten lag. Eine Wolke musste sich vor die Sonne geschoben haben.

Die unheimliche Stille des Tempels schien uns einzuschließen, wie ein Mantel, der schwer auf den Schultern lastete. „Die Sonne ist schon höher gestiegen", flüsterte Aurelio schließlich, und seine Stimme klang gedämpft, fast ehrfürchtig. „Wir sehen sie nicht mehr von hier aus."

Seine Worte brachten uns kaum Trost. Der Tempel des Lichts fühlte sich plötzlich kalt und fremd an – ein Ort, der sowohl ein Rätsel als auch eine Gefahr barg. Oder zumidest eine kaum zu ertragende Ungewissheit.

Etwas in uns allen drängte uns, den Tempel zu verlassen. Es war ein Gefühl, das sich wie ein flüsternder Befehl tief in unserem Inneren regte, und ohne Worte schienen wir gleichzeitig zu wissen, was zu tun war. Wir warfen uns kurze, verständnisvolle Blicke zu, dann traten wir zügig durch die gläserne Tür zurück ins Freie.

Kaum hatten wir den Tempel verlassen, geschah etwas Unheimliches. Ohne dass einer von uns die Tür berührt hatte, fiel sie wie von unsichtbarer Hand ins Schloss. Ein leises, klares Klicken hallte durch die Stille. Wir hielten erschrocken inne und drehten uns zu der Glastür um, die nun wieder fest verschlossen war. Ein kaltes Kribbeln lief mir den Rücken hinunter.

„Habt ihr das gesehen?" fragte ich leise, aber keiner antwortete. Die Atmosphäre war so dicht, dass es schien, als wollte niemand die Stille brechen.

Wir gingen ein ganzes Stück von der Glasfront weg, zurück zu dem Platz, wo wir unser Nachtlager aufgeschlagen hatten. Der still daliegende Tempel lastete schwer auf unseren Gemütern. Wie hatte dieser Ort nur wenige Momente zuvor die Leichtigkeit des Lichts ausstrahlen können? Der Gegensatz war beinahe erdrückend und ließ mich an der Realität der Ereignisse zweifeln.

Als wir an unserem Nachtlager ankamen und dort fassungslos herumstanden, richtete Ursula plötzlich ihren Blick gen Himmel. Mit einem unerwartet lauten Ausruf durchbrach sie die Stille: „Seht!"

Sofort folgten unsere Augen ihrem Blick. Der Wolkengürtel, der Arterien immer umhüllte, war wie gewohnt präsent, schwebte erhaben und allgegenwärtig über dem Land. Doch darüber hinaus war der Himmel selbst makellos, fast schockierend klar. Ein tiefes, ungestörtes Azurblau, das die Weite des Himmels betonte.

Aber da oben war auch eine einzelne dunkle Wolke vor der Sonne, die sich nun bereits deutlicher abzeichnete. Diese Wolke musste der Grund gewesen sein, warum das Orakel so plötzlich in Dunkelheit getaucht war. Ihre Präsenz in diesem ansonsten wolkenlosen Himmel war beängstigend, fast wie ein Vorzeichen, das sich über dem Land ausbreitete. Der Kontrast war erschreckend stark und wirkte, als würde sich das Gleichgewicht der Welt plötzlich verschieben.

„Das ist nicht normal", murmelte Aurelio, und sein Tonfall klang ebenso nachdenklich wie besorgt. Ich nickte langsam.

Wir blickten uns gegenseitig fragend an, aber niemand konnte eine Antwort geben. Ein leiser Wind strich über das Land, als würde er die seltsame Stille zwischen uns verhöhnen.

„Die Schattenbringer", wiederholte Aurelio nachdenklich, als wollte er den Gedanken festigen. „Habt ihr euch nicht auch gewundert, dass wir hier keine Schattenbringer angetroffen haben? Meister Ambrosius hat doch erzählt, dass der Tempel des Lichts im Land der Schattenbringer liegen würde und dass es die Schattenbringer waren, die die Tore zugemauert haben."

Ich überlegte kurz und antwortete dann ruhig: „Ich habe gelernt, alle Geschichten infrage zu stellen. Und Ambrosius hat uns auch erzählt, dass es sehr hilfreich sein kann, etwas nicht zu verstecken, sondern die Geschichte davon ganz offen zu erzählen – nur eben ein wenig anders."

„Genau wie bei Arterien selbst", warf Ursula ein und ihre Stimme trug den Hauch einer Bestätigung.

„Genau", fuhr ich fort, „und der Tempel des Lichts lässt sich innerhalb Arterien auch nicht wirklich verstecken. Wer sagt uns, dass es tatsächlich die Schattenbringer waren, die die Tore zugemauert haben? Vielleicht haben die zugemauerten Tore schon immer zum Konzept des Tempels gehört. Wieso hätten die Erbauer sonst diese Tür in die Glasfront einbauen sollen?"

„Du meinst", fragte Aurelio, „das war alles Teil der Prüfung?"

„Zumindest eines weiß ich", antwortete ich nachdenklich, „dass all das hier eine Prüfung des Glaubens gewesen ist. Und schließlich haben die Bewahrer es gelernt, Geschichten zu erfinden. Und wenn sie die Geschichte erfinden, dass es die Schattenbringer selbst waren, die diesen Tempel unbrauchbar gemacht haben, dann würden die Schattenbringer diesen Ort in Ruhe lassen. Ein unbrauchbarer Ort wird uninteressant. Ich weiß nicht, wie es wirklich ist oder war, aber ich weiß, dass diese Geschichte gut ins Bild passen würde."

„Egal", seufzte Ursula, „wichtig ist, was wir erlebt haben und was wir daraus machen." Sie sah uns an, als wolle sie uns auffordern, nach vorne zu schauen und das, was vor uns liegt, mit Entschlossenheit zu gestalten.

„Ursula hat recht", bekräftigte ich. „Wir müssen wieder einmal bei dem bleiben, was wir wissen: Wir können hier und jetzt etwas verändern. Was ist also der nächste Schritt?"

„Mir erscheint das klar", sagte Ursula mit fester Stimme. „Ganz klar. Wir sind hierhergekommen, um diesen Raum zu finden, von dem Ambrosius gesprochen hat. Dort soll es angeblich weitere Hinweise geben. Alles andere ist zu vage."

„Das sehe ich auch so", stimmte ich zu und wandte meinen Blick zu Aurelio. „Das bedeutet, dass du uns führen musst."

„Wie soll ich das machen?", fragte Aurelio, sichtlich verwundert. „Ich habe diesen Raum zwar gesehen, aber nicht den Weg dorthin."

„Das ist gar nicht notwendig", sagte ich ruhig.

Aurelio und Ursula blickten mich überrascht an.

„Wisst ihr nicht mehr, wie wir beim Haus von Ambrosius gestartet sind und hierher zum Tempel des Lichts gereist sind?", fragte ich. „Ich habe Ambrosius erzählt, dass ich den Tempel nicht wirklich sehen kann. Und er hat mir erklärt, dass es genügt, wenn ich mich innerlich mit dem Tempel des Lichts verbinde. Der Weg würde mir dann gezeigt werden. Und genau das musst du jetzt tun."

„Meinst du wirklich?", fragte Aurelio unsicher.

„Bist du nicht schon früher an einen Ort gereist, den du nicht mit deinen äußeren Augen gesehen hast?", fragte Ursula nun. „Sondern nur in deiner Vorstellung?"

„Wenn du so fragst", antwortete Aurelio nachdenklich, „dann habe ich das natürlich schon oft gemacht. Das waren aber Orte, an denen ich bereits zuvor gewesen bin. Ich kannte also den Weg dorthin."

„Dann ist das hier so etwas wie die nächste Prüfung des Glaubens und des Vertrauens", erklärte ich ihm mit ruhiger Überzeugung. „Du musst darauf vertrauen, dass du dein Ziel erreichen wirst, wenn du dich nur im Innersten fest damit verbindest."

Aurelio nickte langsam, und ich konnte in seinen Augen sehen, dass er begann, die Bedeutung meiner Worte zu verstehen.

Wir packten unsere Sachen zusammen, tranken und aßen ein wenig von unserem Proviant. Der Wind war abgeebbt, und die dunkle Wolke über uns war verschwunden. Die Sonne tauchte das Land in gleißendes Licht, als wir uns darauf vorbereiteten, das nächste Stück des Weges zu gehen.

KAPITEL 7 – IN DEN GEFILDEN DES ADLERS

„Aber wie genau machen wir zwei das denn?", fragte Ursula und sah mich fragend an. „Wir haben ja keine Vorstellung von diesem Raum. Aurelio weiß, wie er aussieht, aber wir beiden…"

„Wir wissen aber", antwortete ich ruhig, „dass es irgendwie mit einem Adler zu tun hat. Wir konzentrieren uns einfach auf einen Adler. Und natürlich müssen wir zusammen bleiben. Ich hake mich bei dir unter, wie wir das auch sonst immer machen, wenn wir eine Strecke schnell zurücklegen wollen. Und du hakst bei Aurelio unter. Wir gehen den Weg zusammen."

Die beiden nickten nachdenklich, dann blickte Ursula auf und fragte: „Dann geht es also jetzt los?"

„Ich bin bereit", bestätigte Aurelio, seine Stimme ruhig und vornehm, während er die Augen schloss.

„Gut", sagte ich, und in diesem Moment konnte ich die Anspannung der bevorstehenden Reise in jeder Zelle spüren. Während wir uns unterhakten, sagte ich zu Ursula: „Ich schaffe die Blase aus Energie und springe auf einen schnelleren Zeitstrahl. Vergiss aber nicht, beim Adler wieder auf die normale Zeit zurückzustellen. Und wenn du soweit bist, konzentrieren wir uns ganz fest auf den Adler."

Mit einem leisen Nicken schloss Ursula ihre Augen. Es war fast, als könnte ich ihren inneren Fokus spüren. Wir waren alle in einem Zustand völliger Konzentration vereint. Statt der Stille schienen das Rauschen der Wellen an der Küste und der sanfte Wind ein leises Abschiedslied zu spielen – die einzigen Geräusche, die noch blieben.

„Bereit", sagte Ursula, ihre Stimme war kaum mehr als ein Flüstern. Sie war so still, dass die Welt ringsum wie in Ehrfurcht innehielt.

„Dann geht's los!", sagte Aurelio mit einer Entschlossenheit, die über das Hochplateau vor dem Tempel des Lichts hinwegwehte wie ein belebender Wind. Es war, als würde diese Kraft uns alle mitziehen, weiter voran auf unserem Weg.

Mit einem letzten, tiefen Atemzug machten wir uns auf den Weg – vom Tempel des Lichts in die Berge, auf eine Reise, deren Ziel uns noch vage und fern erschien, doch die Entschlossenheit in uns wuchs mit jedem Schritt, den wir in diesem neuen Raum der Zeit machten.

Das Hochplateau lag hinter uns, und der Weg führte unsere kleine Gruppe zunächst durch den Westen Arteriens. Die Luft war klar, der Horizont weit, doch die Umgebung veränderte sich rasch. Anfangs säumten weitläufige Felder unseren Weg, durchzogen von schmalen Pfaden, die sich zwischen den Feldern hindurchwanden. Die Dörfer, an denen wir vorbeikamen, waren klein, doch jedes strahlte eine eigenartige Ruhe aus. Hier schien die Welt in sich geschlossen, fast wie aus einer anderen Zeit. Keine Tiere waren zu sehen, weder auf den Feldern noch in den Häusern – ein eigenartiges, stilles Leben, das von Pflanzen und Menschen getragen wurde.

„Merkwürdig", murmelte Ursula neben mir, während wir über die breiten Steinwege schritten. „Keine Tiere. Nicht einmal ein Hund, der uns nachblickt."
        Es war hier, wie wir es schon auf der Reise zum Tempel des Lichts beobachtet hatten.
        „Das ist Teil ihrer Philosophie", erklärte Aurelio ruhig und blickte über seine Schulter zu uns. „In Arterien hat man vor langer Zeit beschlossen, die Tiere nicht länger zu nutzen oder zu töten. Es ist ein Leben im Einklang mit dem, was die Erde von sich aus gibt. Und nur die Schattenbringer leben im Frevel."

Das Aufrechterhalten der Energieblase ging uns mittlerweile leichter von der Hand. Waren wir tags zuvor noch schweigend zum Tempel des Lichts gereist, so konnten wir jetzt bereits kleinere Unterhaltungen führen, ohne den Fokus zu verlieren. Ein Fortschritt, der in dieser Windeseile wohl nur in Arterien möglich war.

Unsere Schritte wurden schneller, die Energieblase schien uns wie eine unsichtbare Hand vorwärts zu schieben. Die Zeit um uns herum beschleunigte sich, und die Umgebung veränderte sich fast unmerklich, bis sich die sanften Hügel in felsige Hänge verwandelten. Die Berge erhoben sich vor uns, und die Pfade wurden schmaler. Die letzten Spuren belebter Zivilisation verschwanden, und bald fanden wir uns in einem Labyrinth alter Ruinen wieder.

Die Siedlung war überwältigend in ihrer schieren Komplexität. Häuser aus Stein und Lehm schienen aus den Felsen selbst gewachsen zu sein. Manche waren kaum mehr als zusammengebrochene Wände, andere standen noch fast unversehrt da, mit Fassaden, die von der Zeit glatt geschliffen worden waren. Treppen führten in die Tiefe, durch enge Gassen und über zerfallene Brücken. Die Luft war kühl, und das Echo unserer Schritte hallte in der Stille wider.

„Es fühlt sich an, als ob wir beobachtet werden", flüsterte Ursula und sah sich suchend um.

„Das sind die Geister der Vergangenheit", sagte Aurelio leise. „Diese Siedlung war einst das Herz von Arterien. Hier haben die Menschen gelebt, die unser Land aufgebaut haben. Ihre Anwesenheit ist noch spürbar."

Die Anstrengung des Aufstiegs nahm zu. Wir kletterten über schmale Leitern, stützten uns gegenseitig, wo der Weg besonders tückisch wurde. Gelegentlich flatterte ein Vogel aus einer der Ruinen auf oder eine Eidechse huschte über die sonnenwarmen Steine. Das Labyrinth schien endlos, bis wir schließlich an einem schlichten Haus ankamen, das an einer Felswand lehnte.

„Hier", sagte Aurelio und zeigte auf eine Tür in einer versteckten Ecke des Gebäudes.

Die Tür war unscheinbar, aus dunklem Holz gefertigt, doch in die Mitte war die Silhouette eines Adlers eingearbeitet. Die schlichten Linien schienen im Licht der Energieblase aufzuleuchten.

„Sind wir wirklich schon da?" fragte ich, und meine Stimme klang in der Stille fast fremd.

Die Energieblase, die uns auf unserem Weg geschützt hatte, begann zu flimmern und löste sich allmählich auf. Übrigens darf man sich so eine Energieblase nicht wie etwas vorstellen, das andere ganz normal mit den Augen wahrnehmen können. Es war etwas, das einen in seiner Vorstellung umgab. Lediglich ich schien aufgrund meiner bereits zuvor vorhandenen Wahrnehmung diese Energie als verstärkte Farben gezeigt zu bekommen.

Die Zeit kehrte zu ihrem normalen Fluss zurück, und die Umgebung schien wieder fest und greifbar zu werden. Wir standen nun vor der Tür, die in die Tiefen der Vergangenheit Arteriens führen würde.

„Das habe ich mir anders vorgestellt", sagte Ursula und ließ ihren Blick noch einmal über die schlichte Holztür gleiten. „Irgendetwas Königliches oder so." Die uralte hölzerne Klinke gab leise quietschend nach, als sie sie drückte, und die Tür öffnete sich dann unter einem langsamen, lauten Knarren. Doch was sich dahinter offenbarte, ließ sie enttäuscht aufstöhnen. „Im Ernst? Eine Abstellkammer?"

Der Raum, der sich vor uns öffnete, war kaum mehr als eine schmale Kammer. Nur das schwache Licht, das aus der offenen Tür in die Dunkelheit drang, ließ die Umrisse der verstaubten Regale, zerbrochenen Kisten und des unidentifizierbaren Gerümpels erahnen. Der Rest des Raumes blieb im Dunkeln verborgen.

Ursula verschränkte die Arme vor der Brust und drehte sich zu Aurelio um. „Bist du dir sicher, dass wir hier richtig sind?"

Aurelio stand still, seine Haltung ruhig, doch ich konnte sehen, wie er leicht die Stirn runzelte. Schließlich nickte er zögernd. „Ja, es fühlt sich richtig an … auch wenn mein Verstand etwas anderes sagt."

„Dann muss hier etwas sein", sagte ich entschlossen und wandte mich an Ursula. „Magst du bitte noch einmal genauer nachsehen?"

„Klar", antwortete Ursula nur, ohne ein weiteres Wort, und trat in die Kammer. Es raschelte, als sie zwischen den Kisten hindurchging. „Hier ist ein Vorhang!", rief sie plötzlich. Ihre Stimme klang gedämpft aus der Dunkelheit. „Und dahinter geht es weiter!"

„Ein weiterer Raum?" fragte ich, meine Neugier geweckt.

„Nein", rief Ursula zurück, „es sieht eher aus wie ein schmaler Gang, in den Fels gehauen. Da vorne ist Licht! Kommt, das sehen wir uns an."

Im Laufe unserer gemeinsamen Reise war mir mehr und mehr bewusst geworden, dass ich Ursula nicht nur als meine Weggefährtin, sondern auch als Führungspersönlichkeit betrachtete. Sie war die Agilere von uns beiden, diejenige, die den Schritt voranging. Ich war der, der nachzog, und der Versuch, Schritt zu halten, war oft eine Herausforderung – nicht körperlich, sondern im Einklang mit ihrer Entschlossenheit. Doch ich hatte mich daran gewöhnt, und auf diesem Weg wurde ich immer sicherer, ihr zu folgen, auch wenn mein Tempo nicht immer ihrem Takt entsprach.

Mit meinem Stock tastete ich mich hinter ihr her, während sie sich bereits durch den Vorhang zwängte. Ich hörte, wie sie fluchte, gefolgt von einem lauten Aufschrei: „Iiih! So viele Spinnweben!" Es raschelte und knackte, als sie die klebrigen Fäden beiseite schob. „Hier war schon ewig niemand mehr!"

Der Gedanke an all das Getier, das sich in der Dunkelheit verstecken könnte, jagte mir einen kalten Schauer über den Rücken. Ich verdrängte das unangenehme Gefühl und konzentrierte mich darauf, Schritt für Schritt durch den Gang zu tasten, der mich immer tiefer in die unbekannte Dunkelheit führte. Meine Finger glitten an den kalten, rauen Wänden entlang, und der modrige Geruch des Gangs wurde intensiver. Von hinten hörte ich Aurelios leises Atmen, während er sich mit langsamen, bedachten Bewegungen vorwärtsarbeitete.

„Es wird heller!" rief Ursula schließlich. Ihre Stimme klang fast triumphierend. Der kühle Luftzug, der uns entgegenwehte, wurde stärker, und ein sanfter Lichtschein zeichnete sich vor uns ab.

Dann trat Ursula ins Freie, und ich folgte ihr dicht, während ich mich mit meinem Stock vorsichtig vortastete. Aurelio schloss die Reihe, und gemeinsam verließen wir den engen, dunklen Gang.

Ein kalter Wind wehte uns um die Ohren. Wir standen auf einem Felsvorsprung. Gerade als wir das erkannten, sauste ein Adler auf uns herab und flog dann gekonnt, mit einem ohrenbetäubenden Schrei knapp über unsere Köpfe hinweg. Zunächst hatte es so ausgesehen, als wolle er uns angreifen. Irgendetwas hatte ihn jedoch davon abgehalten, und er hatte sein Vorhaben aufgegeben. Er erhob sich in die Lüfte und zog von dort aus seine Kreise, fast so, als würde er uns beobachten. Seinen Horst, von dem er gekommen war, konnten wir hoch oben in den steilen Felsen erkennen.

Nun sahen wir uns um. Links vor uns erstreckte sich die weite Arteriens, zu beiden Seiten war diese Aussicht von schroffen Gipfeln umrahmt. Es war ein majestätischer, aber zugleich bedrohlicher Anblick. Hinter uns lag eine steile Felswand mit der Öffnung zurück in den Gang, von dem wir gekommen waren.

Vor uns lag die Schlucht mit einer gewaltigen Tiefe. Der Abgrund war so tief, dass wir den Boden nur erahnen konnten, in dem diffusen Licht, das zwischen den Felsen hindurchdrang. Zwei Hängebrücken führten hinüber zur anderen Seite. Jede von ihnen war nur aus Seilen gefertigt, die längs gesponnen und mit einem Geflecht aus weiteren Seilen quer verbunden waren, sodass sie wie ein wackeliges Netz über den Abgrund spannten.

Auf der anderen Seite der Schlucht, am Ende eines schmalen Pfades, erhob sich eine massive Tür mit schweren Beschlägen, eingefasst in einen ebenso massiven, steinernen Türrahmen. Sie wirkte alt und eindrucksvoll, als hätte sie schon Jahrhunderte überdauert. Diese Tür war das einzige sichtbare Tor zu dem, was hinter dem Felsmassiv verborgen lag.

Die Tür selbst zeigte dasselbe, stilisierte Symbol des Adlers, das wir auf der anderen Tür zuvor gesehen hatten. Im Stein darüber war das Symbol Arteriens eingearbeitet.

„Wow", sagte ich, „das war knapp. Vielleicht hätten wir da hinunterfallen können."

„Er wollte uns nichts tun", sagte Aurelio mit Bestimmtheit. „Das war genau der Adler aus meiner Vision im Orakel."

Er freute sich fast, als hätte er einen alten Freund wiedergetroffen. Aurelio blickte dem Steinadler hinterher, der hoch in den Lüften kreiste, und hob die Hand wie zum Gruß.

„Was für ein majestätisches Tier", sagte Ursula bewundernd, und ihre Augen folgten dem Adler, der sich immer weiter entfernte, bis er nur noch ein winziger Punkt am Horizont war.

Wir schauten ihm noch einige Momente gebannt hinterher, bevor wir unsere Aufmerksamkeit auf die Tür auf der anderen Seite der Schlucht richteten. Sie war groß und beeindruckend, ein wahrer Kontrapunkt zur rauen Wildnis, die uns umgab.

„Da drüben", sagte Ursula und deutete auf die Tür. „Da müssen wir hin."

„Und willst du wirklich über eine dieser Hängebrücken?", fragte ich Ursula skeptisch. Der kalte Wind peitschte uns ins Gesicht, und die Brücken, die wir vor uns sahen, waren schwindelerregend hoch.

„Die sind bestimmt schon sehr alt", fügte Aurelio hinzu und begutachtete die beiden Brücken genauer. Die Seile, die die Hängebrücken hielten, wirkten ausgeleiert und teilnahmslos, als hätten sie schon viele Jahre den Sturm und Regen der Schlucht ertragen müssen. Ein leichtes Wackeln der Brücken im Wind verstärkte den Eindruck, dass diese Konstruktionen längst in die Jahre gekommen waren.

„Um zu springen, ist es zu weit", überlegte Ursula laut, „wir müssen über die Brücken."

„Das wird aber ein ziemlicher Balanceakt", sagte ich. „Und ich bin nicht wirklich schwindelfrei."

„Also ich selbst", sagte Ursula mit einem entschlossenen Lächeln, „traue mir das ohne weiteres zu. In unserem Training musste ich ähnliche Dinge machen." Sie blickte mich herausfordernd an. „Und ich habe dich auf dem Stand-Up-Paddle-Board gesehen. Du kannst das auch. Du darfst nur nicht an die Höhe denken."

„Na, du hast gut reden", erwiderte ich und fuhr mir nervös durchs Haar. Der Wind nahm wieder zu, und ein kalter Luftstoß ließ mich frösteln. Die Brücken wackelten in der Höhe, und ich konnte die morschen Seile förmlich riechen.

Aurelio war inzwischen in die Hocke gegangen und prüfte die Seile mit der Hand. Er richtete nun das Wort an uns: „Findet ihr es nicht auch eigenartig, dass es zwei Hängebrücken gibt, die offensichtlich identisch sind?" Seine Stimme war ruhig, doch es war ein scharfer, nachdenklicher Ton darin.

Die Erkenntnis, dass hier möglicherweise die nächste Prüfung auf uns wartete, ließ uns erstarren. Ein kühles, beklemmendes Gefühl überkam mich, als ich spürte, dass es hier kein Zurück gab. Es gab nur den Weg über die Schlucht, und alles andere stellte keine Alternative dar.

Wir schwiegen eine ganze Weile. Aurelio kniete immer noch, konzentriert vertieft in seine Prüfung, und versuchte, einen Unterschied zwischen den beiden Brücken auszumachen. Die Finger an den Seilen tasteten wie eine feine, forschende Hand, der keine Unregelmäßigkeit entging. Ursula war ruhig, aber aus den kleinen, präzisen Bewegungen, mit denen sie sich von einer Brücke zur anderen umwandte, konnte man deutlich erkennen, dass sie überlegte, wie man wohl am besten darüber kommen könnte. Ich selbst ließ meinen Blick schweifen, doch meine Gedanken drehten sich um die Frage, ob mir irgendeine spirituelle Eingebung die richtige Brücke nennen könnte.

Plötzlich durchbrach ein leises, kaum hörbares Piepsen die Stille. Eine Maus hatte sich zu uns auf den Felsvorsprung gesellt. Sie schlüpfte geschmeidig zwischen den Steinen hindurch und stellte sich dann, fast wie eine kleine, freche Herausforderung, mitten vor uns hin. Ihre Augen funkelten neugierig, und ihr feines, schwarzes Näschen zuckte. Ursula bemerkte sie sofort und wandte sich mit einem sanften Lächeln zu dem kleinen Tier.

„Na, wer bist du denn?", flüsterte sie, als sie sich langsam zu der Maus beugte. Ihre Stimme war weich, fast wie ein beruhigendes Murmeln.

Die Maus blickte sie neugierig an und piepste erneut, als ob sie Ursula verstanden hätte. Ursula streckte ihre Hand aus, mit einer ruhigen, einladenden Geste. „Magst du auf meine Hand klettern?"

Wie auf ein stilles Kommando hin, kletterte die Maus vorsichtig auf ihre Hand. Ursula hielt das Tier sanft, betrachtete es aufmerksam und sagte dann mit leiser, fester Stimme: „Bist du gekommen, um uns zu helfen?"

Ein weiteres Piepsen folgte, diesmal ein wenig deutlicher, und Ursula nickte wissend. „Gut", sagte sie. „Zeig uns, welche der beiden Brücken wir benutzen sollten."

Die Maus piepste noch einmal und richtete ihren Blick in Richtung der Brücken. Ursula hielt sie ruhig in der Hand, als ob sie wartete, dass die Maus ihr Antwort gab. Ein Moment der Stille verstrich, in dem ich das Gefühl hatte, die Welt um uns herum würde sich verlangsamen. Fast hätte ich vergessen, zu atmen.

Dann, ganz unerwartet, setzte die Maus sich auf ihre Hinterbeine. Sie schien zu zögern. Es machte den Eindruck, als ob sie zwischen den beiden Brücken hin und her blickte. Ein kurzer Augenblick, der fast wie ein kleines Entscheidungsritual wirkte. Schließlich, mit einem entschlossenen Piepser, sprang sie von Ursulas Hand und lief zielstrebig auf die rechte Brücke zu.

„Schau nur", flüsterte ich und deutete auf die Maus, die unaufhaltsam die Seile der Brücke entlanglief. „Sie weiß genau, wohin sie will."

Ursula lächelte, als sie der Maus mit ihren treuen Augen folgte. „Sie ist unser Führer", sagte sie leise.

Die Maus lief geschickt über die Seile, die in gewundenen Mustern zwischen den Felsen gespannt waren. Ihre kleinen Füße hinterließen kaum Spuren auf den groben Fäden, die mit der Zeit und den Elementen verblichen waren. Sobald sie die andere Seite erreicht hatte, drehte sie sich noch einmal um. Auf der gegenüberliegenden Seite der Schlucht setzte sie sich erneut auf ihre Hinterbeine, blickte uns an und piepste einmal mehr.

„Danke", sagte Ursula, ihre Stimme sanft und voll von Dankbarkeit. „Du hast uns wirklich geholfen."

Die Maus piepste noch ein weiteres Mal, drehte sich dann um und lief ohne zu zögern weiter. Sie verschwand in einer Felsspalte, die sie mit einer flinken Bewegung betrat.

Aurelio und ich standen schweigend da, mit großen Augen, und blickten Ursula an, als hätten wir gerade ein kleines Wunder miterlebt. Ohne Umschweife, fast wie aus einem inneren Impuls heraus, erwiderte Ursula unseren Blick und sagte kurz und knapp: „Na, dann ist ja alles klar!"

Die rechte Brücke, dachte ich laut, das passt. Man spricht schließlich auch vom rechten Weg. Die Worte schwangen noch mit, als Ursula, Aurelio und ich uns anschickten, die Brücke zu überqueren. Doch bevor wir starten konnten, hielt Ursula inne. „Unsere Rucksäcke", sagte sie in ihrer gewohnt praktischen Art. „Die lassen wir hier. Zu viel Gewicht kann auf der Brücke gefährlich werden."

Ich nickte und setzte meinen Rucksack ab, spürte die Erleichterung, als die Last von meinen Schultern fiel. Aurelio, der immer noch eine Tasche mit unserem Proviant trug, folgte ihrem

Beispiel. Er stellte seine Tasche sorgfältig neben meinen Rucksack und überprüfte, ob alles sicher lag.

Ballast abwerfen hieß es an dieser Stelle des Weges, und wieder enmal mussten wir etwas zurücklassen, um voranzukommen. Viel mehr beschäftigte mich aber dort auf dem Felsvorsprung die Frage, ob die Maus nicht nur einfach über die Brücke hatte laufen können, weil sie so leicht gewesen war. Ich wollte aber einfach in Ursula vertrauen, in sie, ihre Fähigkeiten und in eine kleine Maus.

Die Hängebrücke vor uns war eine simple, doch ehrfurchtgebietende Konstruktion: nur zwei parallele Stränge aus Seilen, verbunden durch ein Geflecht quer dazu. Sie schwankte bereits im Wind, ohne dass auch nur ein Einziger Fuß auf sie gesetzt worden war, als wolle sie uns herausfordern. Es gab weder Geländer noch Halteseile – hier war einzig unser Gleichgewicht gefragt.

Ursula, unsere erfahrene Geheimagentin, schritt als Erste voran. Mit geschmeidigen Bewegungen, die ihre sportliche Natur verrieten, testete sie jeden Schritt vorsichtig, ohne dabei zu zögern. Sie wirkte völlig ruhig, als hätte sie nie etwas anderes getan.

Dann war ich an der Reihe. Mein Herz begann schneller zu schlagen, als ich mich der Brücke näherte. Der Abgrund unter mir war schwindelerregend, auch wenn ich ihn nur schemenhaft wahrnahm. Ursula drehte sich um und rief mir zu: „Denk nicht daran, wie hoch wir sind. Konzentrier dich nur auf deine Füße und die nächste Bewegung."

Aurelio ergänzte mit seiner sanften Stimme: „Es ist wie unsere Reise durch Arterien: Schau auf das Ziel. Siehst du Ursula dort drüben? Stell dir vor, wie du bei ihr ankommst. Dein Körper weiß, was zu tun ist."

Ich atmete tief ein und machte den ersten Schritt. In genau diesem Moment geschah etwas Unerwartetes: Der Wind, der zuvor unermüdlich über die Schlucht geweht hatte, verstummte. Eine seltsame Stille legte sich über die Szene, fast wie ein schützender Mantel.

Meine ersten Schritte waren vorsichtig, unsicher. Die Seile schwangen leicht unter meinen Füßen, und ich musste all meine Konzentration aufbringen, um mich vorwärts zu bewegen. Mein Tastsinn wurde zu meinem wichtigsten Begleiter. Jeder Knoten im Seil, jede Unebenheit unter meinen Schuhen war eine kleine Bestätigung, dass ich vorankam. Ursula ermutigte mich von der anderen Seite, ihre Stimme fest und beruhigend.

Kurz vor der Mitte der Brücke geriet ich ins Straucheln, als ein loses Strickende unerwartet unter meinen Füßen hin- und herpendelte. Ich hielt inne, atmete tief durch und suchte verzweifelt nach meinem inneren Gleichgewicht. „Du schaffst das!" rief Ursula. „Nur noch ein paar Schritte!"

Mit zitternden Beinen setzte ich meinen Weg fort, bis ich endlich festen Boden unter den Füßen spürte. Ursula zog mich mit einem breiten Lächeln und lautem Jubel über die letzte Schwelle.

Nun war Aurelio an der Reihe. Er schloss für einen Moment die Augen, als wolle er sich sammeln. Als er die Brücke betrat, wirkte jede seiner Bewegungen wie einstudiert, beinahe vornehm. Mit geschmeidigen Schritten setzte er seinen Weg fort, die Brücke schien ihm förmlich zu gehorchen.

Ursula und ich beobachteten ihn gebannt, bis auch er schließlich sicher auf unserer Seite ankam. Wir nahmen ihn mit jubelnden Stimmen in Empfang. Die Erleichterung war unermesslich, wie eine Woge, die über uns hinwegspülte.

Für einen Moment standen wir schweigend da, betrachteten die Brücke, die uns die Schlucht hatte überwinden lassen. Etwas zurückzulassen war nötig gewesen, um voranzukommen. Und jetzt waren wir da: gemeinsam, erleichtert, bereit für das, was vor uns lag.

„Wenn ich es richtig betrachte," sagte ich nachdenklich und ließ meinen Blick zwischen den beiden Hängebrücken schweifen ,

„dann neigt man wohl dazu, die andere Brücke zu wählen, wenn man aus dem dunklen Gang heraustritt. Sie scheint der etwas direktere Weg zu sein." Ich drehte mich leicht zu Aurelio. „Hättest du nichts gesagt, hätte ich mich sicher auf diese Brücke konzentriert."

„Manchmal," bemerkte Ursula mit einem feinen Lächeln, während sie ihren Blick fest auf die Brücke vor uns gerichtet hielt, „muss man eben einen kleinen Umweg gehen, um wirklich voranzukommen."

Aurelio, der die Hände locker hinter dem Rücken verschränkt hatte, nickte bedächtig. „Genau genommen," begann er in seinem wohlüberlegten Ton, „wissen wir nicht, ob die andere Brücke nicht ebenfalls funktioniert hätte." Er ließ seinen Blick kurz über die tiefen Schluchten schweifen, bevor er mit einer sanften Bewegung seines Kopfes zu uns zurückkehrte.

„Ach, das ist doch im Leben oft so," sagte ich und zuckte mit den Schultern. „Wir haben uns entschieden, der Maus zu vertrauen, und es ist gut gegangen. Sich jetzt den Kopf über die andere Möglichkeit zu zerbrechen, lohnt sich doch nicht."

Ursula nickte zustimmend, ihre Augen leuchteten mit einer Entschlossenheit, die ich immer wieder bewunderte. „Ganz genau," bekräftigte sie und klopfte mir freundschaftlich auf die Schulter. „Lasst uns nach vorne schauen."

Mit einem leichten Schwung ihres Kopfes gab sie das Signal zum Aufbruch. Wir wandten uns alle drei der geheimnisvollen Tür zu, die vor uns lag. Jetzt, im gleißenden Licht, zeigte sie sich in ihrer ganzen erhabenen Pracht. Feine, filigrane Muster durchzogen die Oberfläche, und ein schwacher Schimmer schien von innen heraus zu kommen. Der Anblick ließ uns kurz innehalten, die Aufregung und Neugier in uns allen spürbar.

Die schwere Tür mit ihrem gusseisernen Riegel war bereits beeindruckend. Ich beobachtete, wie Ursula den gebogenen Griff nach oben schob und den Riegel mit einem leisen Knirschen zur Seite zog. Die Tür öffnete sich langsam, als würde sie ein uraltes Geheimnis preisgeben. Kühle Luft wehte uns entgegen, begleitet von einem Hauch von Sandelholz und Stein.

„Was für ein Ort," flüsterte ich ehrfürchtig, während wir den Raum betraten.

Ursula trat ein paar Schritte vor, ihre Hände in die Hüften gestützt. „Schlicht, aber …" Sie ließ die Worte in der Luft hängen, und ich folgte ihrem Blick zu dem steinernen Thron. „… edel. Und dieser Thron … er scheint darauf zu warten, dass jemand Platz nimmt."

Ich betrachtete den Thron genauer. Seine massige Gestalt dominierte die rechte Seite des Raumes. Er wirkte wie aus einem einzigen Block gehauen, seine Oberfläche glatt und kalt. Über ihm thronte die steinerne Figur eines Adlers, dessen Flügel weit ausgebreitet waren, als wollte er den gesamten Raum umfangen.

„Nicht nur der Thron," fügte Aurelio hinzu. Seine Stimme klang anders als sonst – weicher, fast ehrfürchtig. Ich wandte mich ihm zu und folgte seinem ausgestreckten Arm, der auf die Fenster wies.

„Seht, der Himmel. Kein Land, nur unendliches Licht."

Die Fenster fesselten auch mich. Kreisförmig angeordnet und hoch oben im Raum positioniert, schienen sie wie große Brenngläser das Licht des Himmels einzufangen und zu bündeln. Der Raum selbst war hell, aber das Licht hatte eine besondere Qualität – es war weich, fast lebendig.

Ursula ging zu einem der Fenster und blieb davor stehen, den Kopf leicht nach oben geneigt. Das Licht schien ihr Gesicht zu umrahmen, während sie es bewundernd betrachtete. „Die Art, wie diese Fenster gebaut sind," sagte sie leise. „Es erinnert mich an den Tempel des Lichts."

„Wie Lupen," murmelte ich mehr zu mir selbst. „Lichtfänger. Sie scheinen das Leben selbst hierherzuziehen."

Ich nahm einen tiefen Atemzug, während ich die Energie des Raumes auf mich wirken ließ. Es war, als würde der Raum selbst uns in eine tiefe Ruhe versetzen und dabei versuchen, zu uns zu sprechen.

„Seht euch das an!" Aurelios Stimme holte mich aus meinen Gedanken. Er stand vor dem Thron, die Hand ausgestreckt, als wollte er die Brust des Adlers berühren. „Der Adler … seine Brust …" Seine Augen funkelten, als er sich zu uns umdrehte. „Das Zeichen von Arterien. Hier ist es auch eingraviert."

Wir hatten definitiv den alten Thronsaal von Arterien wiederentdeckt. Oder zumindest etwas Ähnliches.

Ich spürte ein Kribbeln, als seine Worte mich erreichten. „Das ist der Raum des Adlers," sagte er mit fester Stimme, als würde er ein lange gehütetes Geheimnis enthüllen.

Langsam bewegten auch wir zwei anderen uns zum Thron. Jede unserer Bewegungen schien von der Stille des Raumes verschluckt zu werden. Ich spürte die Präsenz dieses Ortes als wohlige Wärme in der Magengegend – eine Mischung aus Ehrfurcht und etwas Undefinierbarem.

In der Mitte des Raumes stand ein massiver Altar aus Stein. Die Gravuren an den Seiten zogen meinen Blick an: Die Symbole der vier Elemente, der Baum der Bewahrer, das Zeichen von Arterien.

„Hier fehlt etwas," murmelte ich, als ich die Vertiefung in der Mitte des Altars mit der Hand berührte. Sie war glatt und präzise gearbeitet, als hätte sie darauf gewartet, gefüllt zu werden.

„Vielleicht ist es auch ein Symbol," sagte Aurelio. Seine Stimme klang nachdenklich. „Ein Zeichen dafür, dass der Raum noch auf seine Bestimmung wartet."

Ich ließ meinen Blick weiterwandern und entdeckte an der gegenüberliegenden Wand steinerne Tafeln. Sie waren mit fremdartigen Schriftzeichen bedeckt, die mir auf seltsame Weise vertraut vorkamen.

„Das könnten alte Geschichten sein," murmelte ich, während ich mit den Fingern die Gravuren nachzog. „Geschichten über diesen Ort."

„Vielleicht sind sie ein Schlüssel," ergänzte Ursula, während sie sich den Tafeln näherte. „Oder sie erklären uns, warum dieser Raum überhaupt existiert."

Ich schwieg und ließ den Raum auf mich wirken. Das Licht, das von den Fenstern kam, schien den Raum nicht nur zu erhellen, sondern eine spürbare Präsenz zu schaffen. Der Adler über dem Thron wirkte wie ein Beschützer, der uns beobachtete, ohne ein Wort zu sagen.

„Was für ein Raum," sagte ich schließlich. „Er ist voller Symbolik, aber … wofür wurde er geschaffen?"

„Vielleicht war es ein Ort, um das Göttliche zu empfangen," hörte ich Aurelio leise sagen. „Oder um Entscheidungen zu fällen, die die Welt betreffen."

Ich schloss die Augen und atmete tief ein. Der Raum hatte tatsächlich eine spürbare Energie, als würde er uns zu etwas einladen, das wir noch nicht verstanden.

„Alles hier deutet darauf hin, dass es eine höhere Bestimmung gibt," fügte Ursula hinzu. „Vielleicht liegt es an uns, sie zu entschlüsseln."

Eine angenehme Stille legte sich über uns, und wir verharrten, jeder in seinen eigenen Gedanken. Die spirituelle Anmutung dieses Ortes war unbestreitbar, und ich spürte, dass wir an der Schwelle zu etwas standen, das größer war als wir selbst.

Langsam ließ ich meinen Blick erneut über die Fenster, den Altar und den Thron schweifen. Der Raum war ein Rätsel, ein Versprechen. Aber wofür genau war er geschaffen?

Ich wandte mich den steinernen Tafeln zu, die an der Wand befestigt waren, und strich vorsichtig über die Oberfläche der ersten Tafel, wobei ich die Linien nur erahnen konnte.

„Kannst du mir helfen?" wandte ich mich an Ursula. „Ich kann hier nichts erkennen. Der Kontrast der Schrift ist für mich zu schwach. Ich vermute nur ein paar Striche, aber sicher bin ich mir nicht." Ich hatte nie gelernt, virtuos wie   andere

Sehbehinderte Linien mit den bloßen Fingern zu erkennen, auch, wenn ich darin etwas geübter war als ein Normal-Sehender.

Ursula trat näher an die Wand heran und betrachtete die Tafel eingehend. „Das ist es im Prinzip auch", sagte sie nach einer Weile nachdenklich. „Es ist nur eine Anordnung gerader Striche, die unter verschiedenen Winkeln und Abständen in den Stein geschlagen wurden – vermutlich vor sehr langer Zeit."

„Das klingt wie Keilschrift", murmelte ich und richtete meinen Blick auf Aurelio. „Kannst du das entziffern?"

Aurelio trat ebenfalls näher an die Wand und ließ seine Finger vorsichtig über die eingeritzten Linien gleiten. Nachdenklich strich er sich eine Haarsträhne aus der Stirn. Dann schüttelte er den Kopf. „Nein", sagte er bedauernd. „Wir Venen sprechen viele Sprachen, aber diese hier ist mir fremd. Es muss aus einer sehr alten Zeit stammen."

Ursula, die weiter die Tafel und die Wand daneben untersucht hatte, richtete sich auf. „Aber vielleicht können wir die Symbole und Bilder entschlüsseln, die hier eingraviert sind. Sie scheinen uns Hinweise zu geben."

„Kannst du die Symbole bitte beschreiben?" forderte ich sie auf.

„Natürlich", antwortete Ursula. Sie verschränkte die Arme und ließ ihren Blick über die Tafeln an der Wand gleiten. „Im Prinzip handelt es sich um verschiedene Zeichnungen, die quer über die Steintafel verteilt sind. Die größte zeigt schematisch diesen Raum hier. Man sieht den Thron, den Altar, die Fenster – und einen Kreis außerhalb des Raums."

„Das wird dann vermutlich die Sonne sein", bemerkte Aurelio leise. „Wenn ich an den Tempel des Lichts denke."

„Das können wir nicht mit Sicherheit sagen", entgegnete ich. „Im Tempel haben sie auch das Licht des Morgensterns genutzt. Und schließlich ist das Zeichen der Venus ein Teil des Symbols von Arterien."

„Und auch die Sonne", warf Ursula ein. Sie zeigte auf das Zeichen von Arterien auf der Brust des Adlers. „Wenn ich an das

Symbol von Arterien denke, fällt mir auf, dass der obere Teil des Zeichens, also der Kreis, von einer Zickzacklinie umgeben ist. Diese Linie sieht aus wie eine stilisierte Corona – ein Hinweis auf die Sonne. Es ist also gut möglich, dass auch sie eine wichtige Rolle spielt."

Ich nickte. „Das könnte stimmen. Was seht ihr noch?"

Ursula runzelte die Stirn und beugte sich etwas näher zur Tafel. „Ein Mensch sitzt auf dem Thron", erklärte sie, wobei ihre Stimme langsamer wurde. Nachdenklich strich sie sich mit der Hand über das Kinn. „Wenn man genau hinsieht, scheint es, als würden Strahlen von dem Himmelskörper bis zum dritten Auge der Person auf dem Thron führen."

Aurelio betrachtete die Zeichnung genauer. „Die Darstellung ist eindeutig", sagte er mit fester Stimme. Dann zeigte er auf eine Stelle auf der Tafel. „Aber sieh mal hier: Auf dem Altar scheint noch etwas zu liegen. Etwas, das jetzt fehlt und genau in die Vertiefung passen könnte, die wir vorhin entdeckt haben."

„Du hast recht", stimmte Ursula zu. „Und es sieht sogar so aus, als würde dieses fehlende Objekt die Strahlen bündeln."

Für einen Moment war es still. Ich konnte spüren, wie wir alle die neuen Erkenntnisse in uns sacken ließen. Zwei Dinge fehlten uns, das war nun klar.

„Wir brauchen den Gegenstand, der auf den Altar gehört", murmelte ich schließlich. „Und wir müssen herausfinden, welcher Himmelskörper zu welchem Zeitpunkt diesem Raum als Lichtquelle dient – ähnlich wie beim Tempel des Lichts."

Wieder wurde es still, während wir nachdachten. Schließlich brach ich das Schweigen.

„Wenn ich eine Reihenfolge festlegen müsste, dann sollten wir zuerst diesen geheimnisvollen Gegenstand finden." Ich sah zu Ursula und Aurelio. „Was denkt ihr?"

Die beiden nickten fast gleichzeitig. Wir hatten einen Plan – zumindest einen ersten Schritt. Doch die Frage, wie wir all die Rätsel lösen sollten, hing wie ein dichter Schleier über uns.

„Na, dann bin wohl jetzt ich dran", murmelte Ursula, während sie sich mit einer energischen Bewegung die Hand über ihr Gesicht strich, von der Stirn bis zum Kinn. Es wirkte, als wolle sie die gerade erlangte Erkenntnis regelrecht wegwischen.

„Was meinst du?", fragte ich vorsichtig.

Sie sah mich an, zögerte einen Moment und drehte dann den Kopf zu Aurelio. „Denkt doch mal an meine Vision", begann sie langsam. „Beim Orakel. Dort habe ich einen leuchtenden Kristall gesehen. Wenn ich mich an die Einzelheiten erinnere, dann… ja, die Form dieses Kristalls passt genau zu der Zeichnung hier an der Wand und zu der Vertiefung auf dem Altar."

Ihr Blick wanderte zwischen uns hin und her, ihre Worte klangen bedacht, fast zögerlich.

„Das klingt logisch", antwortete ich schließlich und ließ meinen Blick ebenfalls über die Tafeln und den Altar gleiten.

„Dann musst du dich mit dem Kristall verbinden", sagte Aurelio, der die Arme vor der Brust verschränkt hatte. Seine Stimme war ruhig, aber seine Augen funkelten voller Überzeugung. „So, wie ich es mit dem Raum des Adlers gemacht habe."

Ursula nickte langsam, doch ihr Ausdruck verdunkelte sich. „Ja, genau… Aber…" Sie zögerte, dann fuhr sie leise fort: „Mir graut vor den Schatten, die ich in meiner Vision gesehen habe."

Eine unheimliche Stille legte sich für einen Augenblick über den Raum. Ich spürte die Schwere ihrer Worte und die latente Angst, die in der Luft lag.

„Dann habe ich einen Vorschlag", sagte ich schließlich und bemühte mich um einen beruhigenden Tonfall. „Es muss doch schon sehr spät sein, oder? Auf unserer Reise haben wir die Zeit schneller laufen lassen. Lasst uns ein Nachtlager suchen und Kraft tanken. Der Tag war lang – und er hat früh begonnen."

Aurelio nickte nachdenklich. „Das erscheint mir weise. Falls uns die Schattenbringer tatsächlich auf unserer Reise begegnen, werden wir all unsere Energie brauchen."

Ursula schloss kurz die Augen, als würde sie die Worte in sich aufnehmen, dann atmete sie tief durch. „Das fühlt sich richtig an. Aber ich möchte nicht hier drin schlafen. Es ist kalt, ungemütlich... und unsere Sachen sind noch jenseits der Schlucht."

„Guter Einwand", stimmte ich zu.

„Vielleicht finden wir ein passendes Nachtlager in der verlassenen Siedlung", schlug Aurelio vor und deutete in die Richtung, aus der wir gekommen waren.

„Dann ist es beschlossen." Ursula setzte ein entschlossenes Gesicht auf und sagte mit gespieltem Befehlston: „Abmarsch!"

Als wir den Raum des Adlers verließen, blieb Ursula einen Moment stehen, blickte zurück und flüsterte leise: „Tschüss. Wir kommen wieder."

Ihr Flüstern hallte in meinen Gedanken nach, und ich spürte, dass dieses Versprechen noch lange in meinen Ohren klingen würde.

KAPITEL 8 – DER STEIN DES LICHTS

Zunächst mussten wir also zurück über die Schlucht, um wieder auf die Seite zu gelangen, von der wir gekommen waren.

Auf dem Weg vom Raum des Adlers zu den Hängebrücken ging Aurelio ein paar Meter voraus. Ursula nutzte die Gelegenheit, um mir etwas zuzuflüstern. „Genau genommen fehlt uns außer dem Kristall und der Information über den Himmelskörper noch etwas anderes… Etwas ganz Entscheidendes."

„Was meinst du?", flüsterte ich zurück.

„Na, ist das so schwer?", wollte sie wissen und blickte mich an, als wollte sie mir eine unausgesprochene Wahrheit vermitteln. „Die Person, die auf dem Thron sitzen soll."

„Das halte ich ganz mit der Aussage von Meister Ambrosius", gab ich in einem leisen Tuscheln zurück. „Vielleicht begegnet er uns ja auf dem Weg."

Es war einer dieser Momente, in denen wir beide nicht wagten, auszusprechen, was noch zu vage erschien. Und doch fühlte es sich so an, als würden gerade diese nicht ausgesprochenen Worte unsere Verbindung weiter vertiefen.

Dann erreichten wir die Hängebrücken, und Aurelio stand bereits dort. Er hatte sich leicht gegen einen Felsen gelehnt und blickte in die Ferne hinab auf Arterien. Sein Gesicht war von einer nachdenklichen Ruhe geprägt, als würde er die Geheimnisse des Landes zu ergründen versuchen.

Die Überquerung der Schlucht war nicht weniger aufregend als beim ersten Mal. Und wie zuvor wählten wir die Hängebrücke, die uns sicher über die tiefe Kluft geführt hatte. Alles verlief glatt, kein Zittern, keine Hektik. Es war fast so, als wären wir jetzt eins mit der Umgebung, als würde der Weg uns führen, statt dass wir ihn suchten.

Als wir auf dem Felsvorsprung auf der anderen Seite angekommen waren, blickten wir noch einmal zurück in Richtung des Raumes des Adlers. Die beeindruckende Felsenlandschaft hinter uns lag im Licht der tiefstehenden Sonne. Aurelio hob den Blick zum Horst, der sich oben in Richtung Gipfel abzeichnete. „Er ist zurückgekommen", stellte er mit sichtlicher Genugtuung fest, und es war spürbar, wie eine kleine Last von ihm abfiel, so wie wenn ein lange vermisster Freund zurückkehrt.

Er griff nach seiner Tasche, wir nahmen unsere Rucksäcke. Dann gingen wir den dunklen Gang entlang, der direkt in die Abstellkammer führte, bis wir schließlich am Ende ankamen, vor der schlichten Tür, die uns zu diesem Teil des Abenteuers geführt hatte.

„Wenn man den Eingang zur Kammer hier so sieht", stellte Ursula fest, „würde man niemals vermuten, was sich dahinter verbirgt."

Wir stimmten ihr zu, der Kontrast zwischen der schlichten Tür und dem Geheimnis dahinter war unübersehbar.

Dann machten wir uns auf die Suche nach einem Lager für die Nacht.

Ein Lager war schnell gefunden. Ein kleines Haus in unmittelbarer Nähe bot uns genügend Schutz und hatte noch ausreichend Wärme von der Sonne des Tages gespeichert. Ursula hatte ihren Spaß mit einer besonderen Entdeckung: Eine massive Holztür, die uns entfernt an den Zugang zum Raum des Adlers erinnerte. Sie besaß einen schweren Verschluss, ähnlich der Tür auf der anderen Seite der Schlucht. Auch hier gab es nur einen alten, schweren Riegel, der hier nur von außen zu öffnen war. Dahinter lag ebenfalls eine kleine Kammer ohne Fenster. Von hier aus führte aber kein weiterer Weg irgendwohin. Es war einfach nur eine kleine Kammer.

Ursula witzelte: „Hier muss man ja hinter jede Tür gucken. Wer weiß, was sich dahinter verbirgt. Am Ende vielleicht sogar ein Schatz!"

Wir lachten.

Dann machten wir uns über den letzten Rest unserer Vorräte her. Am nächsten Tag würden wir für Nachschub sorgen müssen. Einen kleinen Rest für den Morgen hoben wir uns noch auf.

Wir verbrachten noch einige Zeit damit, über die Erlebnisse des Tages zu reden. Als ich bemerkte, dass ich einen Moment der inneren Einkehr brauchte, stand ich auf und ging zu einem der Fenster des Hauses. Durch diese Öffnung nach draußen hatte man einen atemberaubenden Blick in Richtung Küste. Die Felseninsel La Roche et Fèlle, eisern und mächtig, schimmerte im Licht der untergehenden Sonne – genauso wie am ersten Abend.

Ursula näherte sich leise, stellte sich neben mich und teilte zunächst schweigend meinen Blick. Schließlich fragte sie: „Was wird uns da draußen erwarten?"

„Ich habe keine Ahnung", antwortete ich. „Aber ich spüre viel negative Energie hier in Arterien. Und es wirkt, als würde sie von dort drüben aufs Festland herüber schwappen."

Ohne ein weiteres Wort nahm Ursula meine Hand, und wir blickten noch eine Weile hinaus in die beginnende Dunkelheit.

Am nächsten Morgen kündigte sich unsere Abreise mit dem ersten Licht des Tages an. Die Sonne stieg langsam über den Horizont, ihre Strahlen fächerten sich wohltuend über die verlassenen Mauern der uralten Siedlung und schienen uns aufmunternd den Weg weisen zu wollen. Unsere eigenen, langen Schatten bewegten sich, wie ein stummer Vorbote dessen, was uns erwarten würde, über den steinigen Boden. Es war die Stunde des Aufbruchs.

„Was genau müssen wir jetzt tun?" fragte Ursula und ließ ihren Blick zwischen Aurelio und mir hin- und herwandern.

„Wir machen es ähnlich wie gestern," begann ich und nickte ihr zu. „Du versuchst, dich mit dem Kristall zu verbinden, den du in deiner Vision gesehen hast. Wir hingegen konzentrieren uns auf die Zeichnung, die sich am Boden des Orakels gezeigt hat. Oder hast du eine andere Idee, Aurelio?"

Ich schaute ihn auffordernd an. Aurelio zog die Augenbrauen leicht zusammen, bevor er bedächtig antwortete: „Das dürfte wohl die beste Vorgehensweise sein. Die Gravur auf der Steintafel im Raum des Adlers ist ohnehin recht ungenau. Außerdem haben wir eine stärkere emotionale Bindung zum Orakel und den Ereignissen, die sich dort ereignet haben."

Wir überprüften unsere Ausrüstung ein letztes Mal, schulterten unsere Rucksäcke, und Aurelio warf sich seine lederne Tasche über. Dann hakte ich mich bei den beiden unter, und wir schlossen die Augen. Ich konzentrierte mich darauf, das leuchtende Symbol des Kristalls vor meinem inneren Auge zu sehen. Doch nichts geschah. Minuten vergingen, und die vertraute Energie, die uns zuvor durch Zeit und Raum getragen hatte, blieb aus. Schließlich gab ich den Fokus auf und öffnete die Augen.

Ursula, die meinen prüfenden Blick spürte, sprach noch bevor ich etwas sagen konnte: „Es geht nicht! Ich bekomme keine Verbindung zum Kristall. Es fühlt sich völlig anders an als gestern oder vorgestern."

Aurelio neigte den Kopf leicht zur Seite, als würde er eine verborgene Frequenz wahrnehmen. „Da ist noch eine andere Energie," sagte er nachdenklich. „Etwas, das den Kristall zu verschleiern scheint."

Ursula hob den Kopf und sah ihn überrascht an. „Ja, genau! Es fühlt sich an, als läge der Kristall hinter einer dichten Nebelwand verborgen."

„Das ist mir gar nicht aufgefallen," murmelte ich, als mir bewusst wurde, dass ich schon die ganze Zeit eine fremdartige, unangenehme Energie von mir wegdrücken musste.

Ein Moment des Schweigens folgte, während wir uns gegenseitig ratlos ansahen.

„Aber irgendetwas müssen wir doch tun," sagte Ursula entschlossen.

Ich dachte einen Moment nach und begann dann zögernd: „Kannst du dich an das Gefühl erinnern, das du im Tempel des Lichts beschrieben hast? Du sagtest, der Kristall hätte dich gerufen. Kannst du dieses Gefühl zurückholen?"

„Das könnte funktionieren," stimmte Aurelio zu und schenkte Ursula ein ermutigendes Lächeln. „Erinnere dich an diesen Ruf. Fokussiere dich nur darauf."

Ursula atmete tief durch. „Das kriege ich hin," sagte sie, ihre Stimme fest und klar. Dann schloss sie die Augen und konzentrierte sich. Aurelio und ich folgten ihrem Beispiel und gaben uns dem Moment hin.

Nach einer Weile erklang Ursulas Stimme, ruhig und doch voller Entschlossenheit: „Ich hab's! Ganz sicher. Es kann losgehen."

„Falls die Schattenbringer ihre Hände im Spiel haben, müssen wir diesmal besonders auf die Stabilität unserer Energieblase achten," sagte Aurelio mit ernster Miene.

„Das sollten vor allem du und ich übernehmen," antwortete ich, „während Ursula sich ausschließlich auf den Kristall konzentriert."

„So machen wir es," bestätigte Aurelio mit einem zufriedenen Nicken.

Mit geschlossenen Augen, tiefem Atem und vereinten Kräften schufen wir die schützende Blase, die uns schon zweimal sicher geführt hatte. Doch diesmal schien der Raum um uns kälter, die

Energie schwerer. Ich spürte die verborgenen Mächte der Schattenbringer, die uns zu beobachten schienen. Wir hielten die Verbindung, stärkten die Blase – und schließlich begann unsere Reise. Nicht, ohne die Zeit auch diesmal wieder schneller laufen zu lassen.

Die Reise führte uns zunächst wieder aus den Höhen der antiken Stadt hinab ins ebene Land. Dann wandten wir uns ostwärts, an den südlichen Ausläufern der Stadt Venis vorbei.

Eigenartig, flüsterte ich Aurelio zu, um Ursula nicht aus ihrer Konzentration zu reißen. Ich blickte ihn aus dem Augenwinkel an, während ich meinen Blindenstock über den unebenen Boden gleiten ließ.

„Ich verstehe", gab er zurück. Auch er hatte offenbar erwartet, dass unser Ziel auf dem Felsen liegen würde.

Mal sehen, was passiert, beschloss ich, und wir schwiegen wieder.

Zielstrebig führte uns Ursula weiter nach Osten, doch sobald wir die südlichen Ausläufer der Stadt hinter uns gelassen hatten, fiel mir auf, dass ihre Bewegungen einen Hauch von Unsicherheit ausstrahlten. Ihre Schritte, die zuvor so kraftvoll und zielgerichtet gewesen waren, wirkten plötzlich zögerlicher, als würde sie innerlich mit etwas ringen. Ab und zu strich sie sich über das Gesicht, eine Geste, die ich bei ihr schon zuvor bemerkt hatte, wenn sie tief nachdachte.

Die Wege unter unseren Füßen wurden schmaler, das Gras auf den Hügeln spärlicher, während die Steine grober und härter wirkten. Ein milder Wind spielte mit den losen Haarsträhnen, die aus Ursulas streng gebundenem Zopf gefallen waren, doch sie schien es nicht zu bemerken.

Langsam, aber sicher kam mir die Gegend immer vertrauter vor. Als wir das verschlungene Wegenetz im östlichen Gebirge erreichten und die Pfade immer steiler wurden, sprach Aurelio plötzlich: „Jetzt ist es klar!"

Mehr musste er nicht sagen. Auch ich hatte bereits verstanden, wohin uns die Suche nach dem Kristall führen würde.

Ein ganzes Stück, bevor wir unser Ziel erreichten, stoppte Ursula plötzlich. Ihre Schritte stockten, fast wie ein kurzer Ruck, und sie blieb stehen. Für einen Moment schloss sie die Augen, als würde sie sich sammeln.

Wir spürten ihren Drang, sich mit uns auszutauschen. Die Zeit verlangsamte sich wieder, und die Energieblase, die uns geschützt hatte, begann sich aufzulösen.

„Versteht ihr das?" begann Ursula aufgeregt. Ihre Stimme war fest und klar, doch ihre Augen suchten nach Antworten. „Ich bin dem Ruf des Kristalls eine ganze Weile weiter gefolgt, als ich bereits geahnt hatte, wo er mich hinführen wird. Aber hierhin zurück?"

Sie blickte erst Aurelio und dann mich eindringlich an. Eine wirkliche Erklärung hatten wir beide nicht.

„Nur der Kristall selbst kann wissen, warum er uns hierher führt", sagte Aurelio ruhig.

„Ambrosius hat vielleicht auch irgendeine Verbindung zu diesem Kristall", mutmaßte ich. „Nur so kann ich es mir erklären."

Ursula nickte, langsam, fast zögerlich. „Das leuchtet mir ein. Dann müssen wir wohl wieder einmal vertrauen, dass der Weg richtig sein wird. Mal wieder!"

„Meister Ambrosius wird wissen, was zu tun ist", sagte Aurelio bestimmt.

„Na dann auf!" entschied Ursula, ihr Ton wieder entschlossen.

Ohne Hast, jedoch voller Gedanken, legten wir das letzte Stück des Weges im normalen Modus zurück.

Als wir das Haus von Ambrosius aus der Ferne sahen, lag es genauso ruhig da, wie wir es verlassen hatten. Die Sonne stand bereits hoch am Himmel, weit im Süden. Der Gürtel aus Wolken schien völlig unbeeindruckt von allem stetig weiter um Arterien zu kreisen.

Der Sinn für diese atemberaubende Aussicht mochte sich aber gerade nicht einstellen. Zu viele offene Fragen schwirrten durch meinen Kopf.

Als wir am Haus von Ambrosius ankamen, rief Aurelio, ganz untypisch für ihn, mit ungewohnter Dringlichkeit: „Meister! Meister!" Doch als er das Haus betrat und Ambrosius sah, stockte er. Aurelio war vorausgeeilt, sein ungewöhnlich schneller Schritt hatte jedoch auch Ursula und mich angespornt, sodass wir ihm dicht folgten.

Wie erstarrt blieb Aurelio stehen, als Ambrosius vor ihm auftauchte. „Bin ich überhaupt noch Euer Schüler?", fragte er mit gedämpfter Stimme und gesenktem Blick.

Ambrosius, gerade dabei, das Essen vorzubereiten, trug eine schlichte Schürze über seiner Kleidung. Der Anblick war ungewohnt, fast widersprüchlich zu seiner erhabenen Art. Mit einer Gelassenheit, die ihn auszeichnete, trat er auf Aurelio zu, legte ihm sanft die rechte Hand auf die linke Schulter und schaute ihm tief in die Augen. „Semper discipulus meus eris. Du wirst immer mein Schüler sein. Doch die wichtigere Frage ist: Werde ich immer dein Meister sein?"

Seine Stimme klang wie das Grollen eines entfernten Donners – ruhig, aber voller Gewicht. Dann fuhr er milder fort: „Was quält dein Herz, mein junger Freund? Was ist es, das dir deine Gelassenheit raubt?"

Aurelio schien einen Moment zu ringen, bevor er schließlich antwortete: „Es ist… viel geschehen. Nichts Gutes, fürchte ich…" Er hielt inne und fügte nachdenklich hinzu: „…Oder vielleicht doch?"

Ambrosius neigte leicht den Kopf, ein sanftes Lächeln umspielte seine Lippen. „Beruhige dich zunächst, mein Schüler. Komm vollständig herein und hilf mir, unser Mahl vorzubereiten, so wie in alten Tagen. Danach werdet ihr euch erfrischen, und dann – dann kommt die Zeit des Redens."

Während des gesamten Austauschs standen Ursula und ich wortlos daneben. Es war, als wären wir Zeugen einer Inszenierung längst vergangener Zeiten. Die Vertrautheit zwischen Meister und Schüler hatte sich verändert, subtile Schichten neuer Tiefe und Ernsthaftigkeit durchzogen sie.

Schließlich fassten wir uns ein Herz und traten näher, um Ambrosius zu begrüßen. Er umarmte uns herzlich, und in seiner Umarmung lag eine Wärme, die alles durchdrang. „Ihr müsst müde sein", sagte er mit einer sanften, beinahe väterlichen Stimme. „Ihr wisst, wo alles ist. Aurelio und ich kümmern uns um das Mahl. Ihr könnt euch zurückziehen."

Es war weniger eine Bitte als eine wohlwollende Anordnung, der wir nur zu gerne folgten. Es schien, als wolle Ambrosius die kostbare Zeit mit seinem Schüler ungestört genießen.

Im Raum, den er uns als Schlafgemach zugewiesen hatte, nahmen wir die frische Kleidung an uns und gingen dann direkt in den Raum der Erneuerung. Die Reinigung mit dem klaren, erfrischenden Wasser war ein Genuss, der unseren Körper belebte und unsere Gedanken klärte. Es war ein wohltuender Moment der Ruhe und Erneuerung, der uns das Gefühl gab, jeglichen Staub der Reise abzuwaschen – nicht nur von der Haut, sondern auch von der Seele. Danach war es eine Wohltat, in die frische Kleidung zu schlüpfen, die sich angenehm kühl und rein auf der Haut anfühlte.

Erst später, gestärkt und gereinigt, kehrten wir zurück in den Wohnraum, wo der Duft von frisch zubereitetem Essen eine einladende Atmosphäre schuf.

Ambrosius lehnte sich leicht zurück, seine Finger ruhten auf der Tischplatte, als hätte er das Gewicht der kommenden Worte sorgfältig abgewogen. Seine Stimme war ruhig, doch seine Worte schnitten scharf wie ein Schwert: „Ihr sucht den Stein des Lichts."

Ich nickte langsam. Ursula warf mir einen kurzen, prüfenden Blick zu, bevor sie sich mit entschlossener Miene in das Gespräch einbrachte. „Ambrosius, was genau ist dieser Stein des Lichts? Und warum ist er so bedeutend?"

„Ah, eine ausgezeichnete Frage," erwiderte Ambrosius und faltete die Hände. „Der Stein des Lichts – lapis lucis, wie ihn die Alten nannten – ist mehr als ein Symbol. Er ist das Zeichen des Herrschers von Arterien. Wer den Stein besitzt, gilt nicht nur als Fürst, sondern als Herr über das Schicksal dieses Landes. Der Stein verbindet die Macht des Herrschers mit der Energie des Landes selbst und dient als Vermittler zwischen der sichtbaren und unsichtbaren Welt. Und genau deshalb ruht er in Luzifers Händen."

Mir scheint, seine Funktion im Raum des Adlers geriet schon vor langer Zeit in Vergessenheit.

Die Atmosphäre am Tisch verdichtete sich spürbar. Aurelio sprach mit gedämpfter, vornehmer Stimme, doch ein Hauch jugendlicher Sorge schwang mit. „Das bedeutet also, Meister, dass der Stein sich auf der Felseninsel befindet? Bei Luzifer?"

„Ja, mein Schüler," bestätigte Ambrosius und blickte ihn mit einer Mischung aus Strenge und Fürsorge an. „Die Felseninsel ist sein Thron, und der Stein ist sein Insignium. Dort, tief in seinem Heiligtum, wird er bewacht."

„Dann ist unsere Aufgabe klar," begann Ursula, ihre Stimme entschlossen. Doch ich konnte den Zweifel in ihrem Blick lesen, als sie mich ansah. „Aber… wie sollen wir an den Stein gelangen? Luzifer wird ihn mit allem, was ihm zur Verfügung steht, verteidigen."

Ambrosius lächelte leicht, fast als würde er ein verborgenes Spiel genießen. „Non nobis solum nati sumus – nicht für uns allein sind wir geboren. Ihr seid keine gewöhnlichen Reisenden. Jeder von euch hat eine Rolle, die erfüllt werden muss."

Er wandte sich direkt an Ursula, seine Stimme jetzt eindringlich: „Du wirst nicht nur den Stein des Lichts geistig finden und dich mit ihm verbinden müssen, meine Liebe. Du wirst ihn auch beschaffen müssen."

Ursula blinzelte überrascht. „Beschaffen? Ich?"

Ambrosius nickte langsam, seine Augen voller Ernst. „Ja. Und du musst allein gehen."

Die Worte trafen uns alle spürbar. Einen Moment lang herrschte Stille. Dann löste ich mich aus meinen Gedanken und sprach: „Ambrosius, ich… ich verstehe, warum das Sinn ergibt. Ursula ist als Einzelne beweglicher, sie kann sich besser anpassen und schneller handeln als eine größere Gruppe."

Ursula wandte sich zu mir, ihre Augen funkelten vor Entschlossenheit. Ich sah, dass sie bereits eine Entscheidung getroffen hatte, auch wenn sie noch zögerte, sie auszusprechen.

„Aber was, wenn ich angegriffen werde?" fragte sie schließlich und sah Ambrosius an. „Ich bin keine Spezialistin für diese… energetischen Ebenen."

„Du unterschätzt dich, Kind," erwiderte Ambrosius mit sanfter Stimme. „Deine Persönlichkeit ist stark, und das ist der entscheidende Punkt. Dennoch werde ich dir eine kleine Unterweisung geben, damit du sicherer bist."

Ich räusperte mich. „Und wie kann ich sie beschützen? Ich meine, aus der Distanz? Ich habe keine Erfahrung in solchen Dingen. Aber die Distanz sollte theoretisch keine Rolle spielen, oder?"

Ambrosius sah mich prüfend an und nickte dann. „Auch dir werde ich helfen. Du wirst lernen, deine Energie so zu lenken, dass sie sie stärkt. Es wird sein, als wärest du bei ihr."

Aurelio sprach leise, fast ehrfürchtig. „Das funktioniert. Ich habe solche Übungen bereits gemacht. Es ist, als würdest du die Welt durch die Augen des anderen sehen."

Ambrosius wandte sich schließlich an Aurelio. „Du wirst mich energetisch schützen, mein Schüler, während ich Luzifer ablenke."

„Aber Meister…" Aurelios Stimme brach fast. „Das ist zu gefährlich. Ich… ich kann nicht zulassen, dass dir etwas geschieht."

Ursula und ich wechselten einen kurzen Blick. Wir hatten es beide bemerkt. Die Beziehung von Meister und Schüler hatte sich weiterentwickelt.

„Mein lieber Junge," erwiderte Ambrosius und legte ihm die Hand auf die Schulter. „Audaces fortuna iuvat – das Glück ist mit den Mutigen. Vertraue mir, wie ich dir vertraue."

„Aber nun lasst uns erst noch die Sonne genießen," begann Ambrosius mit feierlicher Ruhe. „Dann fort, bevor der Abend übernimmt und die Nacht hereinbricht. Morgen beginnen wir mit unseren Vorbereitungen."

Seine Worte ließen keinen Raum für Widerspruch, wie gewohnt. Während wir hinausgingen, sprach ich ihn an: „Ambrosius, könnte ich noch etwas von dem Granatapfelsaft bekommen? Der von neulich war herrlich!"

Ambrosius nickte zustimmend und wandte sich an Aurelio. „Mein Schüler, du weißt, wo die steinernen Krüge sind. Magst du uns mit dem Getränk versorgen?"

„Gerne, Meister. Es ist mir ein Vergnügen," erwiderte Aurelio mit einem sanften Lächeln und verschwand in einem der hinteren Räume.

Ambrosius, Ursula und ich traten hinaus in den Garten. Die tief stehende Sonne spendete uns die Wärme, die wir jetzt gebrauchen konnten, während sie Arterien in ein leuchtendes Spiel der Farben verwandelte. Der Wolkengürtel erschien wie bunte Wattebauschen, die sich aneinander reihten. Wir gingen zur Kante des Gartens, wo wir schon mehrfach die beeindruckende Aussicht bewundert hatten. Ursula stand zu meiner Linken, Ambrosius zur Rechten, und schweigend richteten wir unsere Blicke auf die Felseninsel La Roche et Fèlle. Sie lag ruhig vor der

Küste, ein Monument der Macht und Geheimnisse, das in der Ferne wie ein trügerisches Gemälde schwebte.

„Unter welchem Vorwand willst du Luzifer eigentlich aufsuchen?" fragte Ursula unvermittelt und drehte sich leicht zu Ambrosius.

Er strich sich bedächtig über seinen Bart, seine Augen auf die Insel gerichtet. „Weißt du," begann er mit einer gewissen Schwere in der Stimme, „Luzifer und ich… wir haben eine lange Verbindung. Ich bin nicht nur einer der letzten Bewahrer, sondern der oberste Gewahr. In dieser Funktion habe ich öfter mit Luzifer zu tun."

Ich trat einen Schritt näher und blickte ihn fragend an. „Wenn du ihn vom Stein des Lichts ablenken willst, wirst du wohl nicht mit einer Banalität kommen."

Ambrosius nickte langsam, sein Blick richtete sich in die Ferne, wo das Licht der Sonne den Himmel in lebendige Farben verwandelte. Seine Züge waren melancholisch, fast gequält, als er sprach: „Es gab eine Zeit, da war Luzifer nicht allein hier in Arterien. Neben ihm existierte ein Mann, den die Venen Vesperius nannten. Er war damals der oberste Bewahrer, wie ich es heute bin."

Er hielt kurz inne, und ein sanfter Wind strich durch die Bäume, als wolle er die Worte des Alten begleiten. „Wie die Venus zugleich Morgen- und Abendstern ist, so waren Luzifer und Vesperius miteinander verbunden. Doch Vesperius glaubte, dass das Licht aktiv in die Welt hinausgetragen werden müsse, dass Arterien seine Geheimnisse preisgeben solle. Er wollte das Versteckspiel beenden."

Ambrosius 'Stimme wurde leiser, eindringlicher. „Dieser Gedanke war für Luzifer eine Gefahr. Denn mit dem Licht, das frei in die Welt getragen wird, würde auch der Schatten weichen. Luzifer aber braucht den Schatten."

Ich spürte, wie Ursula unwillkürlich den Atem anhielt.

„Es kam, wie es kommen musste," fuhr Ambrosius fort. „Luzifer griff Vesperius an – in einem Moment, da dieser unvorbereitet war. Auf seinem Totenbett soll Vesperius gesagt haben: 'Ich werde zurückkehren. Ich werde hinausgehen und dann zurückkehren.'"

Ambrosius senkte den Kopf, seine Hand suchte meine Schulter, als wolle er mir Halt geben, doch seine Berührung war seltsam leicht, beinahe flüchtig. Seine Stimme war kaum mehr als ein Flüstern, als er weitersprach: „Ich werde Luzifer sagen, dass Vesperius zurückgekehrt ist. Das wird ihn genügend ablenken, mein Freund."

Ich schluckte schwer, ergriffen von der Tragweite seiner Worte. Irgendetwas in mir, ein innerstes Wissen vielleicht, regte sich, ohne dass ich es greifen konnte. Meine Gedanken glitten zum Prinzip der Dualität und der Frage, ob diese durch die absolute Liebe aufgehoben werden könnte.

Meine Augen wanderten zurück zur Insel, und in Gedanken verloren, sprach ich leise: „Ich finde, Vesperius hatte recht."

Ambrosius nickte langsam. „Fiat lux. Er hatte recht."

Ein Schweigen umfasste uns, eine Stille, die mehr sagte als Worte.

Da unterbrach Aurelio mit seinem leisen, aber freundlichen Ton: „Hier ist der Granatapfelsaft."

Ich hatte ihn nicht kommen hören. In seinen Händen hielt er vier steinerne Krüge, aus denen das kühle Getränk verführerisch duftete. Erst jetzt wurde mir bewusst, dass Aurelio vermutlich schon eine Weile bei uns gestanden hatte. Wie viel hatte er wohl von unserem Gespräch mitbekommen?

„Danke, Aurelio," sagte ich und nahm einen Krug. Die anderen taten es mir gleich.

Wir hoben die Krüge, und Ambrosius sprach die letzten Worte des Tages: „Auf das Gelingen unseres Vorhabens – ad victoriam et pacem!"

Mit einem stillen Einverständnis prosteten wir uns zu, während die untergehende Sonne Arterien in ein funkelndes Meer aus Licht und Schatten tauchte.

Am nächsten Vormittag unterwies Ambrosius Ursula zunächst im Garten. Die warmen Strahlen des frühen Tages hüllten sie ein, während Ursula aufmerksam den Anweisungen des Alten lauschte. Ambrosius führte sie in mentale und spirituelle Techniken ein, die ihr später helfen sollten, sich auf den Stein des Lichts zu fokussieren und sich gegen äußere, insbesondere energetische Angriffe, zu schützen. Seine ruhigen, geübten Bewegungen und die bedächtige Wahl seiner Worte verrieten, dass er die Kunst der Unterweisung meisterhaft beherrschte.

Ich beobachtete sie aus dem Haus heraus. Es war faszinierend, wie sich Ambrosius 'tiefe, aber sanfte Stimme mit der Bewegung seiner Hände synchronisierte, als ob er mit Worten und Gesten eine unsichtbare, schützende Energie um Ursula webte. Ihr Gesichtsausdruck spiegelte Konzentration und Hingabe wider, fast so, als ob sie die Worte nicht nur hörte, sondern sie tief in sich aufnahm.

Nach einer Weile wechselten sie den Ort. Gemeinsam gingen sie auf den Pfad, der in jene Richtung führte, aus der wir am ersten Tag nach Arterien gekommen waren. Während sie sich entfernten, blieb ich in Gedanken hängen: Wie musste es für Ursula sein, eine so unmittelbare Verbindung zu diesen spirituellen Kräften aufzubauen?

Inzwischen hielt ich mich mit Aurelio im Haus auf. Mit der ungebändigten Neugier eines jungen Mannes stellte er mir viele Fragen über unser Leben in der Welt, die ich verlassen hatte. Besonders interessierten ihn die Konflikte, die unsere Welt so sehr prägten.

„Wie erlebt ihr solche Auseinandersetzungen?" fragte er nachdenklich und lehnte sich ein Stück vor. Seine Augen leuchteten vor Interesse, und ich spürte, dass es ihm nicht um sensationsgierige Neugier ging, sondern um ein tiefes Verstehen.

„Es ist, als ob die Konflikte gezielt in das Leben jedes Einzelnen getragen werden," antwortete ich, während ich versuchte, meine Worte sorgfältig zu wählen. „Die Menschen werden mit Informationen überschwemmt, die sie in Angst versetzen sollen. Angst, dass sie ihr Leben, ihre Versorgung oder ihren Frieden verlieren könnten. Es ist eine ständige Sorge um Grundbedürfnisse, die die Zeit und den Raum für die wirklich wichtigen Dinge verdrängt."

Aurelio nickte ernst, ließ sich aber nicht entmutigen. „Und trotzdem habt ihr euch entschieden, nach Arterien zu reisen. Wie war das für dich?"

Ich erzählte ihm von der Reise: von der Mischung aus Ungewissheit, Vorfreude und den Eindrücken, die mich überwältigt hatten, als wir die Taube an der Küste Algeriens erreichten. Aurelio hörte aufmerksam zu, seine Mimik spiegelte jedes Detail meiner Erzählung wider, als ob er sich die Szenen bildlich vorstellte.

Gerade als ich das Gefühl hatte, ihn in die Erinnerungen hineingezogen zu haben, kehrten Ambrosius und Ursula zurück. Die Ruhe und Klarheit in ihren Gesichtern verrieten, dass sie einen Schritt weiter in ihrer Vorbereitung gekommen waren.

Ambrosius lächelte uns an und klopfte leicht auf den Türrahmen. „Jetzt bist du an der Reihe, mein Freund," sagte er und richtete seinen Blick auf mich. „Komm, wir haben viel zu tun."

Ambrosius wusste um einen Teil der Fähigkeiten, die ich bereits entwickelt hatte. Die Reise meines Lebens hatte mir geholfen, die Kräfte der Energiearbeit zu verstehen, ebenso wie die Bedeutung der Verbindung zu den göttlichen Ebenen. Doch er wusste auch, dass ich noch weit davon entfernt war, die wahre Tiefe dieser Praktiken zu erfassen. Von anderen Dingen konnte ich ihm sehr kurz berichten.

„Du hast bereits viel gelernt," sagte Ambrosius mit einem leichten Lächeln, „aber du lässt dich noch von der Technik selbst leiten. Es ist gut, aber es reicht nicht aus. Um diese Kräfte in ihrer vollen Wirkung zu entfalten, musst du nicht nur mit dem Verstand arbeiten, sondern vor allem mit dem Herzen."

Er hob eine Hand, als wollte er eine unsichtbare Schwingung im Raum bannen, und fuhr fort: „Non in verbo, sed in opere et in corde. Du wirst die wahre Kraft nur dann verstehen, wenn du das Herz öffnest, nicht den Verstand allein."

Ich nickte, wissend, dass er mit seiner Aussage die Verbindung zu Ursula meinte. Es war eine Lektion, die tiefer ging, als ich erwartet hatte.

„Du hast mir von deinem Erlebnis mit dem Autofahrer erzählt," fuhr Ambrosius fort. „Du hast versucht, das Auto vor euch zu beschleunigen, indem du die Energie gezielt in diese Richtung lenktest. Du hast die Technik angewandt, und sie hat funktioniert. Aber du hast dabei noch nicht die Quelle genutzt, die in dir lebt. Du hast die Energie aus deinem Willen heraus gelenkt, aber du hast nicht die Liebe als treibende Kraft benutzt."

„Amor vincit omnia," sagte er dann mit einem fast feierlichen Ton. „Liebe überwindet alles, selbst den Widerstand der Natur."

Ich konnte mich noch genau an das Gefühl erinnern, als ich versuchte, das Auto schneller werden zu lassen – es hatte sich wie ein Moment der Klarheit angefühlt, als ich in die Perspektive des Fahrers eintauchte. Es war ein flüchtiger unkontrollierter Augenblick gewesen, der mich damals überrascht und erschreckt zugleich hatte. Aber jetzt wurde mir bewusst, dass etwas noch viel Größeres auf mich wartete. Wir redeten nicht mehr nur von einer kurzen Begebenheit, die aus dem Affekt heraus entstanden war. Ich musste lernen, diesen Zustand dauerhaft aufrecht zu erhalten. Und ich musste es schnell lernen, wenn ich Ursula beschützen wollte..

„Wenn du die Energie mit Liebe lenkst, verändert sich alles," sagte Ambrosius. „Liebe ist die stärkste Energie, die existiert. Sie übersteigt den Willen, sie übersteigt den Verstand. Wenn du jemanden so liebst, dass du deine gesamte Aufmerksamkeit, deine gesamte Energie auf diesen einen Menschen richtest, dann wirst du nicht nur seine Gedanken verstehen, sondern du wirst ihn in seiner gesamten Existenz sehen. Du wirst die Welt mit seinen Augen sehen."

Er nahm einen tiefen Atemzug, als ob er das, was er sagte, selbst noch einmal in seiner vollen Bedeutung ergriff.

„Versuche es mit mir," sagte er dann. „Schließe deine Augen, stelle dir vor, du bist mit mir verbunden, nicht nur mit deinem Willen, sondern mit deiner Liebe. Spüre, wie dein Herz sich öffnet und die Energie zu mir fließt. Versuche, in meinem Körper zu sein, sieh durch meine Augen."

„Ubi amor, ibi oculus," fügte er hinzu, als wollte er mich noch mehr in den Zauber der Worte einweben. „Wo Liebe ist, da ist der Blick."

Ich schloss die Augen und versuchte, mein Herz zu öffnen, wie ich es in jener Nacht im Hotel in Algier getan hatte. Mein Herz schlug schneller, als ich mich darauf konzentrierte, die Verbindung zu Ambrosius zu vertiefen. Ich stellte mir vor, wie meine Energie nicht nur auf ihn, sondern durch ihn hindurch fließt, und dann – plötzlich – war ich nicht mehr der Beobachter.

Ich sah durch seine Augen, und zwar so klar wie seit vielen Jahren nicht mehr. Und ich erschrak ein wenig, als ich mich auf diese Weise selbst erlebte. Von außen wirkte ich ganz anders, als ich mich selbst wahrgenommen hatte.

„Du siehst?" fragte Ambrosius ruhig, als er bemerkte, dass ich soweit war.

„Ja," antwortete ich, meine Stimme war fast ein Flüstern. „Es ist, als ob ich durch dich in die Welt blicke. Ich verstehe jetzt, was du meinst."

„Vide in corde, non in oculis," sagte Ambrosius mit einem leisen Lächeln. „Sieh mit dem Herzen, nicht mit den Augen."

„Du kannst es auch für andere tun," sagte er leise. „Mit Ursula. Mit jeder anderen Person, die dir nahe ist. Wenn du genug Liebe empfindest, wenn du die Welt nicht nur aus deinem Blickwinkel siehst, sondern aus dem Blickwinkel des anderen, dann wirst du verstehen. Du wirst nicht nur seine Gedanken kennen, sondern auch seine Ängste, seine Wünsche, seine Freude. Du wirst einen unerschütterlichen Schutz um ihn bauen."

Ich spürte, wie sich mein eigenes Herz weitete, als ich die tiefere Bedeutung dieser Worte begriff. Ambrosius hatte mir nicht nur eine Technik gezeigt, sondern einen neuen Weg, die Welt zu sehen – durch die Augen der Liebe. Es war der wahre Weg der Verbindung, der mir nicht nur als Werkzeug, sondern als ganzheitliche Erfahrung offenbart wurde.

Es war eine unvergleichliche Gnade, Arterien und diesen Meister gefunden zu haben. Es schien, als habe ich nur hier und nur mit ihm diese Lektion auf so eine beeindruckende Art lernen können.

„Und so," schloss Ambrosius, „si vis pacem, para amorem." (Wenn du Frieden willst, bereite Liebe vor.) „Wenn du dich in den Moment vertiefst, wirst du feststellen, dass der wahre Schutz nicht nur aus der Kraft deiner Technik kommt, sondern aus der Kraft deiner Hingabe und deiner Liebe. Das ist es, was die Welt verändern kann."

Ich bedankte mich bei Ambrosius für diese außergewöhnliche Lehrstunde. Seine Worte sickerten erst langsam in mein Innerstes und brannten sich dann nach und nach immer tiefer in meinen Geist ein, wie eine alte Melodie, deren Bedeutung mir erst allmählich bewusst wurde.

In diesem Moment öffnete sich die Tür, und Ursula trat mit neugieriger Miene heraus. Sie warf einen prüfenden Blick zwischen uns hin und fragte: „Wie geht es euch?"

Ich wandte mich ihr zu und sagte, mit einer Festigkeit, die mich selbst überraschte: „Ich weiß jetzt, wie ich dich beschützen kann."

Ambrosius lächelte, legte die Hände hinter den Rücken und fügte mit seiner bedächtigen Stimme hinzu: „Ihr seid beide erstaunlich eifrige Schüler. Discere est vivere – zu lernen heißt zu leben. Doch nun, da ihr wisst, was notwendig ist, stellt sich die Frage: Seid ihr auch soweit? Ich will sagen: Seid ihr entschlossen, mit ganzer Seele?"

Ursula richtete sich auf, ihre Augen funkelten, und sie antwortete ohne einen Moment des Zögerns: „Ich will das machen. Noch nie in meinem Leben habe ich etwas klarer gewollt."

„Dann bin ich bei dir," sagte ich, während ich ihr in die Augen sah. „Ich weiß nicht, was dieses Universum mit uns vorhat, aber ich werde bei dir bleiben."

Nach dem Abendessen gingen Ursula und ich noch einmal alleine vor die Tür.

Die Sonne sank langsam hinter den Horizont, färbte den Himmel in Gold und Rot, während wir im weichen Schein des Abendlichts standen. Ich öffnete mein Herz, ließ die Energie durch mich fließen und konzentrierte mich ganz auf Ursula. Wie ein sanfter Schutz legte sich die Energieblase um sie, ruhig und kraftvoll zugleich.

Sie atmete tief ein, spürte den schützenden Raum um sich und nickte zufrieden. „Das funktioniert", sagte sie leise, ihre Stimme ruhig, aber entschlossen. „Der morgige Tag kann kommen."

Einen Moment blieben wir stehen, schweigend, verbunden. Schließlich legte ich einen Arm um sie, und wir blickten gemeinsam in die Weite, in den Sonnenuntergang, der den Beginn von etwas Großem anzukündigen schien.

Am nächsten Morgen frühstückten wir früh und schweigend, jeder von uns in Gedanken versunken. Das Knistern des Feuers und das Klappern der Löffel auf den Tellern waren die einzigen

Geräusche im Raum. Nach dem Essen legte Ambrosius die Hände gefaltet auf den Tisch und sah uns nacheinander mit ernster Miene an.

„Gehen wir noch einmal den Plan durch", schlug Ursula vor und lehnte sich zurück, während sie die Tasse mit dem warmen Tee umklammerte.

„Dann reisen wir beide bis zur Küste", wandte sie sich schließlich an Ambrosius.

Er nickte bedächtig, strich sich den grauen Bart und antwortete: „Wenn wir das letzte Stück beginnen, müssen wir uns trennen. Doch bis dahin können wir gemeinsam reisen."

„Der Stein des Lichts steht also oben auf dem Hügel im Tempel. Wirklich ganz frei ausgestellt?", wollte Ursula noch einmal wissen und runzelte die Stirn.

„Er steht dort auf einem Altar, ähnlich dem, den ihr im Raum des Adlers gesehen habt", erklärte Ambrosius ruhig. „Doch er ist nicht so ungeschützt, wie es euch scheinen mag. Luzifer bindet einen Teil seiner Energie an den Stein, um ihn zu sichern."

Er machte eine Pause, nahm einen Schluck Tee, dann fuhr er mit sanfter Stimme fort: „Du musst dir eine Gondel nehmen und die Felseninsel im Westen betreten. Dort führt ein Weg hinauf zum Tempel. Alles wird so sein, wie ich es dir beschrieben habe."

„Wenn ihr die Felseninsel erreicht habt", fügte ich hinzu, „gibst du Aurelio innerlich das Zeichen, dass wir uns mit euch verbinden sollen."

Ambrosius nickte zustimmend. „Genau. Und ich werde es tun, sobald ich spüre, dass Luzifer abgelenkt ist."

Er wandte sich Aurelio zu, legte ihm eine Hand auf die Schulter und sprach mit väterlicher Sanftheit: „Mein Schüler, du weißt alles, was du brauchst. Es wird an dir sein, zu reagieren, wenn die Zeit gekommen ist."

Aurelio sah ihn an und nickte mit ernster Miene. „So wie du es mir gesagt hast, Meister."

Ursula hob die Hand, als wolle sie etwas beschwichtigend einwenden, und blickte uns nacheinander an. „Ich habe noch einen Zweifel, den ich ausräumen möchte, wenn wir können."

„Was bedrückt dich?", fragte ich. „Du warst dir gestern doch so sicher."

„Ist es nicht eigentlich ein Diebstahl?", fragte sie schließlich und senkte den Blick. „Wir wollen eine bessere Zeit einläuten, und die soll doch nicht mit einem Diebstahl beginnen, oder?"

Ambrosius erhob sich, richtete sich zu seiner vollen Größe auf, und seine Stimme wurde feierlich: „Wie ihr im Raum des Adlers gesehen habt, wurde der Stein des Lichts einst von den Bewahrern geschaffen. Die Schattenbringer haben ihn unrechtmäßig an sich genommen. Wir holen nur zurück, was uns gehört. Schließlich bin ich der oberste Bewahrer."

Er machte eine Geste mit der Hand, die seine Worte zu unterstreichen schien. „Du tust es in meinem Namen, ad iustitiam et veritatem – für Gerechtigkeit und Wahrheit."

Ursula atmete tief durch, dann hob sie den Kopf und nickte. „Das genügt. Jetzt verstehe ich."

Ich sah zu Aurelio, der ebenfalls still nickte. Seine Hände ruhten gefaltet auf den Knien, und ich konnte sehen, wie er die Worte von Ambrosius in sich aufnahm. Ich selbst hatte schon in der Nacht zuvor über diese Frage nachdenken müssen. Wie schnell marschieren Menschen, umhüllt vom Mantel des Glaubens, in den Krieg? Am Ende beruhigte ich mich mit dem Gedanken, dass das Spiel von Gut und Böse seit jeher existiert.

Es schien unsere Aufgabe zu sein, hier zu handeln. Die Bewertung, dessen war ich sicher, würde allein eine höhere Instanz vornehmen.

„Weiß Luzifer, dass du kommst?" fragte ich Ambrosius, während Ursula bereits ihren leeren Rucksack auf ihre Schultern gehoben hatte.

„Er weiß es", erwiderte Ambrosius mit seiner tiefen, ruhigen Stimme. „Ich habe ihn innerlich kontaktiert, ähnlich, wie ich es mit dir in der Nacht vor eurem Eintreffen in Arterien getan habe."

„Gut", sagte ich schlicht, doch in diesem einen Wort schwang eine Bedeutung mit, die mehr ausdrückte, als viele Worte hätten sagen können.

Wir umarmten uns alle ein letztes Mal. Ursula und Ambrosius machten sich schließlich auf den Weg. Ich blickte ihnen hinterher, solange ich auch nur den Hauch ihrer Gestalten erkennen konnte, bis sie schließlich im Morgendunst der Ferne verschwanden.

Dann wandten Aurelio und ich uns unserer Aufgabe zu. Gemeinsam bereiteten wir unseren Platz vor dem Haus vor. Wir nahmen die ledernen Sitzkissen, auf denen Ambrosius und ich in der ersten Nacht am Feuer gesessen hatten, und platzierten sie an der vorderen Kante des Gartens, wo wir einen ausgezeichneten Blick auf die Felseninsel hatten.

Die Landschaft vor uns erstreckte sich in einer sanften Morgenstimmung. Der Himmel war klar, nur hier und da schwebten leichte Wolkenschleier, die vom ersten Licht des Tages in Pastelltönen erleuchtet wurden. Das Band aus Wolken schien Arterien heute schneller zu umkreisen als die Tage zuvor. Die Felseninsel, die wir am Horizont sehen konnten, lag wie ein steinernes Monument im glitzernden Meer. Die Wasseroberfläche war glatt, wie ein riesiger Spiegel, der das Himmelslicht zurückwarf. Obwohl die salzige Frische des Meeres in dieser Höhe nicht zu spüren war, glaubte ich, sie in meiner Vorstellung zu riechen – zusammen mit dem herben Duft von Algen, den der Anblick des Ozeans heraufbeschwor.

Die Luft war erfüllt von einer feierlichen Stille, die uns beide einhüllte. Wir sprachen nicht viel. Worte schienen überflüssig, während wir uns innerlich auf unseren Teil der Aufgabe vorbereiteten.

Ambrosius 'letzte Worte gingen mir nicht aus dem Kopf: „Fortis et fidelis esto – Sei stark und treu. Eine Reise wie diese verlangt Hingabe, Mut und das Vertrauen, dass der Weg sich offenbart."

Galt diese Aussage nicht auch für die Reise meines Lebens?

Und um wie viel stärker war doch ihre Bedeutung für das Unterfangen, das vor uns lag? Wir hatten bereits etwas angestoßen, dessen Ausmaße wir nicht erfassen konnten. Wir hatten nur gewusst, dass wir es tun mussten. Wir hatten nicht ganz genau gewusst, was wir tun würden. Und noch weniger hatten wir wissen können, was wir damit auslösen würden.

Und trotzdem taten wir es. Im Vertrauen darauf, dass wir im entscheidenden Augenblick den richtigen Weg einschlagen würden.

Und wir taten es mit Hingabe. Und Ursula war gewissermaßen Vorausmarschiert. Mit Stärke, Mut und Vertrauen direkt hinein in die Höhle des Löwen. Oder vielmehr hin zur Insel, auf der die Bestie herrschte.

Nun galt es auch für mich, diese Gedanken beiseite zu legen, und mich mit voller Aufmerksamkeit meiner eigenen Aufgabe zu widmen.

Aurelio saß neben mir, still und in sich gekehrt. Seine Augen waren auf die Insel gerichtet, doch ich spürte, dass sein Geist bereits jenseits dessen weilte, was unsere physischen Sinne erfassen konnten. Die Luft war von einer intensiven Spannung durchzogen, als würde sich die Welt selbst auf das Unerwartete vorbereiten.

Schritt für Schritt begab auch ich mich auf meine Reise nach innen. Ich lauschte meinem inneren Ton, bis ich anhand des pulsierenden Gefühls um meine Stirn erkannte, dass ich angekommen war. Noch nie zuvor war es so entscheidend gewesen, alles richtig zu machen: ganz entspannt und ruhig verbunden, dennoch fokussiert. Immer wieder spürte ich, wie der Druck der Verantwortung in mir aufstieg und drohte, die notwendige Verbindung zu unterbrechen. Doch ich schaffte es – etwas, das nur hier in Arterien möglich schien. Meine Gedanken an Ursula ebneten den Weg.

Es war noch ausreichend Zeit, bis das Kommando zum Handeln kommen würde. Aber die war auch notwendig, um meinen aufgewühlten Geist zu beruhigen. Immer wieder hatte ich Zweifel, ob mir hier in Arterien gelingen würde, was mir noch vor Tagen unmöglich schien.

Nein. Es war mehr. Noch vor kurzem hatte ich mir das, was ich jetzt versuchte noch nicht einmal im Traum vorstellen können. Und Ursulas Leben hing davon ab.

In meinem Inneren tobte ein Kampf. Die Last der Verantwortung drückte gewichtig auf meine Schultern, jeder Atemzug schien von der Schwere der bevorstehenden Aufgabe belastet. Ich schloss die Augen, versuchte, die äußere Welt auszublenden, doch die Gedanken wirbelten wie ein Sturm in meinem Geist. Erinnerungen, Zweifel, Ängste – sie alle drängten sich in den Vordergrund, bedrohten meinen Fokus.

Ich atmete tief ein, ließ die Luft langsam entweichen und konzentrierte mich auf den Rhythmus meines Herzens, den ich deutlich im Hals spüren konnte. Mit jedem Schlag versuchte ich, tiefer in mich hineinzuhorchen, die störenden Gedanken wie Wolken vorüberziehen zu lassen. Doch immer wieder brachen sie hervor, rissen an meinem Bewusstsein, wollten mich aus der Balance bringen.

In diesem inneren Chaos suchte ich nach einem Anker, einem festen Punkt, der mir Halt geben konnte. Ursulas Bild erschien vor meinem inneren Auge – ihr Lächeln, ihre Stärke, ihre Entschlossenheit. Ich klammerte mich an diese Vorstellung, ließ sie zum Zentrum meiner Meditation werden. Langsam begann der Sturm in mir zu verebben, die Wellen der Unruhe glätteten sich. Der Fokus kehrte zurück, klar und scharf wie ein gezogener Dolch.

In diesem inneren Kampf hatte ich jegliches Gefühl für Raum und Zeit verloren. Ich hätte nicht sagen können, wie lange ich bis hierhin gebraucht hatte, war mir aber dessen bewusst, dass ich schon sehr lange nicht mehr so viel Zeit in Meditation an einem Stück verbracht hatte.

Gerade als ich spürte, dass die Verbindung zu Ursula stabil war, hörte ich Aurelios Stimme: "Der Meister hat mich kontaktiert. Es geht los!"

Ich stellte mir vor, wie ich über mein Kronenchakra mit einem goldenen Licht aus dem Universum verbunden war, das mich unerschöpflich mit Energie versorgte. Als diese Vorstellung klar und stabil war, visualisierte ich einen roten Lichtstrahl, der mich über mein Wurzelchakra mit dem Innersten der Erde verband. Sie sollte jegliche negative Energie aufnehmen und umwandeln.

Dann öffnete ich mein Herzchakra. Ich spürte förmlich, wie die Energie in mich hineinfloss und über das Herzchakra wieder hinausströmte. Ich verstärkte meine Verbindung zu Ursula und erinnerte mich gleichzeitig an den gestrigen Abend und an Algier.

Zunächst konnte ich sie nur spüren. Ein Zweifel kam auf, und ich musste mir klarmachen, dass die Verbindung zwischen zwei Menschen weder Raum noch Zeit kennt. Ich vertraute auf die Kräfte von Arterien. Dann geschah es.

Ich nahm die Umgebung wahr, wie Ursula sie erlebte. Wieder überraschte mich die Klarheit ihres Blicks. Ich brauchte einen Moment, um mich daran zu gewöhnen, stellte jedoch schnell fest, dass sich ihr scharfes Sehvermögen und mein Farbsehen ergänzten. Ein unglaubliches Erlebnis, und beinahe verlor ich vor Bewunderung meinen Fokus. Es gelang mir jedoch, die Verbindung zu halten. Nach einer Weile fühlte es sich fast normal an, als ob mein Bewusstsein nicht mehr vor dem Haus von Ambrosius säße, sondern direkt mit Ursula unterwegs wäre. Es schien, als ob es keinen Unterschied machte, in welchem Körper mein Bewusstsein gerade lebte.

Diese tiefe meditative Verbindung, unterstützt durch die Visualisierung des goldenen Lichts und die Aktivierung des Herzchakras, ermöglichte es mir, eine Einheit mit Ursula zu erfahren, die Raum und Zeit überwand.

Ursula hatte sich von Ambrosius verabschiedet. Mit einem knappen Nicken war sie aufgebrochen, allein, nur mit dem Wissen um den Weg, den er ihr beschrieben hatte. Die Luft war warm und schwer, eine seltsame Stille lag über den Kanälen. Das Festland, mit seinen verschachtelten Gebäuden, wirkte verlassen, und doch war da dieses Gefühl von unsichtbaren Augen, die sie beobachteten.

Die Gondel lag ruhig im Wasser. Ein schlanker Mann in der typischen schwarzen Kleidung der Gondoliere stand darin, hielt den langen Stab in den Händen und starrte sie an. Doch als seine Blicke auf Ursula fielen, weiteten sich seine Augen vor Furcht. Ohne ein Wort sprang er plötzlich ins Wasser, seine Bewegungen panisch, und schwamm mit einer Kraft davon, die sie nur erahnen ließ, was er gesehen haben mochte.

„Interessant", dachte ich, oder vielleicht war es Ursula. Der Unterschied zwischen meinen Gedanken und ihren Handlungen verwischte in dieser Verbindung immer mehr. Sie stieg in die Gondel, griff nach dem langen Stab und begann, das Boot in Bewegung zu setzen. Es war ungewohnt, doch ihre Hände lernten schnell, die Mechanik zu beherrschen. Langsam glitt sie durch das dunkle Wasser der Kanäle.

Die Felseninsel, La Roche et Fèlle, erhob sich vor uns wie ein Monument aus einer anderen Welt. Ihre goldenen Mauern funkelten im mittlerweile letzten Licht des Tages. Türme, geschmückt mit kunstvollen Verzierungen, stachen in den

Himmel, und überall auf den Wegen und Brücken schimmerte Marmor. Es war prachtvoll, fast surreal, und dennoch lag eine Kälte in der Luft, die nichts mit der Temperatur zu tun hatte.

Ursula erreichte die Anlegestelle. Der Ort war verlassen, die Felsen rau und von Seetang überzogen. Sie band die Gondel mit einem festen Knoten an einen rostigen Pfosten, warf einen prüfenden Blick über die Schulter und begann den Aufstieg. Der Weg schlängelte sich in Serpentinen die Klippe hinauf, unterbrochen von Treppenstufen, die unregelmäßig und unbequem waren. Sie atmete ruhig und gleichmäßig, doch die Anspannung in ihren Bewegungen war spürbar.

Etwas weiter oben wurde die Szenerie lebendig. Menschen begegneten ihr. Die einen waren schlicht gekleidet, ihre Gesichter leer, fast apathisch. Sie trugen Kisten, säuberten Böden oder kümmerten sich um andere Aufgaben, die den Anschein einer unsichtbaren Hierarchie verrieten. Andere hingegen strahlten Eleganz und Macht aus, gekleidet in perfekt sitzende Anzüge oder Kleider, die vor Reichtum förmlich glänzten. Doch auch in ihren Augen war ein Schatten.

„Das hier ist keine Insel, sondern eine Bühne," dachte ich. „Ein goldener Käfig, in dem die Dunkelheit tanzt."

Der Weg führte sie schließlich zu dem mächtigen Gebäude, das über allem thronte. Der Dom der Schatten. Von außen war es ein Meisterwerk. Goldene Verzierungen umrahmten gewaltige schwarze Tore, filigrane Reliefs zeigten Szenen von Macht und Reichtum. Es war prunkvoll, einschüchternd und doch makellos. Ursula blieb kurz stehen, sah hinauf zu den Kuppeln, die das Gebäude krönten, und atmete tief ein. Dann trat sie ein.

Innen war es anders. Kaum hatte sie das Portal durchschritten, schien das Licht hinter ihr zu erlöschen. Schatten verschlangen die Wände, das gedämpfte Leuchten von roten Kristallen und hin und wieder eine Fackel, die dann ihrerseits dunkle Schatten warf, waren die einzigen Lichtquellen. Der Glanz von außen wich einer bedrückenden Finsternis. Die Luft war kalt, fast feucht, und ein leiser Summton vibrierte durch den Boden. Es roch nach altem Stein und Wachs, aber auch nach etwas Süßlichem, das Übelkeit hervorrief.

Der große Raum, den sie schließlich betrat, war eine groteske Nachahmung einer Kathedrale. Die Decke wölbte sich hoch über ihr, rot gefärbtes Licht fiel durch ein kreisrundes Fenster in der Kuppel, traf auf einen Altar in der Mitte. Und dort stand er: der Stein des Lichts.

Er leuchtete sanft, ein Licht, das pulsierte wie ein Herzschlag. Er wirkte so unberührt, so rein, dass es fast grotesk war, ihn in dieser Umgebung zu sehen. Der Kontrast war atemberaubend. Alles in diesem Raum schrie nach Dunkelheit, und doch war da dieser leuchtende Kern. Ursula blieb stehen, die Augen fest auf den Stein gerichtet. Ich spürte, wie ihre Atmung schneller wurde.

Dann hörten wir es. Schritte, leise, aber nah. Die Schatten lebten.

Ursula erstarrte. Die Schritte kamen näher, und der Raum, der gerade noch von einer gespenstischen Stille erfüllt war, schien nun von einer bedrohlichen Präsenz durchzogen zu werden. Ihr Atem ging schneller, als sie die Schatten hörte, die sich leise durch die Gänge bewegten. Instinktiv suchte sie Schutz in der Dunkelheit, schlüpfte in eine kleine Nische hinter einer Säule, deren kaltes, schwarzes Marmor sie beinahe vollständig verbarg.

Die dämmernde Finsternis des Raumes schien sich zu verdichten, als eine Gruppe von Männern die Schwelle zum Altarraum überschritt. Ihre purpurroten Gewänder, die im schummrigen Licht fast zu glühen schienen, ließen sie wie schattenhafte Gestalten wirken, die aus einer anderen Dimension zu kommen schienen. Ihre Bewegungen waren geschmeidig, doch jede ihrer Gesten schien von einer düsteren Bedeutung durchzogen. Sie trugen goldene Masken, deren Augenlöcher leer und finster waren, als könnten sie in die tiefsten Geheimnisse des

Universums blicken – oder in die Abgründe der menschlichen Seele.

In einem gleichmäßigen, hypnotischen Takt schritten sie auf den Altar zu, ihre Schritte hallten durch den Raum wie das Trommeln eines bevorstehenden Unheils. Die Atmosphäre war dick von einer schmerzhaften Erwartung, und Ursula konnte die schneidende Kälte der Dunkelheit spüren, die sie umhüllte. Ihr Herz pochte im Takt der schweren, unheilvollen Musik, die aus den Tiefen des Raumes zu kommen schien, ein dumpfes, dröhnendes Murmeln, das sich in die Eingeweide bohrte.

Die Männer erreichten den Altar und begannen, sich in einem weiten Kreis zu versammeln. Ihre Hände erhoben sich gleichzeitig, als ob sie unsichtbare Fäden zogen, die das Zentrum dieses finsteren Rituals verbanden. Eine Stimme, tief und durchdringend, erklang. Sie sprach in einer Sprache, die Ursula nicht kannte, und doch war die Bedeutung der Worte wie ein Flüstern, das in ihrer Seele widerhallte. Sie fühlte, dass diese Worte nicht nur zu den Göttern der Dunkelheit gerichtet waren, sondern auch zu etwas noch Älterem – etwas, das tief im Inneren der Erde, in den vergessenen Schichten der Zeit, lauerte.

Langsam begannen die Männer, sich in der Mitte des Kreises zu ducken. In ihren Händen hielten sie silberne Schalen, in denen eine dunkle Flüssigkeit schimmerte, deren Farbe sich je nach Blickwinkel veränderte – mal blutrot, mal tiefschwarz. Sie verneigten sich und setzten die Schalen auf den Altar, der von einer seltsamen, unheimlichen Energie durchzogen war. Der Stein des Lichts, der nur wenige Schritte entfernt von ihnen stand, schien von der unheiligen Versammlung beeinflusst zu werden. Sein Licht flackerte, als ob es von einer unsichtbaren Hand erschüttert wurde, und die Schatten in der Ecke des Raumes, in denen Ursula sich verbarg, begannen zu leben.

Ein weiterer Mann trat vor, seine Bewegungen waren langsamer, als ob er den Höhepunkt des Rituals ankündigte. Die Maske, die sein Gesicht verbarg, war die einer antiken Gottheit, deren Augen hohl und leer waren. Mit einer rituellen Geste hob er die Hand, und sofort verstummten die anderen. Der Raum, der zuvor noch von flüsternden Gebeten und der pulsierenden Energie des Moments erfüllt war, war plötzlich still. Eine erdrückende Stille, die alles umhüllte.

Dann sprach er. Seine Stimme war kein gewöhnliches Flüstern – sie war das Summen von Millionen von Stimmen, die durch die Äonen drangen. „Ihr, die in der Dunkelheit wandelt, seid bereit, die wahre Macht zu erlangen. Lasst die Finsternis über das Licht triumphieren, lasst die letzte Ära der Menschheit beginnen."

Die Männer fielen auf die Knie, und in einer synchronen Bewegung begannen sie, die Hände in die Schalen zu tauchen. Ein seltsames Licht, fast wie ein schwarzes Feuer, stieg empor. Die Schalen leuchteten, doch es war kein heiliges Licht, sondern ein verzerrtes, kriechendes Leuchten, das den Raum mit einer unheimlichen Präsenz durchzog.

Ursula, wie gelähmt von der Energie des Rituals, konnte kaum fassen, was sie sah. Das Licht, das von den Schalen ausging, zog die Schatten an, die sich wie lebendige Wesen um die Versammlung wickelten. Es war, als ob die Dunkelheit selbst in diese Männer eingedrungen war, sie zu Fäden eines finsteren Plans zusammenfügte, der die Welt in ihren Griff bekommen sollte. Ihre Gesichter, hinter den goldenen Masken verborgen, verzerrten sich zu einem Ausdruck der Erhabenheit und der Verzweiflung zugleich.

Der Altar begann zu vibrieren, als ob er die bösen Kräfte, die in diesem Raum zusammenkamen, aufnehmen würde. Die Luft wurde schwerer, das Summen, das nun von allen Seiten zu kommen schien, war wie das Knurren eines hungrigen Tieres.

Ursula drückte sich weiter in die Ecke, ihr Körper erstarrt vor Angst und Faszination. Sie spürte die Magie des Ortes, die drohende Präsenz dieser Mönche der Dunkelheit, die hier ein Werk vollbrachten, das den Lauf der Geschichte für immer verändern könnte. In diesem Moment wusste sie, dass sie in den Mittelpunkt eines uralten und finsteren Plans geraten war. Und sie konnte nichts tun, um das Unheil zu verhindern, das sich vor ihren Augen entfaltete.

Da hörte ich in der Ferne ein Rufen. Es war Aurelio. Seine Stimme brach wie ein Echo durch den Wind in einer stürmischen Nacht, zuerst undeutlich, dann immer klarer. „Jetzt! Jetzt! Ambrosius hat das Zeichen gegeben! Jetzt!"

Endlich verstand ich. Und in diesem Moment handelte ich nur noch instinktiv, als ob mein Bewusstsein längst wüsste, was zu tun war. Die Ereignisse überschlugen sich.

Als Erstes baute ich eine schützende Energieblase um Ursula auf. Das war unser Signal. Sie tat es mir gleich, und unsere Kräfte verschmolzen. Die Blase verstärkte sich zu einer unbezwingbaren Hülle, die uns wie eine unsichtbare Festung umgab.

Fast gleichzeitig schickte ich meinen Löwen los. Sein energetisches Brüllen hallte durch die Kammer, ein Klang, der die Schattenbringer erzittern ließ. Die satanischen Mönche, die eben noch im Kreis um den Altar standen, wollten in genau diesem Moment den Stein des Lichts ergreifen. Es war, als hätten sie gespürt, dass Luzifer nicht mehr da war, um ihn zu schützen. Doch mein Löwe war schneller. Mit einer Geschwindigkeit, die sie überrumpelte, sprang er in den Kreis und stieß einen nach dem anderen zu Boden. Seine Pranken schlugen die goldenen Masken von den Gesichtern, und zuletzt fiel sogar der Hohepriester rücklings auf den kalten Marmorboden.

Ursula rannte los, direkt auf den Stein des Lichts zu. Ihre Entschlossenheit war wie ein heller Funke inmitten der Dunkelheit, doch plötzlich traf uns eine gewaltige Energiewelle von der Seite. Sie kam mit voller Wucht, eine unsichtbare Faust, die alles in ihrem Weg zerstörte. Ursula taumelte, stürzte und stolperte am Altar vorbei.

Ich wusste, dass es jetzt an mir lag. Mit aller Konzentration und innerer Ruhe tat ich, was ich schon oft in meditativen Momenten geübt hatte. Ich schuf ein Geflecht aus purer Liebe und

Herzensmagie – eine grüne, dichte Hecke aus energetischen Dornen, die sich wie eine lebendige Mauer um den Stein des Lichts legte. Wir hatten die Hand auf dem Stein, konnten sie jedoch nicht zumachen.

Ursula rappelte sich schnell wieder auf. Ihr Gesicht war angespannt, ihre Augen blitzten. Und dann brach der Kampf los. Ein chaotischer Strudel aus Licht und Schatten, aus Energie und körperlicher Kraft.

Die Schattenbringer warfen ihre dunklen Kräfte gegen uns. Mächtige Wellen aus purer Finsternis schlugen gegen unsere Schutzblase, doch sie prallten ab wie Wasser an einem Felsen. Die dunklen Mönche schienen irritiert – überfordert von der Kraft, die uns erfüllte. Es war, als sei die Quelle unserer Energie für sie ein unfassbares Mysterium, etwas, das sie nicht kannten und gegen das sie keine Verteidigung hatten.

Aber das war nicht unser einziger Vorteil. Wir waren ein Team, vereint in unserem Ziel. Die Schattenbringer hingegen kämpften allein. Jeder von ihnen schien nur für sich selbst zu agieren, von Gier und Misstrauen zerfressen. Wenn einer von ihnen unsere grüne Barriere attackierte, wurde er oft von einem anderen zurückgestoßen – aus Angst, er könnte sich einen Vorteil verschaffen. Schnell entbrannte ein Streit unter ihnen, und ihre Reihen begannen zu bröckeln.

Trotzdem waren sie uns zahlenmäßig überlegen. Mein Löwe kämpfte wie ein Sturm, Ursula bewegte sich wie ein Wirbelwind, doch es schien, als könnten wir dem Anrennen nicht ewig standhalten.

Und dann geschah es. Plötzlich erschien ein neuer Verbündeter an unserer Seite. Ein übergroßer, mächtiger Bär betrat die Szene. Sein Fell schimmerte in einem warmen Bernsteinton, und um ihn herum lag eine Aura aus purer, schützender Energie. Mit einem tiefen, energetischen Brummen warf er sich in den Kampf, seine Pranken schleuderten die Schattenbringer wie Spielzeug durch die Luft.

Ursula nutzte das Überraschungsmoment. Sie kannte den Kampf – nicht nur mit Energien, sondern auch mit bloßen Händen. Sie bewegte sich geschmeidig, ihre Schläge waren präzise und kraftvoll. Dieses Verhalten war den Schattenbringern völlig fremd. Es schien, als hätten sie noch nie in ihrem Leben körperliche Gewalt einsetzen müssen. Ihr Mangel an Erfahrung in dieser Hinsicht war unser Vorteil.

Für eine Weile hielten wir stand. Unser Löwe, der Bär und Ursula kämpften unermüdlich, während ich meine energetische Mauer verstärkte. Doch es war ein Tanz auf der Klinge. Der Kampf war so ausgeglichen, dass ein Sieg weder für die eine noch für die andere Seite in Reichweite schien.

Die Luft im Raum war geladen, vibrierte vor Energie. Jeder Atemzug fühlte sich schwer an, jedes Herz schlug schneller. Und doch spürte ich tief in mir, dass dies nur der Anfang war. Der Kampf war noch lange nicht vorbei.

Plötzlich öffnete sich das große Tor, und eine Gestalt trat in den Raum.

Sein Anblick ließ die Luft gefrieren. Hoch gewachsen und mit einer Aura dunkler Erhabenheit, trug er ein Gewand aus tiefschwarzem Samt, das von purpurnen und goldenen Stickereien durchzogen war. Auf seiner Brust prangte das Zeichen von Arterien – das Zeichen der Venus, um den Kreis herum eine strahlende Corona. Dieses Symbol leuchtete schwach, als würde es in einem inneren Feuer brennen. Doch der Blick der Anwesenden haftete nicht auf seiner Kleidung, sondern auf seiner Maske.

Sie war eine Meisterarbeit finsterer Kunst: aus schwarzem Metall gefertigt, mit feinen goldenen Linien, die ein Geflecht aus Dornen und Blitzen nachzeichneten. Die

Augenöffnungen waren schmal und bedrohlich, sodass man kaum die Augen dahinter erahnen konnte. Das Gesicht war von einer ätherischen Eleganz, beinahe hypnotisch – wie ein verzerrtes Abbild von Schönheit, das zugleich faszinierte und erschreckte. Kein Dämon mit Hörnern, kein groteskes Gesicht. Diese Maske spiegelte Macht wider, reine und kalte Macht.

Es war Luzifer.

Mit gemessenen Schritten trat er in den Raum, und seine Stimme hallte wie ein grollender Sturm durch die Halle. „Wer erlaubt sich…?" Er hielt inne, schwenkte seinen Kopf wie ein Raubtier und ließ seinen durchdringenden Blick über die versammelten Schattenbringer gleiten. „Bist du es, Vesperius?"

Ein schweres Schweigen folgte, durchbrochen nur vom Knisterklang der Fackeln. Die Schattenbringer wichen entsetzt zurück, als Luzifers Augen in unsere Richtung wanderten. Doch dann hob er eine Hand, und ein gewaltiger Energiestoß raste in Ursulas Richtung.

Mein Löwe war schneller.

Er warf sich mit einem energetischen Brüllen dazwischen. Der Treffer schleuderte ihn mit solcher Wucht quer durch den Raum, dass das Echo seines Aufpralls von den Wänden widerhallte. In mir breitete sich ein Sturm aus: negative Energie so stark, dass sie meinen Geist zu überfluten schien, mir beinahe den Atem nahm.

     Nur meine Verwurzelung in der Erde rettete mich vor der Energie des Bösen schlechthin. Und die goldene Energie der bedingungslosen Liebe wusch mich rein, füllte wieder auf, was verloren gegangen war.

Luzifer richtete sich zu voller Größe auf und schritt weiter vorwärts, sein Gewand wirbelte hinter ihm wie ein dunkler Mantel aus Schatten. „Was ist das? Was soll das?" Seine Stimme war schneidend und schallte von den Wänden zurück. Er war nur noch wenige Schritte von Ursula entfernt, als ihn plötzlich eine Energiewelle von hinten traf.

Luzifer taumelte.

Die Wucht war so stark, dass sie ihn nach vorne schleuderte und er auf die Knie fiel. Hinter ihm, in der geöffneten Tür, stand Ambrosius. Seine Augen funkelten vor Entschlossenheit, und seine ausgestreckte Hand glühte von der Energie, die er gerade freigesetzt hatte. Luzifer verlor seine Maske, die klirrend auf den Boden fiel.

Was ich dann sah, ließ mir das Blut in den Adern gefrieren. Das Gesicht, das unter der Maske zum Vorschein kam, war das von Aurelio – nur älter, verhärmt und von einer tiefen Kälte gezeichnet.

Luzifer war schneller wieder auf den Beinen, als ich es für möglich gehalten hätte. Doch etwas hatte sich verändert. Die Schattenbringer, die ihn bisher gefürchtet hatten, sahen nun ihre Chance. Sie warfen sich auf ihn, einer nach dem anderen, und ein wilder Kampf brach aus. Luzifer wehrte sich mit der ganzen Kraft seiner Macht, aber die Dunkelheit, die er regierte, schien nun gegen ihn zu rebellieren.

In diesem Moment passierte etwas Unglaubliches.

Über die Köpfe der Kämpfenden hinweg flog ein mächtiger Steinadler in die Halle. Mit ausgestreckten Flügeln glitt er durch die Luft, und ich erkannte ihn sofort – es war der Adler, den wir in den Bergen gesehen hatten. Seine Federn schimmerten golden im Schein der Fackeln, und er strahlte eine überwältigende Präsenz aus.

Mit einem Schrei, der die Schattenbringer innehalten ließ, stürzte der Adler herab und landete auf dem Altar. Er streckte seine Krallen aus und griff durch meine Hecke aus Energie hindurch den Stein des Lichts. Ich war wie gelähmt vor Staunen. Die Barriere, die ich aufgebaut hatte, ließ ihn passieren, als hätte sie ihn als etwas Reines erkannt.

Mit dem Stein des Lichts in seinen Krallen erhob sich der Adler wieder in die Lüfte und flog in einem eleganten Schwung durch das Tor hinaus, durch das Luzifer zuvor gekommen war.

„Raus hier! Raus!"

Ich dachte so laut ich konnte, als wollte ich meine Gedanken direkt in Ursulas Kopf schreien. Sie zögerte keine Sekunde, lief auf Ambrosius zu, packte seine Hand und zog ihn mit sich. „Ich komme ja schon!", rief der alte Mann, während er schwerfällig hinter ihr herlief.

Der Löwe und der Bär folgten uns mit einer lautlosen Wachsamkeit. Jeder ihrer Schritte war bedächtig und kontrolliert, als würden sie jede Bewegung auf mögliche Gefahren hin abwägen. Immer wieder blickten sie über ihre Schultern, ihre Haltung angespannt, bereit, jede Bedrohung abzuwehren, die uns heimtückisch in den Rücken fallen würde. Ihre Achtsamkeit war ein stiller Schutzschild, der uns allen den Rücken deckte.

Die Schattenbringer, völlig im Chaos gefangen, schenkten uns keine Beachtung mehr. Sie waren mit sich selbst beschäftigt, ein Wirbelsturm aus Verrat, Gewalt und Verzweiflung.

Draußen erwartete uns die kühle Nacht. Der Wind fuhr uns ins Gesicht, aber es war ein befreiender Wind – als hätte die Welt selbst uns in Empfang genommen und uns Schutz gewährt. Wir waren entkommen. Zunächst. Ich wusste, das war erst der Anfang.

„Ich habe die Gondel an der Stelle festgezurrt, die du mir genannt hast!" rief Ursula mit einem Hauch von Panik in der Stimme Ambrosius zu. „Ich hoffe, sie ist noch da! Schnell! Schnell!"

„Tempus fugit, non revertitur, die Zeit flieht, sie kehrt nicht zurück," erwiderte Ambrosius mit schwerem Atem. „Doch spüre ich mein Alter und merke, dass ich für solche Hast längst nicht mehr gemacht bin."

Trotz seiner Worte beschleunigte er seine Schritte, so schnell er konnte. Die beiden stürmten den abschüssigen Pfad hinab, der sie über immer neue Stufen und enge Passagen in Richtung Wasser führte. Hinter ihnen erhob sich der Dom der Schatten, dessen steinerne Mauern im silbernen Licht des beinahe vollen Mondes unheimlich glommen. Jeder Schritt hallte wie ein Schicksalsklang in der stillen Nacht, und beide konnten nicht sagen, ob die Schattenbringer ihnen bereits auf den Fersen waren.

Auch in mir begann die Kraft zu schwinden. Zuerst löste sich der goldene Löwe, mein treuer Begleiter, wie ein flüchtiger Traum in Luft auf. Kaum hatte ich das realisiert, verschwand auch der mächtige Bär, der uns so plötzlich zur Seite gesprungen war. Woher dieser gekommen war, blieb ungewiss, doch sein unerwartetes Auftauchen hatte uns bis hierher Schutz gewährt. Nun war auch er verschwunden, und mit ihm verblasste auch die schützende Energieblase.

Die Verbindung zu Ursula konnte ich gerade noch halten. Durch ihre Augen sah ich die rettende Gondel: festgebunden und vom Takt der Wellen regelmäßig gegen die Felsen gedrückt. Die Strömung war stark, aber die Gondel schien intakt.

Ursula erreichte sie zuerst. Mit einem geschickten Griff zog sie das Seil zu sich heran, befreite die Gondel und rief Ambrosius zu: „Hierher! Wir haben sie!"

„Non nobis solum nati sumus, wir sind nicht nur für uns selbst geboren," murmelte Ambrosius, beinahe wie ein Gebet, während er mit letzter Kraft zur Gondel stolperte. Ursula half ihm hinein und stellte sich dann hastig ins Heck und nahm die Stange auf, um die Gondel loszustoßen.

Doch genau in diesem Moment geschah es: Ein scharfer Ruck durchfuhr mich, als hätte jemand die unsichtbaren Fäden zwischen Ursula und mir zerschnitten. Die Verbindung erlosch plötzlich und vollständig. Ein Gefühl von Leere und Orientierungslosigkeit überkam mich, als habe sich alles aufgelöst, was mir Halt geboten hatte.

Nur noch ein letzter Gedanke erschütterte mein Bewusstsein: Die Gondel glitt in die Nacht hinaus, das Mondlicht spiegelte sich auf dem Wasser. Aber die Stille war trügerisch, und die Ungewissheit schwebte nun über Ursula, Ambrosius und unserer Mission.

Ein Geräusch drang an mein physisches Ohr, scharf und unvermittelt, und riss mich aus meiner Konzentration. Ich war völlig verstört, orientierungslos, als wäre ich aus einem Traum gerissen worden. Gerade noch war ich mit Ursula in der Gondel gewesen, ganz eins mit ihrer Wahrnehmung. Doch dann – dieser Schrei! Ein durchdringender Laut, der mir seltsam vertraut erschien und dennoch meine innere Stille durchbrach.

Langsam kehrte das Bewusstsein für meine Umgebung zurück. Erst bemerkte ich wieder die Schwäche meines Augenlichts und erschrak darüber. Der Mond, der die Nacht zuvor silbern erhellt hatte, schien plötzlich weniger leuchtend. In der Ferne konnte ich die Lichter von Venis erkennen, die wie winzige, glitzernde Punkte am Horizont schimmerten. Noch deutlicher waren die Lichter von La Roche et Fèlle, die wie ein weit entfernter Sternenhaufen über dem dunklen Meer funkelten – ein geheimnisvolles, pulsierendes Leuchten, das selbst aus dieser Entfernung die Insel als etwas Außergewöhnliches kennzeichnete.

Was mochte dort unten jetzt wohl vor sich gehen?

Neben mir nahm ich schließlich die schemenhafte Gestalt Aurelios wahr. Er saß immer noch regungslos auf dem Boden, die Beine im Schneidersitz verschränkt, seine Hände entspannt auf den Knien ruhend. Es war, als sei er tief in sich selbst versunken, abgeschirmt von der Welt um ihn herum.

Doch dann erklang der gellende Schrei erneut, durchdrang die Nacht mit einer solchen Intensität, dass ich unwillkürlich zusammenzuckte. Dieses Mal wurde meine Aufmerksamkeit auf eine Bewegung am Himmel gelenkt. Ein dunkler Schatten kreiste über uns, sein Flügelschlag war schwer und kraftvoll. Für einen Moment verdunkelte er den Mond und ließ die Landschaft unter uns in noch tieferes Schwarz tauchen.

Aurelio öffnete langsam seine Augen, die von einem sanften Schimmer erfüllt waren. Er streckte seine Arme aus, als wolle er einen alten Freund willkommen heißen. Just in diesem Moment setzte der Schatten zur Landung an und schwebte mit beinahe überirdischer Eleganz wenige Meter vor Aurelio zu Boden.
> Der Schatten war ein Adler – ein prächtiges, mächtiges Tier, dessen Augen funkelten, als trügen sie das Licht der Sterne in sich. Es war der Steinadler, den ich gerade noch vor wenigen Minuten durch Ursulas Augen im Dom der Schatten gesehen hatte.
> Der Vogel machte zwei kurze Sprünge auf Aurelio zu und legte vorsichtig etwas vor ihm ab: einen Stein, der im schwachen Mondlicht geheimnisvoll glomm.

Der Adler hatte den Stein des Lichts zu Aurelio getragen.

Aurelio bewegte sich nun behutsam. Mit einer Anmut, die fast rituell wirkte, ging er von seiner sitzenden Position langsam auf die Knie. Mensch und Tier hielten sich dabei die ganze Zeit über fest im Blick, als würden sie in diesem Moment eine Verbindung eingehen, die über Worte hinausging.

Der Adler verharrte regungslos, nur seine Krallen griffen kurz in den Boden, während er das Gleichgewicht hielt. Mit einer ruhigen, fast ehrfürchtigen Geste streckte Aurelio seine linke Hand aus und berührte das Gefieder des Adlers. Seine rechte Hand hob derweil vorsichtig den Stein des Lichts auf, als würde er ein heiliges Artefakt empfangen.

„Danke, mein treuer Freund," sprach Aurelio laut und klar, während er den Adler weiter sanft streichelte. „Dass du mich in dein Bewusstsein aufgenommen hast. So konnten wir diese schwere Aufgabe gemeinsam erfüllen. Auf ewig sind wir verbunden."

Es war ein Moment von tiefer Stille und ergreifender Schönheit. Mensch und Tier verharrten, wie von einer unsichtbaren Macht gehalten, in dieser innigen Verbindung. Ich wagte kaum zu atmen, erfüllt von Ehrfurcht und einer überwältigenden Dankbarkeit, diesem Augenblick beiwohnen zu dürfen.

Nach einer Weile sprach Aurelio erneut, seine Stimme ruhig, aber durchdrungen von einer seltsamen Autorität: „Nun flieg, treuer Freund! Flieg hinaus in die Nacht! Der Mond wird dein Begleiter sein."

Mit ein paar energischen Sprüngen entfernte sich der Adler von Aurelio, drehte sich majestätisch um und erhob sich dann mit kräftigen Flügelschlägen in die dunkle Nacht. Seine Silhouette wurde kleiner, bis sie schließlich in der Ferne verschwand.

Aurelio blickte ihm lange nach, sein Gesicht von einem Ausdruck tiefer Andacht erfüllt. Ein ehrfürchtiges Schweigen umhüllte uns beide. Nicht einmal das sonst allgegenwärtige Zirpen der Zikaden war zu hören, als hätte die Natur selbst innegehalten, um Zeuge dieses Augenblicks zu sein.

Schließlich stand ich auf und ging langsam auf Aurelio zu. Er kniete noch immer regungslos am Boden, die Schultern gesenkt, als wäre er mit der Erde verwachsen. Sein Kopf hing tief, und er schien jeden Halt verloren zu haben – wie eine Statue, die von der Zeit zermürbt worden war.

Doch dann geschah etwas, das mich zutiefst erschütterte: Wie unter einer schweren Last ließ sich Aurelio noch weiter nach vorne sinken. Er stützte sich auf Knie und Ellbogen ab, sein Gesicht in den Händen verborgen, als wolle er sich vor der Welt verstecken.

Vorsichtig kniete ich mich neben ihn. Eine Weile sagte ich nichts, legte ihm nur behutsam eine Hand auf den Rücken. Die Kälte der Nacht kroch mir durch die Kleidung, und ich spürte, wie auch Aurelio zitterte – nicht vor der Kälte, sondern vor etwas Tieferem. Etwas Dunklerem. Worte wollten mir nicht über die Lippen. Was konnte ich sagen? Wie sollte ich diese Momente, die größer und fremder waren als alles, was ich je erlebt hatte, in Sprache fassen?

Nach einer Weile atmete ich tief ein und ließ alles, was ich fühlte, in ein einziges Wort fließen: „Wow."

Noch ein paar Herzschläge später fügte ich leise hinzu: „Du und der Adler… Das hat mich schwer beeindruckt."

Langsam setzte Aurelio sich wieder auf. Seine Bewegungen wirkten mühsam, fast gebrochen, und als er mich schließlich ansah, durchzuckte mich ein Schauer. Sein Blick war erfüllt von Furcht – aber nicht vor mir, nicht vor irgendetwas Äußerem. Es war, als fürchtete er sich vor etwas Unsichtbarem im Inneren.

„Ich… ich bin erschrocken und entsetzt über mich selbst," begann er stockend, seine Stimme kaum mehr als ein Flüstern. „Durch Ambrosius habe ich Luzifer gespürt. Und… es fühlte sich… unerklärlich vertraut an."

Er hielt inne, als ob die Worte ihm die Luft nahmen. Dann fragte er leise, fast flehend: „Bin ich… böse?"

Seine Augen suchten die meinen, verzweifelt, hoffnungsvoll. Ich hielt seinem Blick stand, obwohl ich spürte, wie schwer diese Frage auf uns beiden lastete. Ich schüttelte den Kopf, langsam, aber entschieden.

„Nein, Aurelio. Deine Verbindung mit dem Adler… das war reine Liebe. Da war nichts Böses. Ich kann nichts Böses in dir entdecken."

Seine Schultern sackten herab, als würden sie die Last seiner inneren Zweifel nicht länger tragen können. Ohne zu zögern, zog ich ihn in meine Arme. Ich hielt ihn fest, spürte, wie er gegen die Dunkelheit in sich ankämpfte, spürte, wie dieser Kampf ihn zerriss.

„Du bist du," flüsterte ich. „Und du liebst. Das ist alles, was zählt."

Ich hielt ihn, bis sein Atem ruhiger wurde, bis die Kälte der Nacht uns beide nicht mehr zu stören schien. Schließlich löste er sich langsam, blickte mich an, und in seinen Augen lag ein Funke neuer Hoffnung – oder war es bloß eine trügerische Ruhe?

„Aber… was war das dann?" fragte er schließlich. Seine Stimme zitterte noch, aber sie war klarer.

„Hast du Luzifers Gesicht gesehen?" fragte ich zurück, nicht sicher, ob ich die Antwort hören wollte.

Aurelio schüttelte den Kopf. „Nein," sagte er. „Er hatte die ganze Zeit diese… schreckliche Maske auf."

Ich nickte. „Im Kampf im Dom der Schatten hat er sie verloren," erklärte ich. „Da konnte man sein Gesicht erkennen. Und… ich habe einen Verdacht. Aber wir müssen Ambrosius fragen."

„Was fragen?" Aurelio fuhr auf, seine Augen weiteten sich vor Entsetzen.

Ich zögerte. Die Worte lagen schwer auf meiner Zunge, doch sie mussten ausgesprochen werden. „Luzifer und du… ihr seht euch erstaunlich ähnlich. So, als wärt ihr verwandt."

Aurelio erstarrte. Seine Schultern verharrten in einer seltsamen Anspannung, während sein Blick leer in die Dunkelheit ging. Für einen Moment schien er nicht mehr atmen zu können. Dann schloss er die Augen, atmete tief durch und richtete sich langsam auf.

Sein Blick war ruhig, beinahe erhaben, und als er sprach, klang seine Stimme fest und entschlossen: „Ambrosius wird es wissen. Und er hat mich gelehrt, mich hier und jetzt nicht wegen etwas zu grämen, das ich nicht ändern kann. Er wird es mir sagen, wenn wir ihn treffen."

Er sah mich an, und in diesem Augenblick war er nicht mehr der junge Mann, der von Zweifel und Furcht gequält wurde. Er war Aurelio – derjenige, der in einer innigen Verbindung mit einem Adler, dem Geschehen im Dom der Schatten die Wende gebracht hatte. Ich wusste, dass dieser Mann noch Großes vollbringen würde.

Langsam richteten wir unsere Aufmerksamkeit wieder auf die Dinge um uns herum – auf das, was nun zu tun war. Unsere Gedanken lösten sich von dem überwältigenden Geschehen, das hinter uns lag, und wandten sich der Realität zu. Die Welt draußen wartete nicht.

Der Stein des Lichts lag noch immer am Boden, an jener Stelle, wo Aurelio eben noch gekniet hatte. Bedächtig hob er ihn auf, fast ehrfürchtig, als wäre der Kristall etwas Lebendiges. Wir betrachteten ihn gemeinsam. Es war ein übergroßer, unfassbar klarer Stein, dessen Gewicht allein schon erstaunlich war. Wie hatte der Adler ihn nur in seinen Krallen tragen können?

Sein Anblick ließ mich an etwas Technisches denken – wie eine asymmetrische Lupe mit einem Prisma als Sockel. Doch das, was der Stein im Mondlicht ausstrahlte, ging weit über jede technische Beschreibung hinaus. Sein Schimmer war lebendig, als würde er die Dunkelheit vertreiben wollen.

„Wir haben hier einen ziemlichen Aufruhr erzeugt," sagte ich nachdenklich, mein Blick wanderte zurück zu Aurelio. „Und ich frage mich, wie es Ursula und Ambrosius wohl geht. Ihre Reise zu La Roche et Fèlle dauert länger, als ich erwartet habe. Auch wenn Ambrosius schon angedeutet hatte, er wolle langsam vorgehen, um bei der Ankunft dort nicht erschöpft zu sein. Aber jetzt ist es Nacht, und keiner von uns weiß, wie lange Luzifer und die Schattenbringer noch mit sich selbst beschäftigt sein werden."

„Fürchte dich nicht," sprach Aurelio, seine Stimme klang sanft und doch durchdrungen von einer inneren Klarheit. „Sie sind an einem sicheren Ort. Meister Ambrosius hat es mir über unsere Verbindung mitgeteilt. Sie haben Zuflucht gefunden bei einem Verbündeten – einem weiteren Bewahrer. Es gibt nur noch wenige von ihnen, doch dieser ist standhaft und treu. Dort sind sie geschützt vor den dunklen Mächten."

Eine große Last fiel von mir ab. Ich atmete tief durch und nickte. Die Verbindung zwischen uns und Ambrosius fühlte sich wie ein sanftes Band an, das meine Sorge milderte.

„Wie geht es dann weiter?" fragte ich schließlich laut, meine Gedanken begannen die nächsten Schritte zu ordnen. „Sollen wir morgen auch zu diesem Freund gehen?"

„Nein," entgegnete Aurelio, und seine Worte hatten das Gewicht wohlüberlegter Entschlossenheit. „Meister Ambrosius hat mir anvertraut, dass wir uns im Raum des Adlers zusammenfinden sollen. Wenn wir mit dem Morgengrauen aufbrechen, werden wir wohl zeitgleich dort eintreffen. Unsere Schritte sind schneller als die ihren."

Ich ließ seinen Plan auf mich wirken. „Ein guter nächster Schritt," sagte ich nachdenklich. „Morgen werden wir sehen, was weiter passiert."

Aurelio nickte, und in seinen Augen lag eine stille, tiefe Sicherheit. Doch dann trat ein neues Bedürfnis in seinen Blick, das seine edle Erscheinung um eine menschliche Note ergänzte. „Jetzt verspüre ich Durst und Hunger," erklärte er mit einer leichten, höflichen Neigung seines Kopfes. „Es wäre weise, wenn wir uns ins Haus zurückziehen."

„Eine gute Idee!" bestätigte ich, ein leises Lächeln auf den Lippen. Bevor ich ihm folgte, ließ ich meinen Blick noch einmal über Venis schweifen. Irgendwo dort unten, im Herzen von Arterien, musste Ursula sein.

Die Stadt lag scheinbar ruhig da, wie in einem zeitlosen Schlaf. Doch ich wusste, dass nichts so war, wie es schien. Das Band aus Wolken, das unaufhörlich um das Land kreiste, schimmerte geheimnisvoll im Mondlicht – wie ein wachender Schleier, der das Verborgene umhüllte.

„Was haben wir da angezettelt?" dachte ich bei mir, während ich den Kristall in Aurelios Händen noch einmal betrachtete.

Dann wandte ich mich ab und ging mit ihm ins Haus. Morgen würde ein neuer Tag beginnen, und mit ihm würden Antworten kommen – Antworten, die uns auf unserem Weg leiten würden.

„Wie bist du eigentlich auf den Adler gekommen?" fragte ich Aurelio, während wir uns in der Küche hastig etwas zu essen herrichteten.

Er hielt inne, ließ den Blick auf die Tischplatte sinken und begann nachdenklich zu sprechen. „Meister Ambrosius hatte mir am Morgen gesagt, ich solle aufmerksam bleiben und reagieren, wenn es notwendig würde. Als dann Luzifer, aufgewühlt von der Nachricht, dass Vesperius zurückgekehrt sein soll, Ambrosius zunächst bedrohte und dann aus dem Raum stürmte, erkannte ich, dass der Meister in seiner Ruhe zu langsam war, um Luzifer auf Dauer etwas entgegensetzen zu können."

Aurelio hob den Kopf, seine Stimme gewann an Tiefe. „In diesem Moment erinnerte ich mich an Ursula – und daran, wie sie mit der Maus gesprochen hat. Sie hatte mir gezeigt, dass sogar ein flüchtiger Moment der Verbindung und des Verständnisses Wunder bewirken kann. So kam mir der Gedanke an den Adler."

Ich nickte langsam, meine Gedanken verweilten bei Ursula. „Ja, Ursula …," murmelte ich nachdenklich, und mein Blick verlor sich irgendwo zwischen den Regalen.

Aurelio sagte nichts, und ich spürte, dass auch ihm nicht nach weiteren Worten zumute war. So aßen wir schweigend zu Ende, jeder in Gedanken versunken.

Nach dem Essen verspürte ich den drängenden Wunsch, die letzten Spuren der dunklen Energie der Schattenbringer von mir abzustreifen. Ich begab mich in den Raum der Erneuerung.

Das Mondlicht fiel an diesem Abend besonders sanft durch das kleine runde Loch in der Decke, fast noch schöner als an unserem ersten Tag hier. Doch etwas war anders. Einerseits hatte ich mich längst an diesen Raum gewöhnt, an seine Klarheit, die Spiegel, die den Eindruck von Unendlichkeit erzeugten, und das Wasser, das wie aus dem Himmel herabfloss. Andererseits fehlte Ursula.

Während das kalte Wasser auf mich herabströmte und ich meinen Simran hielt, spürte ich die Kälte kaum. Die Meditation half mir, die letzten Schatten von Negativität aus mir zu vertreiben und mich auf das Wesentliche zu konzentrieren. Doch das leise, schmerzliche Gefühl ihres Fehlens blieb.

Ursula – ohne sie hätten wir den Stein des Lichts wahrscheinlich nie gefunden. Wahrscheinlich hätte ich ohne sie immer noch alleine in meiner Wohnung gesessen, in meinen Alltagstrott gefangen und ohne Aussicht auf Veränderung. Und jetzt? Jetzt waren wir hier in Arterien, in einer Welt, von der ich zuvor nicht einmal geahnt hatte, dass sie existiert. Gemeinsam mit Ursula, Ambrosius und Aurelio hatten wir den Stein des Lichts aus dem Dom der Schatten holen können – ein Erfolg, der ohne sie undenkbar gewesen wäre.

Nach der Dusche begab ich mich in mein Bett. Doch Schlaf fand ich nicht. Zum ersten Mal seit unserem Aufbruch aus dem Schwarzwald schliefen Ursula und ich nicht unter demselben Dach. Und seit München war es das erste Mal, dass wir nicht nebeneinander lagen.

Ich wälzte mich hin und her, meine Gedanken kreisten immer wieder um sie. Diese Reise hatte uns einander nähergebracht, und ihr Fehlen ließ mich schmerzlich spüren, wie sehr ich mich inzwischen an ihre Gegenwart gewöhnt hatte – ja, wie sehr ich sie schätzte. Schließlich gab ich das Ringen um den

Schlaf auf, lauschte den Geräuschen der Nacht und wartete, bis das veränderte Geräusch der Natur draußen den nahenden Morgen ankündigte.

Ich packte meinen Rucksack, sortierte alles Nötige ein und wählte auch aus Ursulas Sachen diejenigen aus, die sie vermutlich selbst mitgenommen hätte. Es fühlte sich fast so an, als würde ich ein Stück von ihr einstecken, damit sie in gewisser Weise bei uns blieb.

Im Wohnraum traf ich auf Aurelio, der ruhig auf mich wartete. Wir stimmten uns über die letzten Details ab. Ich legte noch Proviant für alle vier zusammen – für uns, Ursula und Ambrosius – während Aurelio den Stein des Lichts behutsam in seine Tasche gleiten ließ.

Mit einem letzten, nachdenklichen Blick auf das Haus verriegelten wir es sorgfältig. Die Morgendämmerung legte einen silbernen Schleier über die Landschaft, als wir unseren Weg antraten. In der Stille des Morgens fühlte ich die Verbindung zu Ursula und wusste, dass sie uns nah war – nicht nur im Geiste, sondern durch das Band, das wir über diese Reise hinweg geknüpft hatten.

Der Weg bis zum Felsvorsprung vor den Hängebrücken war uns bereits vertraut, und doch schien die Zeit, gerade heute, schneller zu vergehen, so als hätten sich unsere Kräfte durch die Ereignisse des vergangenen Tages verstärkt. Die Steine unter unseren Füßen, der weite Blick in die Ferne, all das fühlte sich vertraut an, und dennoch war jeder Schritt ein neuer.

„Sieh dort!" Aurelio zeigte mit einem eleganten Schwung seiner Hand nach oben, wo der Steinadler in seinem Horst ruhte. Der Vogel, ein wahrer Wächter der Berge, drehte langsam den Kopf und musterte uns mit seinen scharfsinnigen Augen.

„Salve, mein alter Freund", flüsterte Aurelio ehrfürchtig, seine Stimme kaum mehr als ein Hauch im Wind. Der Adler schien zu antworten, als er sich mit einem kräftigen Flügelschlag erhob, die weit ausgebreiteten Schwingen über uns hinweg fegend.

„Gerne würde ich die Welt da oben durch seine Augen sehen", murmelte ich, meinen Blick von dem majestätischen Vogel nicht abwenden könnend.

„Der Adler ist ein Wächter", sagte Aurelio, „er sieht, was wir nicht sehen, und erkennt, was wir noch nicht verstehen." Seine Stimme war ruhig, doch die Tiefe seiner Worte ließ den Wind um uns herum noch unruhiger wehen.

Wir gingen weiter, die Steine unter uns wichen den Seilen der Hängebrücke, die sich nun vor uns über die tiefe Schlucht spannte. Die Gefahr schien vertraut, doch gerade dadurch nicht weniger herausfordernd. Wir wussten, dass der Abgrund unter den Seilen in die Dunkelheit führte, doch die Brücke gab uns sicheren Halt.

Als wir schließlich die Tür zum Raum des Adlers erreichten, war es, als beschleunigte sich unser Herzschlag. Die Aufregung war greifbar, denn in diesem Moment würde sich zeigen, ob sich die Reise zum Dom der Schatten wirklich gelohnt hatte. Es war ein Gefühl von Spannung und Erwartung, als wir den Riegel der schweren Tür zurückzogen –

„Was für ein beeindruckendes Spektakel", sagte Ambrosius mit einer feierlichen Ruhe, die seine Worte in der Luft schwingen ließ. „Spectaculum inefabile – ein Schauspiel von unfassbarem Ausmaß", fügte er hinzu, während er mit seiner Hand die Weite des Raumes zu umfassen schien.

Er stand zusammen mit Ursula in der Mitte des Raumes. Wir hatten die beiden seit unserer Trennung nicht mehr gesehen, und es tat gut, sie wohlbehalten und voller Begeisterung anzutreffen. Die Atmosphäre war von einer erkennbaren Anspannung durchzogen, aber auch von Freude und Erleichterung.

Als Ursula mich erblickte, konnte ich den Ausdruck in ihren Augen sofort lesen – eine Mischung aus Erleichterung und Freude. Doch es kam nicht gleich die vertraute Umarmung, wie ich es mir in meiner Sehnsucht gewünscht hatte. Ihre Haltung war zunächst ein wenig zurückhaltend, und sie neigte ihren Kopf leicht.

„Da bist du ja!", sagte sie leise.

„Geht es dir gut? Ich hatte solche Angst um dich!", antwortete ich, meine Sorge um sie in den Worten deutlich spürbar.

„Ja", sagte sie, und ihre Augen glänzten. „Es war eine lange Nacht."

„Du hast mir gefehlt", sagte ich leise und trat einen Schritt näher.

„Wie schön, dich zu sehen", sagte sie schließlich und trat auf mich zu. Ohne weiteres Zögern legte sie ihre Arme um mich – eine Umarmung, warm und fest, aber nicht die einer Liebenden. Es war die Umarmung eines alten Freundes, der lange auf ein Wiedersehen gewartet hatte. Die Berührung war vertraut, aber nicht überladen mit Bedeutung.

„Vielen Dank, dass ich gestern bei dir sein durfte, aber live ist besser", sagte ich leise, während ich meine Hand sanft auf ihren Rücken legte, sie noch einen Moment in der Umarmung haltend, um ihr zu zeigen, wie sehr ich mich freute, wieder mit ihr zusammen zu sein. Unsere Augen trafen sich, und in diesem Blick lag alles, was zwischen uns ungesagt geblieben war.

„Das war knapp gestern", sagte Ursula dann. „Puh, war das knapp!"

„Das war eine Meisterleistung – im Dom der Schatten", fügte sie hinzu und wandte sich dann an Aurelio. „Du bist wirklich den Adler geflogen, nicht wahr?"

Aurelio hielt inne, als suche er nach den richtigen Worten, bevor er leicht nickte. „Ich habe es dir gleich getan und eine Verbindung mit dem Tier aufgebaut. Und er hat es zugelassen."

„Er hat dir den Stein des Lichts gebracht?" fragte Ursula weiter, ihre Stimme eine Mischung aus Staunen und Ernst.

„Ja", sagte Aurelio ruhig. „Er brachte ihn aus den Tiefen des Doms direkt zu mir. Doch es ist nicht meine Leistung, sondern die des Adlers. Er dient, weil er es als seine Aufgabe erkennt. Es liegt an uns, diese Gaben weise zu nutzen."

Ambrosius nickte zustimmend. „Nil volentibus arduum – Nichts ist dem, der will, zu schwer", sagte er, und ein Hauch von Stolz schwang in seiner Stimme mit.

Aurelio nahm den Stein des Lichts aus seiner Tasche und hielt ihn für einen Moment in der Hand. Ein sanfter Schimmer spiegelte sich in seinen Augen, als er ihn betrachtete.

„Der ist ja richtig beeindruckend", sagte Ursula, als sie nun aus der Nähe den Kristall musterte. Ihre Stimme klang ehrfürchtig, und ihre Finger berührten beinahe zärtlich die Oberfläche des Steins.

„Dir gebührt die Ehre", sagte Aurelio und reichte ihr den Kristall mit einer respektvollen Geste.

„Mir?" Ursula blickte ihn erstaunt an, als hätte sie nicht erwartet, die Verantwortung auf sich zu nehmen.

„Ja, dir", erwiderte Aurelio mit einem ernsten, aber warmen Lächeln. „Du hast mit deinem Mut und deiner Hingabe alles erst möglich gemacht. Dieser Moment ist dein."

Ursula nahm den Stein mit einem flüchtigen Lächeln entgegen, ihre Finger umschlossen ihn fest. Es war ein Moment der Stille, in dem sich der Raum zwischen uns mit einer unsichtbaren Spannung füllte. Dann trat sie, fast wie in einer Zeremonie, die Stufen zum Altar hinauf. Wir folgten ihr in einem langsamen, aber entschlossenen Zug. Jeder von uns wusste, dass dieser Augenblick entscheidend war.

Als sie die Stufen hinaufgestiegen war, hielt Ursula für einen Moment inne. Sie richtete den Kristall grob auf die Vertiefung aus, dann prüfte sie noch einmal, ob er sich auch wirklich einfügen ließ.

„Der müsste passen", sagte sie und ließ den Stein ein Stück tiefer in ihre Hand sinken. „Soll ich?"

„Der Moment ist gekommen", bestätigte Ambrosius mit ernster Stimme, doch sein Blick war voller Erwartung. „Veni, vidi, vici", murmelte er leise, als ein Hauch von Geschichte in seiner Stimme mitschwang, ein Zitat, das sowohl Nachdenklichkeit als auch Weitblick in sich trug.

Ursula nickte und setzte den Stein vorsichtig in die Vertiefung ein. Wir alle machten unbewusst einen Schritt zurück, als wollten wir Abstand nehmen, um das Ereignis ungestört geschehen zu lassen.

Es war, als hielte der Atem der Welt inne. Plötzlich erstrahlte der Raum des Adlers in den leuchtenden Farben des Regenbogens, als der Kristall in die Vertiefung trat. Die Wände begannen zu flimmern, und ein sanfter Lichtschein füllte den Raum. Doch trotz dieser lebendigen Farben blieb der Raum ungewöhnlich ruhig. Die Stille schien sich auszudehnen, als warteten wir alle auf das, was kommen würde.

„Nichts…", murmelte Aurelio. „Warum passiert nichts?"

Unsere Blicke wanderten zum Thron, wo sich ebenfalls keine Veränderung zeigte. Der Raum blieb still, der Altar in seiner alten, ehrwürdigen Form unverändert.

„Irgendetwas fehlt", sagte Ursula schließlich, ihre Stimme war leise, aber bestimmt. Sie blickte uns an, als ob sie von uns allen Antworten erwartete. Ihre Augen funkelten, als sie wieder den Kristall betrachtete, als wolle sie herausfinden, was sie übersehen hatte.

Ambrosius schüttelte langsam den Kopf, ein nachdenklicher Ausdruck auf seinem Gesicht. „Sic transit gloria mundi", sagte er dann, fast für sich selbst. „Die Dinge geschehen nicht immer, wie wir es erwarten. Vielleicht ist noch nicht der richtige Moment."

„Das ist es!", rief ich plötzlich laut, als die Erkenntnis mich wie ein Blitz traf. „Wir haben vergessen, was wir längst wussten!"

Die anderen blickten mich zunächst überrascht an. Ich fuhr fort: „Wir waren so auf den Stein des Lichts fixiert, dass wir völlig außer Acht gelassen haben, was wir beim letzten Mal im Raum des Adlers besprochen haben."

Ohne weiter zu erklären, eilte ich zu der Wand mit den Steintafeln. Die anderen schauten mir ungläubig hinterher, doch nach einem Moment folgten sie mir. Ich deutete auf eine der Tafeln und sprach hastig: „Wir haben doch darüber diskutiert, dass wir nicht sicher sein können, welches Gestirn in dieser Zeichnung gemeint ist. Es muss nicht die Sonne sein. Und was, wenn alles nur zu einem bestimmten Zeitpunkt funktioniert? So wie damals im Tempel des Lichts!"

Aurelio und Ursula traten neben mich, während Ambrosius gemächlich näher kam. Seine Hände waren auf dem Rücken verschränkt, und sein Blick ruhte prüfend auf der Steintafel, zunächst aus einer gewissen Entfernung.

„Du hast recht", sagte Aurelio nachdenklich, während er seine Stirn mit den Fingern massierte. „Uns fehlt noch das Wissen der alten Bewahrer. Ohne sie ist dieses Geheimnis wie eine verschlossene Tür."

Ursula wandte sich zu Ambrosius um und deutete mit einer leichten, aber entschlossenen Bewegung auf die Tafel. „Kannst du diese alte Schrift entziffern? Vielleicht finden wir hier eine Spur."

Mit einer langsamen, überlegten Geste trat Ambrosius an die Tafel heran. Sein Blick glitt aufmerksam über die filigranen Zeichen. „Nein", sagte er schließlich und schüttelte bedauernd den Kopf. „Diese Schrift ist mir unbekannt. Die Art der Zeichen… sie wirkt fremdartig, fast wie aus einer Zeit, die lange vor unserer liegt. Antiqui silentium servat – das Schweigen der Alten bleibt bestehen."

Ursulas Augen verengten sich leicht, und für einen Moment schwieg sie. Dann klopfte sie mit den Knöcheln ihrer Hand gegen die Steintafel – ein unbewusster Ausdruck ihres leichten Ärgers darüber, dass selbst Ambrosius keine Antwort hatte. Das Geräusch war leise, aber irgendwie ungewöhnlich.

Ich drehte mich abrupt zu ihr um. „Klopf nochmal! Genau so, wie du es eben gemacht hast."

„Wie? Was habe ich denn gemacht?", fragte sie irritiert.

„Mit deinem Knöchel. Du hast gerade gegen die Steintafel geklopft. Versuch es nochmal!"

Sie tat, worum ich sie gebeten hatte. Diesmal horchten wir alle aufmerksam. Der Klang war tatsächlich seltsam – hohl, als sei dahinter ein verborgener Raum.

„Hört ihr das?", fragte ich, während ich selbst begann, mit dem Knöchel an verschiedenen Stellen zu klopfen. „Hier klingt es normal, aber hier… anders."

Aurelio nickte langsam. „Da ist tatsächlich ein Unterschied", sagte er, während er sich näher zur Tafel beugte und sein Ohr fast daran presste. „Dein Gehör ist außergewöhnlich fein, mein Freund."

„Es ist mehr als das", murmelte ich und fuhr mit der Hand über die kühle, raue Oberfläche des Steins. „Ich bin mir sicher: Hinter dieser Tafel verbirgt sich ein Hohlraum."

Während ich noch mit den Fingern die Größe des Hohlraums zu ertasten versuchte, rief Ursula plötzlich: „Hier! Seht mal! Das ist Holz!"

Ihre Stimme klang gleichermaßen freudig und verwundert. Sie deutete auf eine kleine Stelle an der Unterseite der Steintafel. Tatsächlich war dort eine schmale, kaum sichtbare Leiste aus Holz eingelassen.

„Das sieht aus wie eine Abdeckung", sagte sie und begann vorsichtig mit den Fingern daran zu ziehen. „Aber ich bekomme keinen festen Griff. Kann es einer von euch versuchen?"

Aurelio trat vor und begutachtete die vermeintliche Abdeckung. Seine Hände tasteten präzise und doch sanft die

Oberfläche ab. „Da ist nichts zu sehen, was man greifen könnte", sagte er schließlich. „Aber vielleicht…"

Ich griff zu meinem Rucksack, der mir vor lauter Aufregung noch immer über die Schultern hing, und zog eilig mein Taschenmesser hervor. „Versuch es damit", sagte ich und reichte es Ursula.

Sie nahm das Messer mit einem knappen Nicken und begann sofort, vorsichtig in die schmale Ritze zwischen Holz und Stein zu stoßen. Ihre Finger arbeiteten flink, und das Messer diente ihr als Hebel.

Es dauerte eine kleine Weile. Die Spannung wuchs mit jeder Sekunde, in der wir nur zuschauten. Ich musste mich regelrecht zurückhalten, nicht selbst Hand anzulegen. Es war einer dieser Momente, in denen man glaubt, helfen zu müssen, obwohl man weiß, dass es die Sache wahrscheinlich nur erschweren würde.

„Fast…", murmelte Ursula, während sie sich konzentriert weiter vorarbeitete. Stück für Stück löste sich die hölzerne Leiste. Schließlich gelang es ihr, die Abdeckung vollständig zu entfernen.

„Da ist etwas", sagte sie leise, beinahe ehrfürchtig, während sie in die nun sichtbare Öffnung starrte.

Wir alle hielten für einen Augenblick den Atem an.

KAPITEL 9 – DER FLUG DES ADLERS

Ursula steckte ihre Finger vorsichtig in die schmale Öffnung und ruckelte ein wenig an dem verborgenen Gegenstand. Mit konzentriertem Blick und einem Hauch von Entschlossenheit sagte sie leise: „Gleich hab ich's."

Mit einem letzten, behutsamen Zug zog sie etwas hervor – ein Objekt, das auf den ersten Blick mehr war als nur ein schlichtes Brett. Vorsichtig legte sie es auf den Boden, während plötzlich ein kleines, metallisches Teil hinterherfiel und klappernd auf dem Stein landete.

„Das ist ja… eine Kurbel?" fragte ich verwundert, als ich das seltsame Ding aufhob und prüfend in den Händen wog. „Wofür könnte die sein?"

Ambrosius, der die Szene aufmerksam aus einer kleinen Entfernung verfolgt hatte, trat nun näher und sagte mit seiner ruhigen, bedachten Stimme: „Ex ungue leonem – man erkennt den Löwen an seiner Kralle. Vielleicht ist es der Schlüssel zu einem Mechanismus."

„Wir finden es noch heraus," sagte Ursula bestimmt und legte die Kurbel vorsichtig beiseite. Ihre Aufmerksamkeit richtete sich wieder auf das vermeintliche Brett, das sie zuvor hervorgezogen hatte.

„Das ist ja keine gewöhnliche Holzplatte," stellte Aurelio fest, während er sich über das Objekt beugte. „Seht euch die Maserung an. Das ist feinstes Zedernholz, vermutlich jahrhundertealt."

Als wir die Tafel genauer betrachteten, entpuppte sie sich als eine kunstvoll gearbeitete Holzplatte. Auf der Oberfläche war eine Inschrift eingeritzt, deren Zeichen durch die Jahre hinweg erstaunlich gut erhalten geblieben waren.

„Es enthält eine Inschrift!" rief Ursula, ihre Stimme vor Spannung vibrierend. Sie beugte sich tiefer hinab, um die Schrift besser zu erkennen.

„Kannst du sie lesen?" fragte Aurelio und musterte sie dabei aufmerksam.

Ursula nickte langsam und ließ ihren Finger über die eingravierten Zeichen gleiten. „Ja, ich glaube, ich kann es entziffern." Sie atmete einmal tief ein, bevor sie begann, die alten Worte laut vorzulesen.

„The   Prophecy   of   Light   and   Shadow

When Guru˙s moon ascends the skies,

And sacred light through crystal flies,

A beacon formed, a path revealed,

To wake the throne, long fate concealed.

Beneath the winds of Baal˙s breath,

Where silence stirs and shadows rest,

The Bear and Crow, in union bind,

To summon powers, lost in time.

Their dance shall forge the eagle˙s wings,

Through light and dark, the song it sings.

Yet none shall rise, nor claim the sky,

Till wrath˙s own child is raised on high.

Born of the Roth, in fury cast,

A bloodline marked, the first and last.

Upon the throne, the Eagle waits,

Where light and shadow weave their fates.

The Bear and Crow bestow their might,

To crown the Eagle, child of light.

Then shall the ancient seal be broken,

And truth of ages past be spoken."

Kaum hatte Ursula die Worte gesprochen, sagte Aurelio erschrocken: „Ich spüre etwas."

Er hob den Kopf, als lausche er einem fernen Geräusch, das nur er vernehmen konnte. Ein Schatten lag über seinem Gesicht.

„Ja," sagte ich zögernd, „der Text ist ergreifend und vielsagend."

Ich nahm an, Aurelio bezöge sich auf die Inschrift auf der hölzernen Tafel. Doch dann erhob Ambrosius seine Stimme. Mit ernster Miene blickte er in die Leere und sprach: „Ich kann es auch spüren. Er kommt."

Ein kalter Schauer fuhr mir über den Rücken. Auch Ursula erstarrte, während Ambrosius die Augen schloss und murmelte: „In silentio, veritas… Aber nun kommt der Sturm."

Der Schrecken hielt uns alle in seinem Bann, doch Aurelio reagierte als Erster. Wie ein geübter Jäger orientierte er sich kurz, dann stürmte er mit der Kraft seiner Jugend aus dem Raum des Adlers. Seine Schritte hallten von den alten Steinen wider, während er sich in Richtung der Hängebrücken wandte.

„Komm!" rief Ursula und zog mich mit sich. Auch Ambrosius folgte, sein langer Mantel wehte hinter ihm her, während er erstaunlich schnell hinter uns herlief.

Als wir ins Freie traten, sahen wir Aurelio bereits weit vor uns. Er hatte zwei Drittel des kurzen Weges zur Schlucht zurückgelegt. Vor uns spannten sich die beiden Hängebrücken – schmale Konstruktionen aus gespannten Längsseilen und quer geflochtenem Material, gerade breit genug, um einen Fuß vor den anderen zu setzen. Es waren natürlich immer noch keine Halte Seile oder sonstigen Sicherheitseinrichtungen vorhanden, und ihre Abwesenheit verstärkte das Gefühl von Gefahr. Der bloße Anblick ließ mein Herz schneller schlagen.

Aber es waren weder die Hängebrücken noch Aurelio, die unsere Aufmerksamkeit fesselten. Luzifer hatte die rechte der beiden Brücken betreten – jene, die wir zuvor ebenfalls gewählt hatten, um hierher zu gelangen. Zielstrebig und mit beängstigender Ruhe balancierte er über die schmale Seilkonstruktion.

„Er kennt das Rätsel," murmelte Ursula.

Plötzlich durchbrach ein durchdringender Schrei die Stille. Der Steinadler stürzte aus seinem Horst über der Schlucht herab. Seine mächtigen Schwingen peitschten die Luft, und seine Krallen glitzerten im Licht. Der Angriff kam mit einer solchen Wucht, dass Luzifer das Gleichgewicht verlor.

Er taumelte, versuchte, sich zu fangen, doch die Brücke schwankte bedrohlich. Mit einem verzweifelten Sprung warf er sich zur Seite – in Richtung der zweiten Hängebrücke. Atemlos beobachteten wir, wie er auf der schmalen Seilkonstruktion der linken Brücke landete. Die Seile ächzten unter seinem Gewicht, doch Luzifer hing an ihnen. Er hatte sie unter seinen Achseln und versuchte, sich hochzuziehen, wie ein Ertrinkender, der verzweifelt zurück ins rettende Boot kommen will.

Der Adler jedoch ließ nicht locker. Mit einem erneuten Schrei stürzte er herab, diesmal noch entschlossener. Luzifer duckte sich, wich aus, doch der Steinadler hatte sein Ziel erreicht: Die Seile der zweiten Brücke gaben unter dem Druck nach.

Ein entsetzliches Geräusch erfüllte die Luft, als die Konstruktion nachgab. Luzifer fiel – oder sah es nur so aus?

Kaum hatten Ursula und ich die Schlucht erreicht, sahen wir zunächst auf Aurelio, der am Rand des Felsvorsprungs kniete. Er blickte in die Tiefe, regungslos, mit einer Intensität, die uns innehalten ließ. Sein Gesicht war bleich, die Hände auf den felsigen Boden gestützt, als suchte er nach Halt, um das Gesehene zu begreifen.

Tief unter ihm hing Luzifer an den Resten der eingestürzten Hängebrücke. Sein Körper zitterte vor Anstrengung, während er versuchte, sich Stück für Stück nach oben zu ziehen. Er kämpfte mit einer erstaunlichen Kraft, doch das rettende Ende blieb ihm verwehrt. Seine Finger glitten immer wieder ab, die Felswand bot keinen Halt, kein Griff, der ihn vor dem drohenden Sturz bewahren könnte. Schließlich hing dort nur noch ein völlig entkräfteter Mann, ein Häufchen Elend, das kaum noch an den einst mächtigen Herrscher der Finsternis erinnerte.

Aurelio hätte ihn problemlos greifen und hinaufziehen können. Doch er tat es nicht. Starr vor Entsetzen beobachtete er Luzifers verzweifeltes Ringen.

In mir keimte ein sonderbares Gefühl auf. Es war fast wie Erleichterung, diesen einst unbesiegbaren Fürsten der Dunkelheit nun wie jeden anderen sterblichen Menschen kämpfen zu sehen – ohnmächtig, schwach und gebrochen. Doch der Gedanke, dass selbst er, der vielleicht mächtigste Mensch der Welt, um sein Leben flehte, ließ mich schaudern.

Ambrosius traf nun, schwer atmend, neben uns ein. Sein Blick war hart und unerbittlich, als er auf Luzifer hinabsah. Die Stille wurde nur von Luzifers verzweifeltem Ringen unterbrochen, während er die letzten Kräfte seines Körpers aufbrachte.

Aurelio stand plötzlich auf. Seine Stimme war ruhig, aber klar und durchdringend, als er sprach:

„Wenn du der wahre Fürst der Finsternis bist, dann breite jetzt deine Schwingen aus und fliege!"

Luzifer blickte nach oben, seine Augen weiteten sich vor Entsetzen. Es war ein Blick, der einem das Herz brechen konnte. Der mächtige Herrscher der Dunkelheit, nun ein Mann am Rand seiner Kräfte, voller Angst und Verzweiflung.

Ambrosius trat vor, seine Stimme hallte durch die Schlucht, ernst und wie in Stein gemeißelt:

„Das Dunkle versteht nicht zu fliegen. Nur der Adler breitet seine Flügel aus und gleitet auf den Wogen des Lichts. 'Lucem sequimur, tenebras fugimus.' – 'Wir folgen dem Licht, wir fliehen vor der Dunkelheit. 'Die Finsternis sucht die Schatten und kriecht am Boden."

Luzifer, schwankend zwischen Trotz und Einsicht, stammelte mit letzter Kraft:

„Wer bist du?"

Seine Worte waren kaum mehr als ein Flüstern. Aurelio sah ihn mit unbeugsamer Entschlossenheit an. Der Angstschweiß lief Luzifer über das Gesicht, während er die Antwort erwartete.

„Ich bin Aurelio," sagte er, „ich bin ein Bewahrer. Und ich reite auf den Schwingen des Adlers. Du hast uns im Dom der Schatten erlebt."

Die Klarheit und Kraft seiner Worte raubten mir den Atem. Sein Ton war fest und zugleich voller Demut.

Dann sprach Ambrosius, seine Stimme so scharf wie ein Schwert:

„Er ist der Sohn der Frau, die vor dir geflohen ist, als du Vesperius getötet hast. Sie starb im Kindbett. Ich habe ihn aufgezogen."

Ein Schauer ging durch Luzifer. Sein Blick senkte sich bei den Worten von Ambrosius, und für einen Moment hing er nur noch, geschlagen und entkräftet. Doch dann hob er wieder den Kopf und sprach mit brüchiger Stimme:

„Ich habe viel Unheil über diese Welt gebracht."

Seine Worte schienen nicht nur uns, sondern auch ihn selbst zu treffen. Er schwieg kurz, bevor er wieder nach oben blickte, direkt in Aurelios Augen. Seine Stimme zitterte vor Verzweiflung, als er sprach:

„Hilf mir, mein Sohn!"

Aurelio hielt inne, seine Miene wurde noch entschlossener, doch seine Stimme blieb ruhig, als er antwortete:

„Ich bin ein Sohn des Lichts."

Ein kleiner Stein fiel die schier endlose Schlucht hinab. Es war das einzige Geräusch, dessen Hall den Moment erfüllte. Das ganze Universum schien zu lauschen.

Die Stille, die folgte, war überwältigend. Schließlich sprach Aurelio weiter, seine Worte waren wie ein Urteil:

„Widersagst du dem Bösen?"

Luzifer schien unter der Last der Frage zu zerbrechen. Er rang nach Luft, sein Griff an den Seilen löste sich beinahe, doch er hielt sich weiter fest. Dann, mit einem Ausdruck von tiefer innerer Qual, blickte er kurz nach unten und dann wieder Aurelio in die Augen.

„Ich kann nicht ungeschehen machen, was ich getan habe," flüsterte er.

Aurelio nickte, und seine Stimme war sanft, fast tröstend:

„Das weiß ich. Doch ich frage dich erneut: Widersagst du dem Bösen?"

Luzifer zögerte. Es war, als kämpfte er nicht nur gegen den Abgrund, sondern auch gegen eine tiefere, unsichtbare

Schlucht in sich selbst. Schließlich, mit einem Ausdruck von ungeahnter Erleichterung, brachte er hervor:

„Ja, ich widersage."

In diesem unglaublichen Moment schien die Dunkelheit ihn zu verlassen, und ein leichter Schein von Licht legte sich auf sein Gesicht.

Die Welt hielt inne. Ein Bekenntnis, ein Wandel – ein neuer Anfang.

Aurelio tat, was nur ein echter Sohn des Lichts tun konnte. Es war ein reiner Akt der Nächstenliebe.

Er kniete sich erneut nieder und reichte Luzifer die rettende Hand. Dann zog er ihn mit aller Kraft hoch. Ursula und ich halfen schließlich, den Mann vollends über die Kante zu hieven.

Endlich lag Luzifer erschöpft vor uns auf dem Boden. Wir vier standen für einen Moment wie erstarrt, völlig überwältigt von dem Erlebnis, und blickten schweigend auf ihn hinab. Besonders Aurelio konnte seine Augen nicht von ihm abwenden.

Ambrosius lächelte sanft, trat näher und legte ihm als Zeichen der Unterstützung eine Hand auf die Schulter. „Nun bist du nicht mehr mein Schüler, mein lieber Aurelio. Jetzt bist du ein echter Bewahrer."

Der junge Mann sah ihn fest an und sagte bestimmt: „Ich werde immer dein Schüler bleiben. Und du wirst immer mein Meister sein!"

„So sei es", bekräftigte Ambrosius mit einem warmen Lächeln.

Für einen kurzen Moment genossen wir einfach nur das, was wir gerade gemeinsam erlebt hatten.

Dann durchbrach Ursula die Stille: „Was machen wir jetzt mit ihm?"

Ambrosius betrachtete Luzifer nachdenklich und sagte schließlich: „In ihm ist nichts mehr, das wir fürchten müssen. Es ist gegangen. Aber du hast recht, wir sollten eine geeignete Lösung finden."

„Weißt du noch die Kammer?" wandte ich mich an Ursula. „Die, die du neulich in den Ruinen entdeckt hast? Dort, wo wir geschlafen haben?"

„Das scheint mir eine gute Lösung", antwortete Ursula. Auch Aurelio nickte zustimmend.

Wir holten die Reste der Seilkonstruktion, die noch im Abgrund hingen, und zogen sie nach oben. Ursula fesselte Luzifer mit geübten Handgriffen. Ein anderes Stück Seil, das uns stabil genug erschien, nutzten wir, um uns gegenseitig zu sichern, als wir Luzifer über die verbliebene Hängebrücke transportierten.

Er konnte kaum mehr mithelfen. Kein einziges Wort verließ seine Lippen, und sein Körper war wie ein schwerer, lebloser Klotz Fleisch. Es war schon für jeden von uns eine enorme Anstrengung, allein über diese Brücke zu kommen – doch Luzifer dabei zu transportieren war eine echte Herausforderung.

Aber gemeinsam gelang es uns schließlich.

Wir verbrachten Luzifer in die Kammer ohne Fenster. Es war ein karger, dunkler Ort, erfüllt von stiller, drückender Finsternis. Die verlassenen Ruinen des Landes Arterien boten nichts, was wir ihm hätten hinterlassen können – keine Kerze, keinen Funken Licht, kein Zeichen von Hoffnung. Es war ein Bild, das fast zu perfekt schien: Luzifer, der Herr der Finsternis, eingeschlossen in der absoluten Dunkelheit.

Gemeinsam setzten wir ihn in eine Ecke, seine Bewegungen waren träge, als hätte er jede Kraft verloren. Ursula stemmte sich mit Schwung gegen die schwere Holztür, während Aurelio und ich den Riegel schoben, bis er hörbar einrastete.

„Das ist keine Dauerlösung", sagte ich schließlich, während ich mir den Staub von den Händen wischte. „Aber für den Moment muss es reichen."

Ursula verschränkte die Arme, die Stirn in Falten gelegt. „Und was machen wir, wenn er wieder zu Kräften kommt? Wie verhindern wir, dass er den Riegel öffnet?"

Ambrosius, der bislang schweigend dagestanden hatte, trat vor. Er strich mit der Hand über die Tür, fast so, als würde er die Struktur des Holzes lesen. „Ego et meus amicus…" begann er, die Worte leise murmelnd, bevor er sich zu uns umdrehte. „Ich lasse mein Krafttier hier. Es wird wachen, und ich werde es wissen, sollte etwas geschehen."

Ich runzelte die Stirn. „Du hast also auch ein Krafttier?" fragte ich überrascht, den Kopf leicht schief gelegt.

„Ja, natürlich." Ambrosius blickte mich mit einem Anflug von Verwunderung an, als sei meine Frage überflüssig. „Scarabaeus sacer. Ein Skarabäus. Obwohl er klein erscheinen mag, besitzt er die Kraft, den Riegel verschlossen zu halten."

Während er sprach, zog er einen filigran gearbeiteten Anhänger aus seinem Umhang hervor. Es war eine kleine goldene Figur eines Skarabäus, die im matten Tageslicht glänzte. Ambrosius schloss die Augen, legte die Figur vorsichtig auf den Boden vor der Tür und murmelte in einer fremden Sprache. Die Luft schien für einen Moment schwerer zu werden, fast als würde etwas Unsichtbares erwachen.

„Aber… ein Skarabäus?" fragte Ursula skeptisch und verschränkte erneut die Arme.

Ambrosius wandte sich mit einem ruhigen Lächeln zu ihr. „Meine liebe Ursula, Größe ist nicht von Bedeutung. Non vi, sed arte. Nicht durch Gewalt, sondern durch Kunst. Selbst der Flügelschlag eines Schmetterlings kann die Welt erschüttern, wenn die Umstände es verlangen."

Aurelio nickte zustimmend, während er das Amulett und die ernste Miene seines Meisters beobachtete. „Das ist wahr", sagte er mit tiefer Überzeugung in der Stimme. „Kraft liegt oft dort, wo man sie am wenigsten vermutet."

Ursula zuckte mit den Schultern und richtete ihre Haare. „Na gut. Wenn ihr das sagt."

Wir schwiegen einen Moment, bis Ambrosius seine Hand auf die Tür legte, als wollte er ihr seinen Segen geben. Dann nickte er feierlich. „Es ist vollbracht. Nun, meine Freunde, lasst uns zurückkehren. Ad montem aquilae revertamur. Zum Raum des Adlers!"

Der Weg zurück war auf seine ganz besondere Art mühsam. Wir überquerten die schmale Hängebrücke, einer nach dem anderen, und sicherten uns gegenseitig mit vorsichtigen Bewegungen. Die Schlucht lag tief unter uns, der Wind zerrte an unserer Kleidung, doch wir sprachen kaum ein Wort. Jeder war in Gedanken versunken, die Erlebnisse rund um Luzifer noch vor Augen.

Erst als wir die Schlucht überwunden hatten und wieder festen Boden unter den Füßen spürten, begann sich die Anspannung langsam zu lösen. Ursula seufzte leise, Aurelio blickte mit ernster Miene zurück, und Ambrosius, der immer noch etwas von seinen lateinischen Gebeten murmelte, strich sich den Staub von seinem Mantel.

„Was auch immer vor uns liegt," sagte ich schließlich und richtete mich auf, „wir werden uns dem stellen."

Es gab gar keinen genauen Anlass für diese Worte. Es war eher ein vages Gefühl, das noch eine außergewöhnliche Aufgabe vor uns lag.

„Das werden wir", antwortete Aurelio bestimmt. Ambrosius nickte nur, sein Blick war in die Ferne gerichtet. Und so machten wir uns schweigend auf den Weg, zurück in den Raum des Adlers – und in die Ungewissheit dessen, was noch kommen würde.

Beim Betreten des Raumes des Adlers fiel es mir plötzlich wieder ein. Als Ursula zuvor das Gedicht vorgelesen hatte, war mir etwas aufgefallen. Die anderen begannen gerade ein Gespräch über die Erlebnisse der vergangenen Stunden. Doch ich hob die Hand, um sie zu unterbrechen, und drängte mit ernster Stimme: „Schnell! Wir müssen handeln. Ich glaube, die Zeit drängt."

Ursula runzelte die Stirn und sah mich verwundert an. „Aber Luzifer ist doch nun …" Sie stockte kurz und suchte nach dem richtigen Wort. „… na ja, besiegt, möchte ich sagen."

„Darum geht es nicht", sagte ich eindringlich und deutete zur Platte aus Zedernholz, die wir zuvor in dem Hohlraum hinter einer der Steintafeln entdeckt hatten. „Wir wissen zwar auch nicht, was die Schattenbringer im Schilde führen. Aber ich glaube, ich habe etwas in den Zeilen des Gedichts wahrgenommen, das uns zur Eile mahnt."

Ich trat eilig näher zu der Platte aus Zedernholz, die wir in der Eile ihrem Schicksal überlassen hatten. Ich strich mit dem Finger über die eingeritzten Zeilen. „Ursula, würdest du die ersten Zeilen bitte noch einmal vorlesen?"

Ursula trat näher, ihr Blick war wachsam, wenn auch leicht irritiert. Sie las mit ihrer klaren Stimme:

„When Guru's moon ascends the skies,

And sacred light through crystal flies,

A beacon formed, a path revealed,

To wake the throne, long fate concealed."

Sie legte die Hände an ihre Hüften und sah mich skeptisch an. „Wisst ihr, wenn ich das lese, verstehe ich ehrlich gesagt überhaupt nicht, was das bedeuten soll."

Doch ich hatte einen Teil der Antwort bereits im Kopf und richtete meinen Blick fest auf Ambrosius und Aurelio. „Kann es sein," begann ich langsam, „dass hier im englischen Text ein indisches Wort verwendet wurde? Das Wort Guru – für Meister?"

Ambrosius nickte bedächtig und strich sich über den langen, weißen Bart. „Ich sagte dir bereits, mein Freund, dass wir viele Sprachen sprechen. Und ja, in Arterien schätzen wir dieses Wort. Es bedeutet: vom Dunkel ins Licht. Ein wahrer Meister ist derjenige, der seine Schüler aus der Finsternis herausführt – ins Licht des Wissens."

„Gut," sagte ich mit einem kurzen Nicken. „Dann spricht das Gedicht von Guru Purnima. Es ist der Vollmond-Tag, an dem in Indien die Meister verehrt werden."

Aurelio, der bisher schweigend zugehört hatte, trat vor, seine Haltung so anmutig wie immer. Mit seiner warmen, wohlklingenden Stimme sagte er: „Das ist korrekt. Guru Purnima – es ist tatsächlich heute. Die kommende Nacht ist uns heilig. Wir erinnern uns in dieser Nacht an all das, was wir von unseren Meistern gelernt haben. Es ist ein Tag der Hingabe und des Lichts."

„Dann haben wir damit das nächste Rätsel gelöst!" rief ich aus und deutete auf die Zeichnung, die an einer der Steintafeln an der Wand angebracht war. „Dieser Kreis dort … es ist kein Symbol für die Sonne, wie wir dachten. Es ist der Vollmond, und er muss heute Nacht am Himmel stehen, während die Zeremonie stattfindet."

Ursula rieb sich nachdenklich die Stirn, ihre Augen huschten zwischen uns hin und her. „Mir ist das alles neu", gab sie zu, „aber eines habe ich verstanden: Wir müssen schnell handeln."

Ambrosius hob die Hand, um Ruhe zu gebieten. Seine Stimme war ruhig und fest, seine Worte getragen von einer Weisheit, die die Zeit selbst überdauert hatte. „Festina lente, meine Freunde," sprach er sanft, „Eile mit Weile. Hektik bringt nur Unheil. Wenn dies die Nacht ist, die das Schicksal bestimmt, so werden wir handeln – aber mit Bedacht."

Aurelio nickte zustimmend. „Ambrosius hat recht. Die Zeremonie verlangt nicht nur Eile, sondern auch Vorbereitung.

Wenn wir heute Nacht das Licht des Vollmonds einfangen wollen, müssen wir alle Schritte wohlüberlegt gehen."

Ich atmete tief ein und fühlte die Spannung in der Luft vibrieren. „Gut. Ich bin dabei. Dann lasst uns keine Zeit verlieren – aber auch nichts überstürzen. Besonnen in dem Bewusstsein handeln, dass jede Minute zählt."

Mit einem gemeinsamen Blick, der unsere Entschlossenheit spiegelte, machten wir uns an die Vorbereitung für die Nacht. Es galt, das Rätsel der Prophezeiung zu lösen. Die Zeit drängte, und doch mussten wir den Anweisungen des Gedichts mit Sorgfalt folgen. Denn das Schicksal Arteriens – und vielleicht der ganzen Welt – lag nun in unseren Händen.

Ich richtete meinen Blick erneut auf die Zeichnung auf der Steintafel und runzelte die Stirn. Da mir Ursula die Darstellung bereits beschrieben hatte, und meine Augen wussten, wonach sie suchen mussten, vermochte ich mehr Details zu erkennen, als es noch beim ersten Betrachten möglich gewesen war. Ich strengte mich an, denn ich wollte unbedingt das Rätsel lösen. Und zwar Jetzt. „Seht ihr," begann ich, während ich mit einem Finger die Linien nachfuhr, „einen großen Teil der Zeichnung haben wir bereits entschlüsselt. Wir wissen, dass das Licht vom Vollmond kommen muss, und wir haben den Stein des Lichts an die richtige Stelle positioniert. Aber schaut hier – der Strahl, der hier dargestellt ist, trifft die Person auf dem Thron genau am dritten Auge. Das muss von zentraler Bedeutung sein."

„Aber die Menschen sind doch nicht alle gleich groß," warf Ursula ein, ihre Arme vor der Brust verschränkt, während sie den Thron prüfend musterte.

„Eben!" Ich nickte bekräftigend. „Und genau das könnte das Problem sein." Nachdenklich rieb ich mir das Kinn, dann durchzuckte mich die Erkenntnis. „Der Hebel! Der muss eine Funktion haben!" rief ich aus und drehte mich zu den anderen um. „Den haben sie bestimmt nicht ohne Grund zusammen mit der Platte aus Zedernholz versteckt."

Ursula ließ ihren Blick durch den Raum schweifen und trat ein paar Schritte in die Mitte, um eine bessere Übersicht zu gewinnen. „Dann muss hier irgendwo ein Mechanismus sein, den der Hebel betätigen kann," überlegte sie laut, ihre Stimme sachlich, aber leicht angespannt.

Aurelio, der bereits die Stufen zum Thron hinaufgestiegen war, wandte sich mit seiner ruhigen, vornehmen Stimme an uns: „Ich glaube, ich habe etwas entdeckt. Hier an der Seite des Thrones – ein kleines Loch. Es könnte die Aufnahme für den Hebel sein."

„Gut gemacht, Aurelio," lobte ich und eilte zu ihm hinauf. Ursula folgte auf dem Fuß. Ich reichte ihm den Hebel, und er begutachtete ihn sorgfältig, bevor er ihn mit einer gewissen Eleganz in das Loch steckte. Ein leises Rasten war zu hören. Aurelio hob leicht eine Braue. „Interessant. Der Hebel scheint nun als Kurbel zu fungieren."

„Dann mal los," forderte ich ihn auf und trat ein Stück zurück, um Platz zu machen.

Aurelio zögerte nur kurz, dann drehte er vorsichtig die Kurbel. Mit einem lauten Quietschen begann sich etwas zu bewegen. Der alte Mechanismus schien Widerstand zu leisten, doch mit jeder Umdrehung kam Leben in die uralte Konstruktion.

„Habt ihr das gesehen?" rief Ursula begeistert. Sie deutete auf die Sitzfläche des Thrones. „Die Höhe verändert sich! So kann man die Sitzposition ganz einfach anpassen."

Aurelio drehte die Kurbel noch einmal, diesmal flüssiger. Die Sitzfläche hob sich langsam an, dann senkte sie sich wieder, als er in die andere Richtung kurbelte.

Das ist es!" rief ich und klatschte Ursula freudig mit einem High-Five ab. „Jetzt können wir sicherstellen, dass der Strahl das dritte Auge genau trifft."

Ambrosius, der bisher still am Rand gestanden hatte, trat nun näher und betrachtete den Mechanismus mit einem Ausdruck ehrwürdigen Respekts. „Ingenium humanum et divinum hic conveniunt," murmelte er nachdenklich, seine Augen funkelten. „Ein Werk von Menschenhand, doch von göttlicher Inspiration durchdrungen. Wie treffend." Oder in meiner Sprache: „Genial einfach. Einfach genial."

Sein Kommentar ließ uns alle innehalten. Für einen Moment lag eine ehrfürchtige Stille über dem Raum, bevor Aurelio seinen Blick wieder auf den Thron richtete. „Es bleibt nur eine Frage," sagte er leise, „wie bestimmen wir die exakte Höhe, um das Licht richtig auszurichten?"

Wir blickten einander an, und ich sah, wie sich langsam dasselbe Verständnis auf allen Gesichtern spiegelte. Die Lösung musste irgendwo in der Konstruktion oder der Umgebung des Thrones verborgen sein.

„Es muss hier am Thron sein," überlegte ich laut, während ich meinen Blick prüfend über die Rückenlehne gleiten ließ. „Irgendeine Kennzeichnung, ein Hinweis … es muss etwas geben."

„Der Thron hat im Grunde kaum Verzierungen," stellte Ursula nachdenklich fest. Sie trat näher heran und fuhr mit den Fingern über die Oberfläche. „Aber wenn man die wenigen, die vorhanden sind, genau betrachtet … hier, etwa auf Kopfhöhe, gibt es eine horizontale Linie." Sie hielt inne und deutete auf die Stelle. „Und sie ist mit dem Zeichen von Arterien versehen."

Einen Moment lang schien sie die Linie eingehend zu mustern, als wollte sie sicherstellen, nichts zu übersehen. Dann hob sie den Blick zu mir und sagte mit einem entschlossenen Ton: „Eigentlich ist es eindeutig."

„Dann ist es das," stimmte ich zu, hielt jedoch inne und wandte mich zu den anderen. „Oder was meint ihr?"

Aurelio trat elegant näher und strich mit einem Finger bedächtig über die eingravierte Linie. Seine Augen schimmerten vor Konzentration, als er die Gravur genau untersuchte. Schließlich sprach er mit ruhiger Überzeugung: „Ja, ganz gewiss. Es kann keinen Zweifel geben. Dies muss die richtige Höhe sein."

Ambrosius, der mit verschränkten Armen und leicht geneigtem Kopf zugehört hatte, nickte nachdenklich. „Sic est. Veritas saepe in simplicibus absconditur – die Wahrheit verbirgt sich oft in den einfachen Dingen." Sein Ton war ruhig, fast ehrfürchtig.

Ursula, die mit verschränkten Armen hinter uns stand, hob schließlich die Stimme, um die Diskussion abzuschließen. „Dann bleibt nur noch eines: Wir brauchen jemanden, der sich auf den Thron setzt."

Alle Augen richteten sich gleichzeitig auf den Thron – und damit auf den nächsten Schritt, der uns bevorstand.

Für mich war die Antwort auf diese Frage so klar, wie eine Antwort nur sein konnte. Ich richtete meinen Blick auf Ursula und erklärte mit ruhiger Überzeugung: „Es gibt doch nur einen, der infrage kommt. Aurelio."

Aurelio, der bisher still geblieben war, zuckte zusammen, als hätte ihn meine Aussage dennoch überrascht – obwohl er sie im Innersten längst gespürt haben musste. Doch er protestierte heftig: „Nein! Auf keinen Fall! Ambrosius ist der oberste Bewahrer. Es war in seinem Namen, dass wir den Stein des Lichts aus den Fängen der Schattenbringer gerettet haben. Nur ihm gebührt diese Ehre, und nur er hat die notwendige Erfahrung, um auf diesem Thron zu sitzen."

Auch Ursula meldete sich zu Wort. Sie verschränkte die Arme, trat einen Schritt näher und sprach mit nachdenklicher Stimme: „Auch wenn sich das für mich vielleicht richtig anfühlt – wer sagt uns, dass es wirklich Aurelios Bestimmung ist, auf dem Thron zu sitzen?"

Ich hielt inne, überlegte kurz und wandte mich dann an Ursula: „Es steht doch etwas darüber in dem Gedicht auf der Tafel. Kannst du noch einmal die Zeilen vorlesen, in denen die Rede vom Zorn und von der Blutlinie ist?"

Ursula runzelte die Stirn und fragte: „Du meinst … welche genau?"

„Ich glaube, das Wort im Text war wrath," antwortete ich nachdenklich.

Ursula betrachtete die Tafel mit konzentriertem Blick. Ihre Finger glitten über die eingeritzten Zeilen, bis sie inne hielt. „Ah, hier ist e.," sagte sie und begann vorzulesen:

'Till wrath's own child is raised on high.

Born of the Roth, in fury cast,

A bloodline marked, the first and last.'

Der Ausdruck „Roth's child" ließ mich aufhorchen. Irgendetwas daran erinnerte mich an etwas, das ich nicht recht greifen konnte. Irgendein Name oder eine Begebenheit. Doch ich hatte keine Gelegenheit, weiter darüber nachzudenken, denn Ambrosius, der bisher geschwiegen hatte, trat vor.

Seine ruhige, tiefe Stimme schien den Raum zu füllen, als er sprach: „Das Gedicht spricht von Wrath's own child, dem Kind des Zorns. Dies ist kein metaphorischer Ausdruck, sondern eine klare, unmissverständliche Bezeichnung. Wie ihr wisst, ist Arterien auch als der Zorn Gottes bekannt – ira Dei. Dieser Begriff durchzieht die Geschichte unseres Landes wie ein roter Faden. Es gibt alte Familiennamen in Arterien, die auf diese Verbindung hinweisen, und Colredieu ist einer davon. Der Name Colredieu – colère de Dieu – ist nichts anderes als die direkte Übersetzung des Zorns Gottes. In deinem Nachnamen, Aurelio, liegt also bereits die Essenz der Prophezeiung verborgen."

Er blickte Aurelio eindringlich an, der sichtlich bewegt war, und fuhr fort: „Die Zeile Born of the Roth, in fury cast beschreibt, wie deine Blutlinie aus der uralten Verbindung zwischen Licht und Schatten hervorging – geboren in der Wut der Trennung, in den Stürmen des Anfangs. Es bedeutet, dass die Colredieu nicht nur das Erbe des Zorns tragen, sondern auch das Potenzial, dieses Erbe in Licht zu wandeln. Und schließlich sagt das Gedicht: A bloodline marked, the first and last. Damit ist gemeint, dass deine Blutlinie – die Linie der Colrediev – die erste war, die mit dem Thron verbunden wurde, und dass du, Aurelio, der letzte Träger dieses Erbes bist. Es gibt keinen anderen. Du bist derjenige, von dem die Prophezeiung spricht."

Ambrosius machte eine bedeutungsvolle Pause, bevor er mit fester Stimme fortfuhr: „Aurelio, dein Name wurde nicht zufällig gewählt. Er wurde dir gegeben, weil er sowohl das goldene Licht als auch den Adler symbolisiert – beides Zeichen der Prophezeiung. Der Adler, der König der Lüfte, ist das Wappentier der Bewahrer und das Symbol der Herrschaft über Arterien. Und du bist nicht nur ein Colrediev, sondern du hast heute bewiesen, dass du ein echter Bewahrer bist. Die Zeilen des Gedichts schließen sich wie ein Kreis um dich. Es ist deine Bestimmung, Aurelio. Nicht aus Wahl, sondern aus Vorsehung. Vox populi, vox Dei – die Stimme des Volkes ist die Stimme Gottes. Und die Prophezeiung ist eindeutig: Du bist es, der den Thron besteigen muss."

Ambrosius wandte sich nun ganz Aurelio zu, der ihn aufmerksam ansah, und seine Stimme wurde weicher, fast väterlich: „Ich habe dich seit deiner Kindheit darauf vorbereitet, ein Sohn des Lichts zu sein. Und heute hast du gezeigt, dass du bereit bist. Nimm diese Vorsehung mit Demut und Dankbarkeit an, mein Schüler. Du bist es, der den Thron von Arterien zurück in die Hände der Bewahrer führen wird. Fiat voluntas tua – Dein Wille geschehe."

Aurelio nickte langsam, sichtlich bewegt von den Worten seines Meisters. Dann trat er einen Schritt vor und schloss Ambrosius mit zitternder Stimme in die Arme. Er brachte nichts hervor. Sprachlos. Es war ein Moment von tiefer Bedeutung, als die Prophezeiung mit einer allumgreifenden Würde in Erfüllung zu gehen begann.

„Da steht aber auch noch etwas über eine Krähe und einen Bären", sagte Ursula und drehte sich erneut der Tafel mit dem

Gedicht zu. Mit einem Finger strich sie vorsichtig über die eingravierten Zeilen und begann vorzulesen:

"Beneath the winds of Baal`s breath,

Where silence stirs and shadows rest,

The Bear and Crow, in union bind,

To summon powers, lost in time."

Ihre Stimme klang nachdenklich, als sie weitersprach: „Der Bär und die Krähe sollen sich also vereinen. Und das unter den Winden von Baal." Sie schaute mich an, ihre Stirn leicht gerunzelt, als ob sie das Rätsel lösen wollte, während sie über die Worte nachdachte.

Ein Bild durchzuckte meine Gedanken. Ich erinnerte mich plötzlich wieder an die Prophezeiung aus dem Tempel des Lichts, als ich mich selbst in einer Vision als Krähe gesehen hatte, verbunden auf einer tieferen Seelenebene mit einem mächtigen Tier. Die Erinnerung daran ließ mein Herz schneller schlagen, und ein tiefes Gefühl von Verantwortung legte sich auf meine Schultern.

Schwer von der Last dieser Einsicht, aber entschlossen, sprach ich: „Die Krähe, das bin dann wohl ich."

Ursula sah mich an, ihre Augen funkelten wissend, und sie nickte. „Ja," sagte sie leise, „so oft, wie dir eine Krähe schon den Weg gezeigt hat, würde ich das auch so sehen."

Ein verschmitztes Lächeln breitete sich auf ihrem Gesicht aus. Es war, als ob sie mehr wüsste, als sie zu sagen bereit war. Ein Gedanke kam mir plötzlich, ein Mosaikstein, der sich an die richtige Stelle fügte. Ich hielt inne und fragte sie vorsichtig: „Der

Bär im Dom der Schatten. Bist du das gewesen? Es würde passen. Der Bär steckt schließlich schon in deinem Namen – Ursula. Urs, der Bär."

Ihre Augen leuchteten auf, und ein Lächeln zog sich weiter über ihre Lippen, während sie langsam nickte. „Ja," sagte sie schließlich, mit einer Stimme, die sowohl schelmisch als auch stolz klang, „ein Schmetterling erschien mir dann doch für die Schattenbringer ungeeignet."

Ohne nachzudenken zog ich sie in eine enge Umarmung. „Dieses Mal," flüsterte ich leise in ihr Ohr, „müssen wir uns noch stärker verbinden als gestern."

Sie hielt inne, als ob sie die Bedeutung meiner Worte voll und ganz auf sich wirken ließ. Dann flüsterte sie: „Ich bin bereit." Ihre Stimme war fest und voller Zuversicht. Nach einem kurzen Zögern fügte sie leise hinzu: „Und ich tue es gerne."

Ein warmes Lächeln breitete sich in mir aus, doch die Dringlichkeit der Situation riss mich aus diesem Moment. Ich löste mich von ihr, blickte zu Aurelio und Ambrosius und fragte: „Wisst ihr, was es mit diesem Baal auf sich hat?"

Das Wort Baal war mir zwar aus alten Dokumentationen über antike Städte und Kulturen ein Begriff, doch darüber hinaus konnte ich nichts damit anfangen. Ich hoffte, dass einer von ihnen mehr wusste – und uns damit den nächsten Schritt weisen konnte.

„Das kann nur die Stelle sein, wo ich immer hingehe", sagte Aurelio, seine Stimme leise, fast ehrfürchtig, während er fragend zu Ambrosius blickte.

Der alte Gelehrte nickte bedächtig und antwortete mit ruhiger, bestimmter Stimme: „Ja. Baal de Rien."

Aurelio wandte sich nun an uns. „Ich gehe oft an diesen Ort, besonders, wenn meine Gedanken aufgewühlt sind. Es ist ein Platz, der mir wie kein anderer Ruhe schenkt und mich mit mir selbst verbindet. Dieser Ort liegt ganz am nordöstlichen Ende der Kapillaren."

„Kapillaren?" fragte Ursula, sichtlich verwirrt. „Was meinst du damit?"

„Entschuldigt", sagte Aurelio höflich, „ich vergesse manchmal, dass euch diese Begriffe nicht geläufig sind. Wir befinden uns hier in den Artillerien, oder auf Französisch les Artilles-Rien – die Artillen des Nichts. Das östliche Gebirge hingegen nennen wir die Kapillaren. Der Name kommt daher, dass die Landschaft dort feiner und verästelter ist, wie die feinen Adern in einem Körper."

„Und der Ort, an den wir gehen sollen, liegt also in den Kapillaren?" fragte ich.

„Ja", bestätigte Aurelio. „Ganz oben, in den höchsten Regionen, liegt mein Lieblingsort. Eine kleine Lichtung knapp unterhalb des Wolkengürtels, von der aus man einen atemberaubenden Blick auf das Meer und über Arterien hat. Es ist dort eine Steinplatte in den Boden eingelassen, und ich sitze oft darauf, wenn ich nach Klarheit suche."

„Und was hat es mit dem Wind auf sich?" fragte ich, neugierig geworden.

„Ah, der Wind." Aurelio lächelte leicht, bevor er fortfuhr: „Die Felsen dort sind so zerklüftet, dass sich unzählige Löcher, Ecken und Kanten gebildet haben. Diese wirken wie Flöten oder andere Instrumente, die die Melodie des unaufhörlichen Windes spielen. Der Wind, der um Arterien weht und die Wolken vor sich her treibt, bringt an diesem Ort ein Lied hervor, das einen tiefen Frieden schenkt. Es ist kein Klang, den man beschreiben kann, sondern eine Schwingung, die Körper und Geist erfüllt. Sobald ich dort bin, fühle ich mich, als ob mich die Energie des Ortes vollständig umhüllt."

Seine Augen leuchteten, als er sprach, und ich konnte spüren, wie viel dieser Platz für ihn bedeutete.

„Ich kann euch den Weg dorthin erklären", bot er an.

„Ja, das wäre gut", antwortete Ursula. „Wenn wir dort heute noch hingehen sollen, darf nichts schiefgehen."

Aurelio nickte und fügte ermutigend hinzu: „Ich kenne ein paar Abkürzungen, die euch Zeit sparen werden. Doch das letzte Stück des Weges ist nicht klar markiert. Dort werdet ihr euch von eurer Intuition leiten lassen müssen. Die Pfade sind zahlreich und ähneln einander, sodass nur die Verbindung zum Ort selbst den richtigen Weg weisen kann."

Ursula runzelte die Stirn. „Und wie soll das funktionieren? Wir waren doch noch nie dort."

Ich trat einen Schritt nach vorn und sagte, mit fester, aber ruhiger Stimme: „Das ist dann meine Aufgabe. Ich habe es in der Prophezeiung im Tempel des Lichts gesehen. Nicht den Ort selbst, aber das, was dort geschehen soll. Es ist zwar kein Gegenstand, mit dem ich mich verbinden kann, aber ich werde versuchen, die Energie aus der Vision im Orakel zu mir zu holen und mich darauf zu konzentrieren."

Zu Beginn unserer Reise durch Arterien hatten wir gelernt, uns mit einem Ort zu verbinden, um dort hin zu gelangen. Dann war es ein bloßer, beweglicher Gegenstand gewesen. Und jetzt musste es auch mit einem Ereignis funktionieren. Die Verantwortung und die Anspannung mussten mir anzusehen gewesen sein.

Ambrosius, der bisher geschwiegen hatte, trat nun näher und legte eine Hand auf meine Schulter. Auf die ihm eigene Art, die von Weisheit und Autorität durchzogen war, sprach er leise, aber eindringlich: „Omnia possumus, cum Deo sumus. Alles ist möglich, wenn wir mit Gott verbunden sind."

Sein Zitat wirkt bis heute in mir nach, und schon damals spürte ich die Bedeutung dieses Weges – nicht nur als körperliche Reise, sondern auch als eine Prüfung für Geist und Seele.

„Hast du deinen Rucksack hier?" fragte ich Ursula.

„Ja, da vorne, gleich neben der Tür. Siehst du?" antwortete sie und zeigte mit einer kurzen Kopfbewegung in die Richtung.

Wir packten noch zwei Flaschen Wasser in den Rucksack. Ansonsten war er leer. Danach ließen wir uns von Aurelio den Weg genau beschreiben. Nicht, dass ich ihn mir bewusst hätte merken können – ich wollte vielmehr mein Unterbewusstsein damit füttern. Vielleicht würde es dann an der einen oder anderen Stelle schneller gehen.

Ursula hörte aufmerksam zu, ihre Augen fixierten Aurelio, während sie ab und zu kurz nickte. Ihre Sinne waren scharf und erstklassig, während meine Augen mir nur begrenzte Dienste leisteten.

„Wenn ihr, wie ich es euch beschrieben habe, in den Ruinen noch ein Stück bergauf geht, erreicht ihr den alten Höhenweg. Damit müsst ihr zwar einmal außen um Arterien herumlaufen, aber erspart euch zunächst den Abstieg ins Tal, den Marsch quer durch die Straßen von Venis und danach wieder den großen Anstieg. In Summe ist der Höhenweg vermutlich schneller. Ihr werdet erneut am Haus von Ambrosius vorbeikommen. Danach ist es nicht mehr weit, und es beginnt der Teil der vielen Verzweigungen und Pfade. Ihr müsst also eurem Geist gestatten, einen Umweg zu nehmen, um schneller ans Ziel zu kommen." Seine Stimme hatte etwas Beruhigendes, fast Melodisches, das den Eindruck erweckte, alles sei Teil eines größeren Plans.

Dann umarmten wir uns noch einmal alle gegenseitig. Es war eine warme, stille Geste, die Worte überflüssig machte. Lange Zeit war ich nur mit Ursula auf Reisen gewesen. Nun aber, da wir Aurelio und Ambrosius im Raum des Adlers zurücklassen mussten, fühlte sich die Trennung eigenartig an. Doch jeder von uns hatte seine Aufgabe.

„Und ihr müsst die Sitzhöhe wirklich so einstellen," sagte ich zu Aurelio, während ich ihn eindringlich ansah, „dass dein drittes Auge genau auf die Markierung passt."

Aurelio neigte leicht den Kopf, ein stilles Zeichen von Respekt, und sagte mit ruhiger Stimme: „Natürlich, mein Freund. Ihr könnt euch darauf verlassen, dass wir alles mit der gebotenen Sorgfalt ausführen."

„Ja, ja, die kriegen das schon hin!" sagte Ursula lebhaft und boxte mir dabei scherzhaft gegen die Schulter. „Wir müssen los!"

Doch bevor wir gingen, wandte ich mich noch einmal an Ambrosius. „Ich habe mir überlegt, dass es wohl das Beste ist, wenn Aurelio, bis es soweit ist, auf sein inneres Licht meditiert. Ich weiß, dass ihr Bewahrer diese Technik auch anwendet."

Ambrosius lächelte, seine Augen strahlten eine unerschütterliche Weisheit aus. „Gewiss, mein Freund, das ist ein vortrefflicher Gedanke." Er legte eine Hand auf Aurelios Schulter und fuhr fort: „Wir werden es beide tun. Denn gemeinsam zu meditieren, erhöht die Kraft der Seele. 'Omnes unanimi in oratione perseverabant – 'Alle verharrten einmütig im Gebet. Dies wird unsere Verbindung stärken."

Seine Worte erfüllten mich mit einem tiefen Gefühl der Erleichterung und Freude. Es tat gut zu wissen, dass Aurelio in so weisen Händen war. Und nun war auch der Kontrolleur in mir ausreichend zufrieden gestellt.

Dann machten wir uns auf den Weg, voller Hoffnung, dass alles gut gehen würde – und vor allem, dass der Raum des Adlers seine verborgene Bestimmung entfalten würde.

Ursula und ich begannen, eine schützende Energieblase um uns herum aufzubauen. Es war das Ritual, das wir schon oft auf unseren Reisen durch Arterien angewandt hatten. Die Energie umhüllte uns wie ein unsichtbarer Schild. Als nächstes etablierten wir unsere Krafttiere: Ich rief meinen Löwen herbei, das stolze und starke Wesen, das mit mir auf unbeschreibliche Weise verbunden war. Ursula hingegen rief ihren Bären, ein kraftvolles Symbol für Stärke und Schutz. Gemeinsam sandten wir sie voraus, um Hindernisse aus dem Weg zu räumen.

Als die Verbindung zu unseren Krafttieren gefestigt war, sprangen wir wieder auf einen anderen Zeitstrahl. Wie schon mehrfach zuvor, beschleunigte dies die Geschehnisse und ermöglichte es uns, gefühlt schneller voranzukommen.

Ich konzentrierte mich intensiv auf das Gefühl aus der Vision im Orakel. Es war wie ein inneres Leuchten, das ich in mir fest verankerte. Als es mir schließlich ganz nah und eindeutig erschien, brachen wir auf – unserer eigenen Aufgabe entgegen.

Der erste Teil des Weges verlief völlig problemlos. Er führte uns hinauf bis unter die Gipfel von Arterien. Von dort aus hatte man auf fast der gesamten Strecke einen gigantischen Blick über das Land. Doch wir hatten keinen Sinn dafür. Auch schwiegen wir.

Wir konzentrierten uns nur auf das, was vor uns lag. Ich verharrte im Fokus auf mein Ziel, so wie ich es beim Orakel erlebt hatte – auch wenn ich keine Vorstellung davon hatte, wie das, was uns bevorstand, geschehen sollte. Der Gedanke daran versuchte immer wieder in mir aufzusteigen, doch ich drängte ihn fort. Ich wollte nicht infrage stellen, was uns offensichtlich vorherbestimmt war, sondern es einfach nur fühlen.

Das, was ich in der Vision erlebt hatte, wollte ich in mein Leben holen. Mein Körper wusste, was zu tun war, und bewegte sich wie von selbst in die richtige Richtung.

Etwas schwieriger war es in den Ruinen gewesen. Der Höhenweg selbst bestand über lange Zeit nur aus wenigen Abzweigungen, und oft hätte man die richtige Richtung auch mit dem Verstand erschließen können.

Dann ließen wir das Haus von Ambrosius hinter uns. Plötzlich begann das Gebiet der vielen Verzweigungen und der unzähligen verschiedenen Pfade.

Ich blieb stehen und schloss kurz die Augen. Tief holte ich Atem und verabschiedete mich innerlich von meinem Löwen und der Energie, die mich bis hierher geschützt hatte. Ich spürte, wie die schützende Blase, die uns bis jetzt begleitet hatte, sanft verblasste.

„Was machst du?" Ursula sah mich verwundert an.

„Ich lasse los", antwortete ich ruhig. „Ich möchte mich ganz meiner Intuition hingeben. Dafür brauche ich alle meine Sinne und die volle Aufmerksamkeit nach innen. Es fühlt sich nicht richtig an, jetzt noch Energie darauf zu verwenden, mich nach außen abzuschirmen. Außerdem möchte ich in den natürlichen Ablauf der Zeit zurückkehren. Nur so kann ich das, was vor uns liegt, klarer wahrnehmen."

Ursula nickte langsam, als ob sie über meine Worte nachdachte. Dann sagte sie leise: „Das leuchtet mir ein." Sie schloss ebenfalls die Augen und atmete tief durch. „Es ist auch wirklich verrückt hier – all diese Wege, Pfade und Abzweigungen. Man hat kaum eine Chance, mit dem Verstand den richtigen zu finden."

„Genau deshalb", erwiderte ich, „brauchen wir jetzt unser inneres Gespür. Wir haben ein Ziel – Baal de Rien – und der Wille, es zu erreichen, ist stark. Doch wenn wir versuchen, alles mit Logik zu kontrollieren, verlieren wir uns in den Verzweigungen."

Sie öffnete die Augen und lächelte schwach. „Manchmal muss man wohl wirklich Schutzmauern einreißen, um das Wesentliche zu erkennen."

Ich lächelte zurück. „Ja, und das fällt uns oft schwer. Wir glauben, die Schutzmauern halten uns sicher, aber eigentlich trennen sie uns – nicht nur vom Außen, sondern auch von uns selbst. Wenn wir uns ständig vor allem schützen, wie können wir dann spüren, was richtig ist?"

Ursula sah mich einen Moment lang nachdenklich an, dann nickte sie. Gemeinsam gingen wir weiter, und ich fühlte, wie sich die Welt um mich veränderte. Die Zeit, die ich zuvor beschleunigt hatte, damit die Wege leichter wurden, kehrte nun in ihren natürlichen Fluss zurück. Jeder Schritt fühlte sich bewusster an, die Distanz länger, aber auch bedeutungsvoller.

Ich dachte darüber nach, wie sehr wir Menschen dazu neigen, unser Leben zu beschleunigen – immer schneller, immer weiter, nur um am Ziel anzukommen. Doch genau das lässt uns den Weg verlieren. Es ist paradox: Wir glauben, durch Schnelligkeit Zeit zu gewinnen, doch dabei verlieren wir den Moment.

Jetzt, da ich die Geschwindigkeit losließ, fühlte ich mich wieder geerdet. Ich konnte spüren, wohin der Weg führte – nicht mit den Augen, sondern mit meinem Herzen.

„Vielleicht", sagte ich nach einer Weile, „ist das das Geheimnis: manchmal langsamer zu werden, um sich selbst wiederzufinden."

Ursula blickte in die Ferne, als ob sie meine Worte nachwirken ließ. Dann murmelte sie: „Und vielleicht ist genau das, was uns bei Baal de Rien erwartet, ein Ziel, das wir nur erreichen können, wenn wir es fühlen, nicht denken."

Wir schwiegen wieder. Der Weg vor uns war verschlungen und voller Abzweigungen. Doch ich spürte, dass wir richtig gingen.

Hätten wir alle Zeit der Welt gehabt, wäre es kein Problem gewesen, uns auch einmal zu verlaufen. Wir hätten einfach umkehren können, hätten an der letzten Abzweigung den anderen Weg genommen und wären um eine Erfahrung reicher gewesen. Doch heute waren wir unter Druck. Wir mussten rechtzeitig unser Ziel erreichen, wenn wir die einmalige Möglichkeit des Schicksals nutzen wollten. Unser Erfolg war unmittelbar mit dem Wohl und Weh verbunden – nicht nur von Aurelio, nicht nur von Arterien, sondern von allem. So wie wir Menschen im Grunde immer mit allem verbunden sind, auch wenn wir es nicht bewusst wahrnehmen können.

Der Pfad führte uns mal nach links, mal nach rechts, und manchmal schien es, als würden beide Wege nur um einen einzelnen Felsen herumführen, um sich danach wieder zu vereinen. Doch längst nicht immer war das so. Manchmal mussten wir einen steilen Anstieg nehmen, der uns die letzten

Kräfte kostete, während ein anderes Mal der Weg bergabführte und der Abstieg fast genauso schwierig war. Meist liefen wir auf der Seite der Kapillaren, die Arterien zugewandt war. Doch immer wieder führte uns der Pfad auf die von Arterien abgewandte Seite – und damit direkt in die Wolken.

Hier oben, etwas unterhalb der Berggipfel, war die Welt eigentümlich still. Der Hochwald, durchzogen von dichtem Gebüsch und steilen Felsen, schien in einem unbestimmten Dämmerlicht zu schweben. Die mächtigen Aleppo-Kiefern reckten sich hoch in den Himmel, ihre knorrigen Äste wirkten wie dunkle Finger, die durch die Wolken brachen. Zwischendrin standen einzelne Steineichen und immer wieder auch Sträucher wie die Mastixpflanze, die uns den Weg versperrten. Der Waldboden war bedeckt mit Tannennadeln und feuchtem Moos, und manchmal wuchsen hier Kräuter, die einen würzigen Duft verströmten, wenn wir sie unbeabsichtigt mit den Füßen streiften.

Die dichten Wolken, die uns hier einhüllten, waren wie ein Schleier, der jede Orientierung erschwerte. Vorankommen im Nebel war eine besondere Herausforderung. Besonders hier tastete ich mich mit meinem Stock über die schmalen, steinigen Pfade voran, jeden Schritt bedächtig und mit vollster Konzentration. Manchmal liefen wir nebeneinander, und ich hakte mich bei Ursula ein, was unser Tempo merklich erhöhte. Ein anderes Mal ging Ursula voraus, und ich orientierte mich an ihrem Schatten, den ich gerade noch durch die dichte Nebeldecke wahrnehmen konnte.

Der Hochwald brachte eine zusätzliche Schwierigkeit mit sich: Seine Dichte nahm uns jeglichen Überblick. Es war unmöglich, zu erkennen, wie weit wir noch vom Ziel entfernt waren. Die schier endlose Folge aus Bäumen, Steinen und sich windenden Pfaden ließ uns das Gefühl für Raum und Zeit verlieren. Jeder Schritt schien bedeutungslos und doch entscheidend – wie im Leben selbst, wenn man vor einer Entscheidung steht und nicht weiß, ob sie wirklich zur gewünschten Veränderung führt.

„Es ist seltsam", sagte Ursula plötzlich. Ihre Stimme war ruhig, fast nachdenklich. „Manchmal scheint es, als ob der Weg absichtlich so kompliziert gemacht wurde. Als ob das Ziel nur denen offenbart wird, die sich nicht von der Verwirrung ablenken lassen."

Ich nickte, auch wenn sie es nicht sehen konnte. „Vielleicht ist es auch genau das", antwortete ich. „Der Weg prüft uns. Nicht, ob wir ihn schnell finden, sondern ob wir uns selbst genug vertrauen. Ob wir loslassen können, was uns belastet, und uns auf das einlassen, was wirklich zählt."

Ursula blieb kurz stehen und drehte sich zu mir um. „Manchmal", sagte sie leise, „macht es der Nebel schwer, sich nicht zu verlieren."

„Ja," stimmte ich zu. „Aber gerade im Nebel sieht man nur, was direkt vor einem liegt. Und vielleicht ist das eine Lektion. Manchmal geht es nicht darum, das Ziel in der Ferne zu sehen, sondern darum, jeden Schritt mit Bewusstsein zu setzen. Das Ziel wird uns finden, wenn wir bereit sind."

Sie lächelte schwach, ein Hauch von Erleichterung in ihrem Gesicht. Gemeinsam setzten wir unseren Weg fort, und obwohl wir die Richtung nicht mit Sicherheit kannten, spürte ich, dass wir auf dem richtigen Pfad waren.

Gerade als unsere Kräfte begannen, uns zu verlassen, erhielten wir unerwartet Hilfe.

Wir standen an einer Weggabelung, die drei Richtungen bot. Ein Pfad führte nach rechts, leicht bergauf, ein anderer nach links, den Hang hinunter. Zwischen beiden verlief ein schmaler, kaum erkennbarer Pfad geradeaus, der in den dichten Wald führte. Die Müdigkeit hatte mich dazu verleitet, den direkten Weg zu wählen. Der Pfad wirkte weniger steil und irgendwie einladender. Ich setzte bereits einen Fuß in diese Richtung, als plötzlich eine Krähe knapp über unsere Köpfe hinwegflog.

Sie kam von links, querte die Weggabelung und flog den rechten Pfad hinauf. Dreimal krächzte sie laut, bevor sie sich auf einem Felsen am Wegesrand niederließ. Ihr schwarzes Gefieder glänzte matt im schummrigen Licht des Waldes, und ihre Augen musterten uns wachsam, so, als würde sie sagen wollen: „Hier entlang!"

Ich blieb wie angewurzelt stehen, ein Strom von Gedanken und Gefühlen durchzuckte mich. Die Krähe – sie war wieder da. Nach all der Zeit, in der ich keinen Hinweis von ihr erhalten hatte, war sie nun zurück. Es fühlte sich an wie ein Zeichen, ein altes Versprechen, das sich erneut erfüllte.

Ursula trat neben mich und folgte meinem Blick. „Da ist sie wieder," sagte ich leise, mehr zu mir selbst als zu ihr.
Ursula nickte langsam, als würde sie die Bedeutung der Situation spüren. Sie ging ein paar Schritte näher an den Felsen heran, wo die Krähe nun reglos saß. „Nun, meine schwarze Freundin," sprach sie ruhig, „zeigst du uns wieder den Weg? Oder ist es etwas anderes, das du uns sagen möchtest?"

Die Krähe neigte den Kopf zur Seite, beobachtete uns eine Weile, dann krächzte sie erneut, erhob sich in die Luft und flog ein kleines Stück den rechten Pfad hinauf, bevor sie sich auf einem weiteren Felsen niederließ.

Ich spürte einen Kloß in meinem Hals, der sich nur schwer lösen wollte. „Das Universum meint es gut mit mir," murmelte ich mehr zu mir selbst. Ursula drehte sich um und sah mich mit einem neugierigen Blick an.
„Weißt du noch die Tarotkarten in München?" fragte sie. „Die Krähe gehört zu dir! Sie ist fast ein Teil von dir."
Ich nickte stumm. Es war schwer in Worte zu fassen, aber ich wusste es tief in mir: Die Krähe war nicht nur ein Begleiter, sie war tatsächlich ein Teil von mir, wie ein Spiegel, der meine eigene Wahrheit reflektierte. Das Orakel hatte mich einst als Krähe gezeigt, und langsam konnte ich es annehmen.

Von diesem Moment an war die Krähe unser ständiger Wegweiser. Sie flog stets ein kleines Stück voraus, drehte an Abzweigungen eine Runde, als wolle sie uns den Weg zeigen, und setzte sich dann auf einen Felsen oder einen Baumstumpf, um auf uns zu warten. Immer wieder stimmte ich meine Intuition mit den Bewegungen der Krähe ab, und jedes Mal fühlte es sich an, als würde sie mir dabei helfen, meinen eigenen Weg zu erkennen – nicht nur im Wald, sondern auch in meinem Inneren.

An einer weiteren Abzweigung, wo ich kurz zögerte, ob wir nach rechts oder links gehen sollten, sprang die Krähe ein Stück in die Luft, schlug laut mit den Flügeln und flog den rechten Pfad entlang. Ursula lächelte und schüttelte den Kopf. „Sie weiß es immer besser als wir," sagte sie leichthin, doch ich spürte den Respekt in ihrer Stimme.

„Vielleicht," sagte ich, „weil sie genau das ist, was wir sein müssen: verbunden mit dem, was größer ist als wir."

Die Krähe flog voran, verschwand kurz hinter einer Biegung und wartete dann auf einem Ast, der wie ein Tor über dem Pfad hing. Es war fast, als ob sie uns immer gerade so weit führte, dass wir ihr folgen konnten, aber nicht genug, um den ganzen Weg zu sehen.

Ich warf einen Blick zu Ursula, die lächelnd die Hände hinter dem Kopf verschränkte. „Manchmal," sagte sie, „braucht es nicht mehr als einen Vogel, um uns daran zu erinnern, wer wir wirklich sind."

„Oder um uns zu zeigen," ergänzte ich, „dass wir nie wirklich allein sind."

Plötzlich und völlig unerwartet, wenn auch lange erhofft, ließ uns der Wald frei. Die dichten Baumkronen öffneten sich, und die Welt vor uns verwandelte sich. Hätten wir nicht augenblicklich innegehalten, wären wir direkt in die Tiefe gestürzt.

„Wow!" entfuhr es Ursula, überwältigt von der Aussicht und eingenommen von der Magie dieses Ortes.

Wir standen am Rand eines steilen Felsplateaus, das mehr als 1000 Meter über dem Meer lag. Unter uns erstreckten sich zerklüftete Klippen, deren rostrote Wände tief ins azurblaue Wasser abfielen. Die Brandung schäumte und glitzerte im Licht der tief stehenden Sonne, die den Himmel in warme Gold- und Rosatöne tauchte. Es war noch nicht ganz Sonnenuntergang, aber der Tag neigte sich seinem Ende zu, und dieser Ort war erfüllt von einem unsagbaren Frieden, einer Ruhe und Kraft, die sich nicht beschreiben lassen.

Wir hatten den äußersten Nordosten von Arterien erreicht, und der Anblick raubte uns den Atem. Vor uns zog sich die Küstenlinie in einem majestätischen Bogen nach Westen, wo sie im schimmernden Dunst des Horizonts verschwand. La Roche et Fèlle, die geheimnisvolle Felseninsel, lag wie ein schlafender Gigant im Meer. Ihre Silhouette warf lange Schatten auf das glitzernde Wasser, das in den Farben des Himmels schimmerte – ein Spiel aus Blau, Gold und Silber, wie von göttlicher Hand gemalt.

Als wir uns umdrehten, offenbarte sich ein weiteres Schauspiel. Hinter uns türmten sich die Felsen auf, eingebettet in ein Band aus Wolken, das wie zarte, weiße Schleier über die Gipfel kroch. Der Wind trieb die Wolken gleichmäßig vor sich her, sodass ihre Ausläufer wie kleine, neugierige Arme immer wieder die Klippen umspielten – fast, als wollten sie uns begrüßen. Dieses Wolkenband verlief parallel zur Küste und zog sich in einem eleganten Schwung von hier über das Meer hinweg, vorbei an La Roche et Fèlle, bis hin zum westlichen Ende von Arterien. Dort traf es direkt auf die Ausläufer der Artillerien, les Artille-Rien.

„Es ist, als ob der Wind hier seine eigene Sprache spricht," murmelte ich, während ich den Tanz der Wolken beobachtete.

In der Ferne glaubten wir, den Tempel des Lichts erkennen zu können, ein leuchtender Punkt, der sich kaum von den anderen Wundern des Horizonts abhob. Links davon lag Venis, die uralte Küstenstadt ohne richtigen Hafen. Irgendwo dahinter, tief verborgen in den Bergen, hofften vermutlich Aurelio und Ambrosius darauf, dass wir diesen Platz hier rechtzeitig erreichen würden.

Ein Gefühl von Ankunft erfüllte uns, als wir schweigend auf die Weite vor uns blickten. Es war, als hätte dieser Ort auf uns gewartet – mit all seiner Pracht, seiner Ruhe und seiner unvergleichlichen Schönheit. Die Landschaft wirkte fast surreal, als wäre sie aus einem Traum hervorgegangen, und doch fühlte sie sich lebendiger an als alles, was wir zuvor erlebt hatten.

„Wir haben es geschafft," sagte Ursula schließlich, und ein Lächeln breitete sich auf ihrem Gesicht aus.

Ich nickte und hob die Hand. Mit einem leichten Lachen klatschten wir uns ab, ein stilles Ritual des Triumphs und der Verbundenheit. Dann ließen wir uns auf einem der glatten, warmen Felsen nieder, die Sonne im Gesicht, den Wind in den Haaren, und genossen das Ziel unserer Etappe.

Die Mystik dieses Ortes war allgegenwärtig. Es war nicht nur die schiere Schönheit der Natur, die uns in ihren Bann zog – es war etwas Tieferes, etwas Unsichtbares, das in der Luft lag. Hier, an diesem Ort, schienen Himmel und Erde einander näher zu kommen. Jeder Atemzug fühlte sich an wie ein Geschenk, jede Bewegung des Windes wie ein Flüstern des Universums.

„Es ist, als würde dieser Ort uns segnen," sagte ich leise.

Ursula sah mich an, ihre blauen Augen leuchteten im Licht der sinkenden Sonne. „Ja," antwortete sie, fast ehrfürchtig. „Und vielleicht ist es genau das, was wir jetzt brauchen."

Jeder von uns nahm einen Schluck Wasser. Ich drehte mich zu Ursula um und sagte: „Wir müssen diese Platte finden, von der Aurelio gesprochen hat."

„Das ist einfach," antwortete sie mit einem kleinen Lächeln. „Ich glaube, ich habe sie schon gesehen. Dort drüben, wo die Krähe sitzt."

Sie deutete auf eine Stelle am Rand des Felsplateaus, und tatsächlich hatte sich unser gefiederter Freund genau dort niedergelassen. Seine schwarzen Federn hoben sich scharf gegen den goldenen Schimmer des Gesteins ab, während die tief stehende Sonne ihn in eine fast mystische Aura hüllte. Wir verstauten das Wasser in unseren Rucksäcken und machten uns auf den Weg zu der Stelle, die Ursula so sicher erkannt hatte. Als wir uns näherten, erhob sich die Krähe plötzlich in die Luft. Sie stieß drei krächzende Laute aus, als wollte sie uns etwas mitteilen, zog einen weiten Kreis über uns und verschwand dann mit kraftvollen Flügelschlägen in Richtung Venis, der uralten Küstenstadt ohne Hafen.

Je näher wir der Stelle kamen, an der unser gefiederter Freund gerade noch gesessen hatte, desto deutlicher offenbarte sich die Einzigartigkeit des Ortes. Ein natürlicher Felsvorsprung ragte wie ein mächtiger Balkon weit in die Landschaft hinaus. Hier schwebte man förmlich hoch über dem Meer, in vollkommener Harmonie mit der Umgebung. Der Abgrund unter uns verschmolz mit der Weite des Ozeans, und die rostrot leuchtenden Klippen schienen eine unsichtbare Brücke zwischen Himmel und Erde zu schlagen.

Die Luft hier oben war anders – klarer, fast heilig. Es fühlte sich an, als würde der Wind eine Melodie flüstern, eine, die nur für diejenigen bestimmt war, die bereit waren, zu lauschen. Ein Gefühl tiefen Friedens breitete sich aus, durchdrang Körper und Geist. Der Boden unter uns war warm, fast lebendig, als würde die Erde selbst ihre Energie durch uns hindurchfließen lassen.

Doch es war nicht nur die Landschaft, die uns in ihren Bann zog. Es war, als würde der Ort eine alte Weisheit bewahren, eine unsichtbare Präsenz, die uns willkommen hieß. Es lag etwas in der Luft – etwas, das wir beide spürten, aber noch nicht benennen konnten.

Hier, an diesem Felsen, verstummte die Welt. Und in dieser Stille hörten wir einen Klang. Einen Klang, der so besonders war, dass er uns beide verzauberte und innehalten ließ.

Es war der Wind, der sein Lied spielte.

Es klang wie ein feiner Chor mit tausend Stimmen, von denen jede ihre eigene Melodie sang, und doch ergaben sie zusammen ein vollkommenes Meisterwerk. Das Stück, das sich vor uns entfaltete, floss gleichmäßig dahin und war dennoch in jedem Moment neu. Mal erhob der Windgott Baal seine Stimme kraftvoll und majestätisch, dann wiederum verschwand sie in einem zarten Pianissimo. Tiefere Töne drängten sich in den Vordergrund, dunkel und erdverbunden, nur um kurz darauf von hohen, klaren Klängen abgelöst zu werden – Klänge, die an die Sirenen der Legenden erinnerten, betörend und voller Geheimnis.

Die Felsen um uns herum waren schroff, hart und übersät mit unzähligen Löchern und Kanten. Doch genau diese raue Oberfläche, vereint mit dem stetigen Wind, der durch Arterien zog, erschuf hier an diesem Ort ein einzigartiges Lied. Eine zarte, doch kraftvolle Melodie, die unaufhörlich durch die Luft schwebte, als würde sie selbst von der Erde geboren und vom Himmel gesegnet.

Es war keine Musik, die nur die Ohren erreichte. Sie erfüllte den gesamten Körper, strömte durch den Geist und hüllte uns ein wie eine sanfte Umarmung. Man fühlte sich, als würde man in ein Bett aus Klang sinken, warm und weich, ein Ort, der alle Last von den Schultern nahm. Jede Anspannung wich, und eine ungetrübte Klarheit, eine fast heilige Ruhe, breitete sich in uns aus.

Hier, an diesem magischen Ort, hatte uns Baal de Rien empfangen – der Herr des Windes, der uns in seine sanften Arme gehüllt und mit der Weisheit der Lüfte umspült hatte.

„Und was geschieht nun?", fragte Ursula leise und warf mir einen schnellen Blick aus den Augenwinkeln zu.

„Das Geheimnis muss hier in der Platte stecken", antwortete ich, während ich mich ganz dem weißen Marmor zuwandte, der in den Felsen eingelassen war. Der Stein wirkte glatt und kühl, seine Oberfläche von der Zeit poliert, und dennoch strahlte er eine geheimnisvolle Präsenz aus.

Rundherum waren filigrane Ornamente eingearbeitet, die mich an die kunstvollen Fassaden antiker griechischer Tempel erinnerten. Doch diese Muster schienen mehr zu sein als bloßer Schmuck – sie schienen eine verborgene Bedeutung zu tragen, als würden sie eine Geschichte erzählen, die nur darauf wartete, entschlüsselt zu werden.

Auf der uns zugewandten Seite der Platte entdeckten wir drei Symbole, die wie auf einer Plakette angebracht waren. Sie waren von der Zeit verwittert, doch immer noch deutlich erkennbar.

Am linken Rand prangte das Symbol für Männlichkeit – stark, klar und kantig gearbeitet. Rechts das Gegenstück, das Zeichen der Weiblichkeit – weich, rund und harmonisch eingebettet. In der Mitte, leicht erhaben und mit einer fast göttlichen Aura, zeigte sich das Symbol von Arterien: das Zeichen der Venus, um dessen Kreis sich auch hier die stiisierte Corona mit ihren sieben Spitzen spann, wie ein ewiger Lichtschein aufs Feinste künstlerisch gearbeitet. Es schien in der Abgeschiedenheit des Ortes zu leuchten.

Der Rest der Platte war von geschwungenen Vertiefungen durchzogen, die in sanften Linien über die Marmorfläche verliefen. Sie wirkten wie ein Netzwerk, eine Landkarte oder vielleicht ein Muster, das einer höheren Ordnung folgte. Doch ihre Bedeutung blieb uns zunächst verschlossen.

Ich ließ meine Finger über die kühle Oberfläche gleiten, spürte die feinen Einkerbungen und die Geschichte, die dieser Ort in sich trug. Es war, als würde die Platte selbst atmen, als würde sie darauf warten, ihr Geheimnis preiszugeben – doch nur demjenigen, der die richtige Frage stellte.

„Aurelio hat uns den entscheidenden Hinweis gegeben", dachte ich laut, während meine flache Hand vorsichtig über die organisch anmutenden Formen der Platte strich. Die feinen Vertiefungen fühlten sich kühl und glatt unter meinen Fingern an, als ob der Stein selbst von Jahrhunderten des Wartens durchdrungen war.

Ich hob meinen Blick zu Ursula, die mich mit ihren ozeanblauen Augen aufmerksam musterte. Ihr Gesicht wirkte nachdenklich, und eine leichte Strähne ihres langen, blonden Haares hatte sich aus ihrem Zopf gelöst, tanzte im Wind und fing das letzte Licht des Tages ein.

„Aber ich habe Hemmungen, es auszusprechen", sagte ich leise und fühlte, wie sich ein sanftes, aber unerbittliches Ziehen in meiner Brust breit machte.

„Raus damit!", forderte sie mich auf, ein spielerisches Funkeln in ihren Augen. Sie stieß mich auffordernd an die Schulter, eine kleine Geste der Leichtigkeit, die die Spannung für einen Augenblick brach und zugleich eine seltsame Wärme in mir auslöste.

Ich atmete tief ein, suchte meine Worte, bevor ich schließlich sagte: „Aurelio hat erzählt, dass er oft hier saß. Immer wieder auf dieser Platte." Ich ließ meine Hand über die Vertiefungen gleiten, deutete auf die Formen, die sich darauf abzeichneten. „Wenn man genau hinsieht, wirken die Vertiefungen, als hätte jemand sie hinterlassen, der hier im Schneidersitz saß. Man kann förmlich die Abdrücke der Hüften und der Beine erkennen."

„Stimmt!", bemerkte Ursula, während sie selbst ihre Finger sanft über die Wölbungen gleiten ließ. Ihr Blick wurde weich, als sie die Platte wie eine Botschaft aus längst vergangener Zeit zu lesen versuchte.

„Und dann sind da die Symbole für Weiblichkeit und Männlichkeit", fuhr ich fort, bemüht, meine Stimme ruhig zu halten. „Sie scheinen sich hier in der Mitte zu vereinen, im Symbol von Arterien." Ich deutete auf die erhabene Darstellung der Venus mit ihrer leuchtenden Corona, die in der Mitte der Platte thronte, als Herzstück der ganzen Komposition.

Ursula drehte sich zu mir, nahm sanft meine beiden Hände in ihre. Ihre Berührung war warm, und in ihrem Blick lag etwas Fragendes, fast Scheues. „Ich dachte", begann sie nachdenklich, „es geht hier um die Verbindung von dir und mir, von Mann und Frau, so wie die Symbole es zeigen. Aber warum ist dann auf der Platte nur Platz für eine Person?"

Ein Windstoß wehte über das Plateau, brachte die Melodie von Baal de Rien wieder zum Erklingen und ließ uns beide innehalten. Für einen Moment fühlte es sich an, als hätte der Windgott mit einem zarten Hinweis der Welt geboten, den Atem anzuhalten, um unserer Unterhaltung zu lauschen.

„Weil es um mehr geht", sagte ich schließlich, meine Stimme leiser als zuvor. „Arterien hat uns nicht nur hierhergeführt – es hat uns auch ein Gedicht hinterlassen, in dem das Wort ‚Guru ' auftaucht. Es ist heute Guru Purnima, das Fest in Indien, das den Meistern gewidmet ist. Das ist ein klares Zeichen der Verbindung der Venen und asiatischer Traditionen. Und ich glaube …" Ich hielt inne, unsicher, ob ich es wirklich aussprechen sollte.

„Sag es", flüsterte Ursula, ihre Stimme so sanft wie der Wind.

„Ich glaube, es geht um Yab-Yum", sagte ich schließlich. Die Worte fühlten sich schwer und bedeutungsvoll an, als sie über meine Lippen kamen. Ich sah Ursula an, suchte in ihren Augen nach einer Reaktion.

Ihr Blick ruhte auf mir, ruhig und klar, aber in ihren Augen lag ein Glanz, der tiefere Bedeutungen ahnen ließ. Wir beide wussten, dass dies nur die Oberfläche war, das äußere

Korsett, dass die wahre Bedeutung dessen, was vor uns lag, noch verborgen war. Der Einstieg in unsere nächste gemeinsame Etappe.

„Dabei geht es um die ganzheitliche Vereinigung des männlichen und des weiblichen Prinzips, um die Einheit der Energien in Körper, Geist und Seele", sagte ich leise, während meine Finger erneut über die feinen Konturen der Marmorplatte glitten.

Ursula schmunzelte und knuffte mich liebevoll in die Seite. „Quatsch, hier bitte keine schulmeisterhaften Reden", entgegnete sie mit einem neckischen Unterton. „Sag mir lieber, was ich tun muss!"

Ihre Direktheit ließ mich für einen Moment innehalten. Ich blickte sie an, meine Gedanken suchten nach Worten. Der Wind wehte die eine Strähne ihres blonden Haares in ihr Gesicht, die sie unbewusst mit einer sanften Bewegung ihrer Hand beiseitestrich. Ihre ozeanblauen Augen ruhten auf mir, ruhig und doch neugierig.

„Ich …" Ich zögerte, bevor ich schließlich fortfuhr: „Ich setze mich hier im Schneidersitz auf die Marmorplatte, und du setzt dich auf meinen Schoß. Deshalb ist hier scheinbar nur Platz für eine Person. Beide Personen sollen … verschmelzen."

Ursula runzelte die Stirn, ließ ihren Blick kurz über die Platte schweifen und sah mich dann wieder an. „Verschmelzen?" Sie hob eine Augenbraue und überlegte sichtlich. Nach einer kurzen Pause meinte sie trocken: „Und was dann? Viel Aufwand für Sex."

Ich musste unwillkürlich schmunzeln, schüttelte aber den Kopf. „Nein", erwiderte ich ruhig, bemüht, den Moment nicht ins Banale abgleiten zu lassen. „Das Körperliche gehört wohl dazu, aber es steht vermutlich nicht im Vordergrund. Wenn wir uns dem rein Animalischen hingeben, bleibt unsere Schwingung zu niedrig für das, was hier als spirituelle Vereinigung gedacht ist."

Sie sah mich nachdenklich an, ihre Lippen öffneten sich leicht, als wollte sie etwas sagen, doch sie schwieg. Der Wind legte sich für einen Moment, und eine mystische Stille, gefüllt mit elektrisiertem Knistern, umgab uns.

„Wir müssen eine viel tiefere Verbindung schaffen", fügte ich hinzu, meine Stimme war jetzt leiser, fast ein Flüstern. „Eine, die weit über das hinausgeht, was wir mit bloßem Verstand oder Körper erfassen können. Es geht um die vollständige Einheit – auf allen Ebenen."

Ursula ließ ihren Blick erneut über die Marmorplatte gleiten, dann zurück zu mir. Eine sanfte Röte lag auf ihren Wangen, doch sie wirkte nicht verlegen, sondern eher von einem tiefen Verständnis durchdrungen. „Noch tiefer ... als das, was wir nur erahnen können", sagte sie schließlich, ihre Stimme leise, beinahe ehrfürchtig.

Ihre Worte erfüllten und berührten mich. Der Moment fühlte sich an wie der Beginn von etwas Größerem – etwas, das wir nur gemeinsam erfahren konnten.

„Wie genau soll das funktionieren?" wollte Ursula wissen.

„Wir müssen uns miteinander verbinden", begann ich, „ähnlich wie ich mich mit dir im Dom der Schatten verbunden habe. Oder wie du dich mit dem Stein des Lichts verbunden hast. Nur noch intensiver. Mit reiner Hingabe. Wir müssen uns dem Moment einfach ergeben – und sehen, was passiert."

Ihr Blick hielt meinem stand, voller Vertrauen und einer leisen Entschlossenheit. Schließlich nickte sie. „Lass uns auf uns und auf die Kräfte Arteriens vertrauen!"

Wir traten aufeinander zu und schlossen uns fest in die Arme. Einen Moment lang standen wir so da, wortlos, aber in vollkommener Einigkeit.

Nach einer Weile löste ich mich sanft und sagte: „Eines möchte ich vorher noch tun. Du wirst gleich sehen."

Ich griff nach meinem Rucksack, holte eine Flasche Wasser hervor und begann, die Marmorplatte vor uns von den Spuren vergangener Zeiten zu reinigen. Mit jeder Bewegung fühlte ich mich mehr wie ein Vogel, der das Nest für seine Gefährtin vorbereitet. Es war ein beinahe ritueller Akt, der nicht nur die Platte, sondern auch meinen Geist klärte.

Als ich zufrieden war, legte ich alles beiseite und wandte mich zu Ursula um. „Nichts soll mich jetzt mehr von uns ablenken."

Sie stand da, im Gegenlicht der untergehenden Sonne, ihre Silhouette vom goldenen Licht umrahmt. Ich trat auf sie zu, nahm sie sanft in meine Arme und zog sie an mich. Unsere Lippen trafen sich, und in diesem Moment löste sich alles andere auf. Es war ein Kuss voller Intensität, ein Kuss zweier Seelen, die alles für diesen Augenblick gaben.

Die Welt um uns verschwand. Die Sonne verabschiedete sich mit einem letzten Farbenspiel und tauchte den Himmel in ein atemberaubendes Rot und Gold, bevor sie die Bühne dem Mond überließ. Und der Mond – majestätisch und voller Anmut – hüllte uns ein, während die sanfte Serenade von Baal de Rien erklang.

Wir gaben uns völlig hin – nicht den einfachen Trieben, sondern dem puren, ungetrübten Gefühl. In einem Spiel, das zwischen uns hin und her wogte, entfernten wir Stück für Stück unsere Kleidung. Ursula löste ihr Haar, und es fiel wie ein goldener Schleier über ihre Schultern, dem Wind überlassen, der sanft damit spielte.

Ich setzte mich im Schneidersitz auf die reine, weiße Marmorplatte, die unter uns wie ein heiliger Altar wirkte. Ursula ließ sich auf meinen Schoß nieder und schloss mich mit Armen und Beinen ein, ihre Bewegungen fließend und voller Vertrauen.

Sanft zog ich sie näher, bis es keinen Raum mehr zwischen uns gab – nicht äußerlich, nicht innerlich.

Wir küssten uns erneut, und jeder Kuss war eine langsame, zelebrierte Geste. Jede Bewegung wurde bedacht und behutsam ausgeführt, wie die Wellen des Meeres, die sanft den Strand berühren – nie ein Sturm, der alles mit Gewalt hinwegfegt. Unsere Hände erforschten einander mit einer Vorsicht, die der Tiefe des Moments gerecht wurde.

Es war keine dominierende Kraft zwischen uns, sondern ein harmonisches Miteinander, ein ausgeglichenes Erleben, in dem jeder Augenblick gleichermaßen uns beiden gehörte. Kein Verlangen wollte mehr als geben, keine Bewegung war größer als die, die sie empfing.

Ich spürte jeden einzelnen Schweißtropfen, der wie eine Liebesperle über meine Haut rann, kühlend und warm zugleich. Die Nähe unserer Körper erzeugte eine wohlige Hitze, ein Glühen, das von innen kam – nicht nur von unserer Berührung, sondern von etwas, das uns beide verband, über das Körperliche hinausging.

Dieser Moment, den wir teilten, war kein Rausch, sondern eine stille, intensive Hingabe, die uns beide vollkommen gleich machte. Es war, als würde sich unsere Liebe in Wellen ausbreiten, eine tiefe, rhythmische Harmonie, die uns in ihrem sanften Sog mit sich nahm.

Dann begann langsam die Verschmelzung.

Ich konnte nicht mehr unterscheiden, wo ich aufhörte und wo Ursula begann. Legte ich meine Hand auf ihren Rücken, war es, als berührte ich mich selbst. Diese Wahrnehmung ließ mich innehalten – und doch wollte ich mehr.

Ich stellte mir vor, wie das goldene Licht der absoluten Liebe aus dem Universum über mein Kronenchakra in mich hineinfloss, während ein roter Strahl mich durch mein Wurzelchakra mit der Erde verband. In meiner Vorstellung verband sich ein Chakra nach dem anderen mit dem von Ursula, als ob unsere Energien sich wie Lichtstrahlen durch die heiligen Tore unserer Körper zueinander bewegten.

Ich spürte die Energien, die zwischen uns hin und her flossen, aber nichts weiter geschah. Etwas schien noch nicht vollkommen zu sein. Es fühlte sich an, als ob eine unsichtbare Barriere uns zurückhielt.

Da wurde mir bewusst: Ich war noch in meinem Kopf. Mein Ego versuchte, den Moment zu kontrollieren, ihn festzuhalten, und machte mich blind für das, was wirklich geschah. Ich erkannte, dass ich mich öffnen musste – nicht nur in Gedanken, sondern in meinem Herzen.

Mit dieser Erkenntnis ließ ich alle Vorstellungen los, alle Erwartungen, die mein Geist projiziert hatte. Ich öffnete meinen Herzraum so weit, wie ich es zuvor nur einmal geschafft hatte. Plötzlich gab es keine Bilder mehr, keine Imaginationen, nur noch die reine Erfahrung.

Von meinem Herzen strömte eine warme, leuchtende Energie in Richtung Ursula, und dieselbe Energie kam in sanften, pulsierenden Wellen zu mir zurück. Es war, als ob unser gemeinsamer Herzschlag sich weit über unsere Körper hinaus ausdehnte. Der Raum um uns herum begann zu verschwimmen, seine feste Struktur verlor sich in einem sanften, fließenden Licht.

Hatte ich vorher nicht mehr unterscheiden können, wo ich endete und Ursula begann, so löste sich nun jede Grenze vollkommen auf. Der Raum, den wir einnahmen, schien endlos, formlos. Ich verlor jede Wahrnehmung von Raum und Zeit. Alles, was blieb, war ein reines Sein – ein Zustand des absoluten Einsseins.

Und damit geschah es. Alles verschwamm. Ein bernsteinfarbenes Licht erfüllte meine Wahrnehmung, strahlend und lebendig. Überall um mich herum erklangen die Melodien von Baal de Rien, und ich fühlte nur noch Ursula. Nicht ihren Körper, sondern ihre reine, pure Essenz. Die Seele, die sie war und immer sein wird.

Es war, als hätten wir das Ewige berührt – den einen unvergänglichen Moment, der alles enthält und doch nichts verlangt.

Als wäre das alles nicht bereits erstaunlich genug gewesen, nahm alles noch eine tiefere Dimension an. Der nächste Schritt offenbarte sich.

Plötzlich war jeder Moment, den wir gemeinsam erlebt hatten, wie ein Film in meinem Bewusstsein präsent. Aber es war kein gewöhnlicher Film, der eine Abfolge von Bildern zeigte. Nein, es war, als wären tausend Augenblicke gleichzeitig lebendig – wie ein kaleidoskopisches Mosaik unseres gemeinsamen Lebens.

Ich erlebte die Fahrt über den Bodensee, die stille Magie des Sees bei Avila, die erhabene Weite der spanischen Berge und das sanfte Rauschen der marokkanischen Mittelmeerküste, wo wir einst die vier Elemente so rein und befreiend erlebt hatten. Alles gleichzeitig. Doch es waren nicht nur Bilder, die sich vor meinem inneren Auge abspielten. Es war mehr.

Ich spürte die feuchte Brise, die damals über den Bodensee wehte. Ich roch das würzige Aroma der Kiefern, die die Berge Spaniens säumten. Ich hörte das zarte Plätschern der Wellen an der Küste und den warmen Klang von Ursulas Stimme, die wie eine Melodie durch die Erinnerung hallte.

Noch eindrücklicher waren die Gefühle. Die Freude, die uns verbunden hatte, der Frieden, der über uns lag, die stille Ehrfurcht, die wir in bestimmten Momenten geteilt hatten – all das war jetzt in mir, gleichzeitig und doch geordnet, wie ein sanfter Fluss, der niemals versiegt.

Es war ein Feuerwerk des gemeinsamen Erlebens, aber nicht hektisch oder überwältigend. Es war wie ein kosmischer Tanz, der mir die Tiefe unserer Verbindung offenbarte. Es gab keine Worte, die die Intensität dieses Moments vollständig hätten beschreiben können. Es war, als ob sich unsere Seelen in all diesen Erinnerungen wiederfanden, als ob sie sich durch diese geteilten Erfahrungen neu erkannten und noch tiefer vereinten.

Dieser Moment war mehr als eine Rückschau. Es war ein Einblick in die unvergängliche Essenz unserer Verbindung – zeitlos, grenzenlos und von einer Liebe durchdrungen, die alles überstieg.

Dann nahm ich plötzlich wieder die Umgebung um uns wahr – doch nicht so, wie man es vielleicht erwarten würde.

Wir schwebten. Wir stiegen, gemeinsam wie eine Sphäre aus goldener Energie, hoch über den Felsvorsprung auf, auf dem wir zuvor gesessen hatten. Unter uns saßen wir wie eine Einheit, aber unsere Körper waren nur wie ein Abbild, ein Echo dessen, was wir in diesem Moment wirklich waren.

Zwischen uns und unseren Körpern spannten sich feine Bänder aus Licht, die wie farbenfrohe Luftschlangen in den Raum tanzten. Rot, Orange, Gelb, Grün, Blau, Indigo und ein schimmerndes Gold verbanden uns mit unseren physischen Formen, als wären diese Farben Brücken zwischen den Welten.

Arterien leuchtete unter uns im strahlenden Mondlicht. La Roche et Fèlle funkelte majestätisch, seine Lichter ließen das Meer glitzern wie ein endloser Teppich aus Edelsteinen. Wir sahen das dichte Wolkenband, das Arterien umhüllte, wie einen geheimnisvollen Mantel, und wir blickten darüber hinaus – in die Ferne.

Im Norden lag das Mittelmeer, das wie eine silberne Fläche im Mondlicht schimmerte. Im Süden erstreckte sich der afrikanische Kontinent in seiner tiefen, erhabenen Dunkelheit. Es war, als könnten wir alles gleichzeitig erfassen, als wäre jede Grenze aufgelöst.

Das Licht um uns herum mischte sich mit dem sanften Strahlen des Mondes – und mit dem geheimnisvollen Glühen des Morgensterns. Es fühlte sich an, als würde das Universum selbst atmen, durch uns hindurch, mit uns und für uns.

Da geschah es.

Das Gebirge im Südwesten von Arterien, les Artilles-Rien, begann plötzlich zu glimmen. Zunächst war es nur ein schwaches, rötliches Schimmern, das die Gipfel umhüllte, doch dann entfaltete sich etwas Unglaubliches: Aus den Felsen, wie aus einem uralten Feuer geboren, schienen sich zwei übergroße Schwingen zu erheben. Sie waren mächtig, durchdrungen von einem leuchtenden Gold und einem Glanz, der an die Ewigkeit selbst erinnerte.

Nach und nach formte sich aus dem massiven Gebirge ein gewaltiger, strahlender Adler. Sein Körper funkelte wie eine Sonne, seine Federn schienen aus Licht geschmiedet. Für einige Augenblicke hielt das mystische Wesen inne, als ob es sich an seinen neuen Seinszustand gewöhnen wollte, als ob es die gewaltige Energie, die es erfüllte, erst begreifen musste.

Dann hob der Adler seine Flügel, breitete sie in einer Geste unbändiger Kraft und Freiheit aus. Mit einer einzigen, kraftvollen Bewegung stieß er sich vom Boden ab. Die Luft erzitterte, und mit jedem Flügelschlag breitete sich eine Welle aus reinem, strahlendem Licht über Arterien aus. Dieses Licht drang durch jede Dunkelheit, erfüllte jeden Schatten und schien das Land selbst von seinen tiefsten Wunden zu heilen.

Der majestätische Adler stieg höher und höher, seine gewaltigen Kreise über Arterien zogen ein goldenes Band aus Licht hinter sich her. Wie ein himmlischer Bote umschlang er das Land, als wollte er es in Schutz und Liebe hüllen. Das Meer schimmerte unter ihm, die Berge glühten, und selbst die Wolken, die das Land wie ein Mantel umgaben, schienen von seinem Licht durchdrungen.

Als der Adler an uns vorüberflog, hielt er inne. Für einen kurzen, aber unendlichen Moment schien die Zeit selbst zu stehen. Seine leuchtenden Augen blickten tief in unsere Seelen, voller Weisheit und Liebe, und wir wussten: Es war Aurelio.

Das gemeinsame Leuchten von la Luna, der Venus und den vereinten Energien des Bären und der Krähe hatte mithilfe des Steins des Lichts im Raum des Adlers eine Transformation bewirkt. Das weibliche Prinzip, die Quelle allen Seins, hatte sich mit der männlichen Kraft verbunden, und diese heilige Einheit hatte Aurelio zu dem gemacht, was ihm immer vorbestimmt gewesen war, zu sein: ein Lichtbringer, ein Erlöser, der die Welt von ihrer Dunkelheit befreien würde.

In vollkommener Glückseligkeit hallte ein Ruf durch mein Bewusstsein, ein Ruf, der wie aus der Quelle selbst zu stammen schien:

„Flieg, Adler, flieg!"

Und so flog er, sein Licht durchdrang die Nacht und brachte die Verheißung eines neuen Morgens mit sich.

KAPITEL 10 – DIE RÜCKKEHR

Diese Nacht war mystisch, magisch und voller Bedeutung.

„Die Daily – stirb täglich!" lehrten die alten Meister.

   In unserer tiefen Verbundenheit war es uns gelungen: das Loslassen, das Sterben des Alten, das Wiedererwachen in einer höheren Bewusstseinsstufe. Was ich außerhalb von Arterien nur schwer oder gar nicht kontrolliert erreichen konnte, war uns hier in vollkommener Harmonie gelungen. Gemeinsam.

Die Prophezeiung schien sich zu erfüllen, auch wenn der endgültige Beweis in der materiellen Welt noch ausstand. Doch etwas Entscheidendes hatte sich verändert: Ich begann zu verstehen, worauf die Transformation beruhte.

   Es war nicht nur ein Akt des Willens oder des Verstandes, sondern ein vollständiges Sich-Einlassen. Eine Hingabe an das Unbekannte, an die höheren Kräfte, die uns alle durchdringen. Dieses Geheimnis – das Sterben und Wiedergeborenwerden – war der Schlüssel, der uns in die tiefsten Mysterien des Lebens führte.

In diesem Augenblick war alles klar. Nicht als Theorie, sondern als lebendige Erfahrung. Und genau darin lag die Bedeutung jener Nacht: ein Übergang, ein Neubeginn.

Die Prophezeiung konnte sich nur an einem besonderen Tag erfüllen, dem Tag von Guru Purnima – jenem heiligen Moment, an dem wir unseren Meistern huldigen, denjenigen, die uns den Weg gezeigt haben. Es ist ein Tag der Erinnerung, nicht nur an unsere Lehrer, sondern an alles, was vor uns war. Unsere Meister sind die Hüter uralten Wissens, das wir erst noch verstehen sollen. In ihnen lebt die Weisheit unserer Ahnen fort, jener ungebrochenen Kette von Erfahrungen, die uns mit allem verbindet, was je gewesen ist.

Doch die Erfüllung der Prophezeiung ging weit über das Gedenken hinaus. Es war ein Akt der Vereinigung – eine Verschmelzung von Licht und Ton, den beiden grundlegenden Ausdrucksformen Gottes. Licht und Ton. Zwei Schwingungen, die unterschiedlicher nicht sein könnten, und doch im Kern dasselbe offenbaren: die Energie des Lebens.

Der Stein des Lichts im Raum des Adlers bündelte das Licht – strahlend, gerichtet, klar. Und dann waren da die Klänge des Windgottes Baal de Rien, dessen Melodien durch die Tiefen und Höhen der Schöpfung hallten. Licht und Ton – die Schwingung in alle Richtungen, das Fundament von allem, was ist. Die Meister lehren uns: Alles ist Schwingung, alles ist Energie. Und in der Harmonie dieser Schwingungen liegt das Geheimnis der Schöpfung.

Doch es war nicht nur die Vereinigung von Licht und Ton, die entscheidend war. Es war auch die Verschmelzung des männlichen und des weiblichen Prinzips. Eine Harmonie, die nur entstehen kann, wenn das Weibliche nicht als Gegensatz, sondern als Grundlage erkannt wird. Das Symbol von Arterien selbst zeigt uns diesen Weg: Der Kern ist das Symbol der Venus, Ausdruck des weiblichen Prinzips, das nährt, verbindet und erhält.

In einer Zeit, in der Frauen oft dazu gedrängt werden, wie Männer zu agieren – Kriege zu führen, Machtkämpfe auszutragen –, frage ich mich: Ist es nicht an der Zeit für eine echte Efrauzipation? Eine Rückkehr zu den ursprünglichen Qualitäten des Weiblichen, das nicht im Widerspruch zum Männlichen steht, sondern es ergänzt, erhebt und vollendet?

Die Verschmelzung des männlichen und des weiblichen Prinzips darf dabei in jedem Einzelnen stattfinden, in Frau und Mann. Erst dann erscheint die leuchtende Corona.

Die Prophezeiung erinnert uns daran, dass Transformation nur dann gelingt, wenn wir geben, wenn wir uns öffnen, wenn wir alles in Harmonie bringen. Es geht nicht um Überlegenheit, nicht um Kontrolle, sondern um die tiefe, alles durchdringende Liebe, die der Ursprung allen Seins ist. Liebe ist nicht nur ein Gefühl, sie ist das Gesetz der Schöpfung.

Und so lade ich euch ein: Seid Teil dieser Harmonie. Seid Teil dieser Liebe. Erlaubt euch, die Trennung aufzugeben – von Licht und Ton, von männlich und weiblich, von euch und dem Anderen. Denn in der Einheit liegt die Kraft, die Welt zu verändern.

Dann zeigte sich im Osten ein erster zarter Schimmer des Sonnenaufgangs. Ohne dass wir die Zeit bewusst wahrgenommen hätten, war die lange Nacht wie ein Wimpernschlag vergangen. Wir verweilten noch immer in diesem besonderen Seinszustand – zwischen den Welten, reines Bewusstsein und doch tief verbunden mit unseren physischen Körpern.

Auch wenn die Prophezeiung nun erfüllt zu sein schien, spürten wir deutlich, dass unsere Lebensaufgabe noch nicht beendet war. Ein Gefühl der Bestimmung lag über uns, leise und doch unüberhörbar.

Langsam kehrten wir zurück. Zurück in die materielle Welt, in die vertraute Wahrnehmung unserer Umgebung. Es war ein sanfter Übergang, fast so, als ob wir durch einen warmen Schleier glitten, der uns behutsam in das Hier und Jetzt führte. Wir spürten einander wieder – so wie alles begonnen hatte. Und doch war nichts mehr, wie es zuvor gewesen war.

Etwas in uns hatte sich verändert. Wir hatten Wissen gewonnen, das weit über Worte hinausging. Es war das Wissen um unsere tiefe, unauflösliche Verbindung – nicht nur zueinander, sondern zu allem, was ist. Dieses Erlebnis, das nun nur noch in der Erinnerung existierte, war dennoch lebendig und präsent in uns.

Es dauerte eine ganze Weile, bis wir uns vollständig in die Normalität zurückfanden. Doch diese Rückkehr geschah ganz behutsam, wie ein Fluss, der sich seinen Weg sucht. In Stille, ohne ein einziges Wort, lösten wir uns langsam voneinander. Die

Verbindung, die uns jetzt einte, brauchte keine Sprache mehr. Sie war tiefer, stiller, wie ein unsichtbares Band, das alles durchdringt.

Als die ersten Sonnenstrahlen die Welt erleuchteten, standen wir schließlich Seite an Seite auf dem Felsvorsprung. Arm in Arm genossen wir den Anblick des Sonnenaufgangs über Arterien. Die Farben des Morgens breiteten sich wie ein leuchtender Teppich über das Land, und die Dunkelheit der Nacht wich dem goldenen Licht eines neuen Tages.

Es war, als würde die Natur selbst unsere Erfahrung widerspiegeln: ein Übergang vom Unsichtbaren ins Sichtbare, vom Höheren ins Irdische. Und in diesem Moment, umfangen von der Schönheit des Morgens, wussten wir: Alles, was geschehen war, hatte uns für immer verwandelt.

Ursula brach schließlich die Stille, während wir nebeneinander standen und die ersten Sonnenstrahlen über die Weite von Arterien glitten. Ihre Stimme war leise, fast ehrfürchtig, als sie sagte: „Ich empfange Bilder. Bilder in meinem Inneren. Es fühlt sich an wie eine Botschaft von Ambrosius. Empfängst du sie auch?"

Ich sah sie an, überrascht von ihrer Gewissheit. Dann schloss ich die Augen und lauschte in mich hinein. „Ja," sagte ich schließlich, „ich denke schon. Ich sehe sein Haus… ein Feuer im Kamin, und ich verstehe es als Aufforderung, dorthin zurückzukehren."

Ursula nickte langsam, als hätte sie meine Worte erwartet. „So sehe ich es auch," erwiderte sie, ihre Stimme sanft, aber voller Überzeugung.

„Dann machen wir uns auf den Weg?" fragte ich, halb suchend, halb entschlossen.

„Ja," sagte sie mit einem leichten Lächeln, das sowohl Zuversicht als auch Vorfreude verriet. „Ich freue mich auf die anderen. Ich möchte sie in meine Arme schließen." Nach einem

Moment der Stille fügte sie mit einem amüsierten Funkeln in den Augen hinzu: „Und ich habe Hunger."

Ein leises Lachen entrang sich mir, und für einen Augenblick war die Schwere des Abschieds von der magischen Stätte gelindert. Doch die Wehmut kehrte schnell zurück, als wir uns langsam daran machten zu gehen.

Wir sammelten unsere verstreuten Sachen ein, jeder in stiller Achtsamkeit. Die Kleidung, die über den Felsen lag, fühlte sich unter meinen Händen fast fremd an, als ob sie nicht mehr zu uns gehörte. Ursula legte ihr Gewand mit einer unbewussten Eleganz an, die mich für einen Moment innehalten ließ. Ich selbst zog mich mechanisch an, die Gedanken schon halb bei der Reise, die vor uns lag.

Bevor wir aufbrachen, kniete ich mich noch einmal hin und legte die Hand sanft auf die kühle, weiche Oberfläche der Marmorplatte, die in den Felsen eingelassen war und uns so bedingungslos aufgenommen hatte. Ich ließ meine Finger über die feinen Konturen gleiten, als wollte ich dieses Gefühl für immer bewahren. „Danke," flüsterte ich kaum hörbar, ein letztes Mal das Wunder dieses Ortes in mich aufnehmend.

Ursula trat neben mich und legte kurz ihre Hand auf meine Schulter, ein Zeichen stiller Verbundenheit. Gemeinsam sahen wir uns noch einmal um, ließen den Blick über die Stätte gleiten, die uns verändert hatte. Leiser als noch am Abend zuvor, fast wie ein entferntes Lied, hörten wir die letzten Töne von Baal de Rien, einem Klang, der wie ein Abschied und eine Verheißung zugleich in uns widerhallte.

Schließlich seufzte ich leise, griff nach Ursulas Hand und sagte: „Los."

Ohne ein weiteres Wort verließen wir den Ort, der uns für einen Moment die Zeit vergessen ließ, und begaben uns zurück in die Welt, die auf uns wartete.

Hand in Hand, ohne zu eilen, legten wir unseren Weg quer durch die Kapillaren zurück. Der Hochwald, der uns umgab, war erfüllt von der Klarheit eines frühen Sommermorgens. Die Sonne, die am Himmel stand, warf lange Schatten durch die Kronen der Aleppo-Kiefern und Korkeichen, deren knorrige Stämme uns wie alte Wächter des Gebirges erschienen. Die Luft duftete nach Pinienharz und frischem Lavendel, und ab und zu hörten wir das Zwitschern von Vögeln, die sich in den Zweigen versteckten.

Der Pfad, der tags zuvor noch voller Rätsel gewesen war, lag nun klar vor uns, als hätte er nur darauf gewartet, uns sicher zu führen. Kein Zögern begleitete unsere Schritte, keine Unsicherheit, welche Abzweigung zu nehmen war. Wenn einer von uns innehielt, um kurz nachzudenken, sprang der andere ein und deutete mit einem Lächeln in die Richtung, die uns wie selbstverständlich erschien.

„Wie seltsam," sagte Ursula schließlich, als wir einen moosbewachsenen Felsen umrundeten, „es fühlt sich an, als ob der Weg selbst uns ruft. Als ob er wüsste, wohin wir gehen müssen."

„Vielleicht tut er das," antwortete ich mit einem leichten Lächeln. „In Arterien scheint nichts unmöglich."

Ab und zu hielten wir an, um uns umzusehen. In den Lichtungen, wo die Sonne durchbrach, glitzerten Tautropfen auf Gräsern wie kleine Edelsteine. Ein Zitronenfalter flatterte an uns vorbei, und wir blieben einen Moment stehen, um seinem tänzelnden Flug zu folgen. Weiter oben, an einem Hang, sahen wir eine Gruppe Berberaffen, die in den Bäumen turnten. Einer von ihnen blieb stehen, um uns neugierig zu beobachten, bevor er mit einem Satz wieder im Dickicht verschwand.

„Schau nur," sagte Ursula und zeigte auf eine Distelblüte, an der eine bunte Gottesanbeterin saß. „Was für eine Schönheit!"

Ich nickte und spürte, wie sich die Magie der Umgebung mit jedem Schritt vertiefte. „Es ist, als ob die Natur uns alles zeigen möchte, was sie zu bieten hat."

Wir setzten unseren Weg fort, mal bergauf, wo der Pfad steinig wurde und wir unsere Schritte vorsichtig setzen mussten, mal bergab, wo die Erde unter unseren Füßen nachgab. Auf der Arterien zugewandten Seite des Gebirges badeten wir in blauem Sonnenschein, der die Farben der Blumen und Sträucher intensivierte. Lavendelbüsche säumten den Weg, und wir atmeten den aromatischen Duft tief ein.

Doch auf der abgewandten Seite tauchten wir immer wieder in dichte Wolken ein. Der Nebel umhüllte uns wie ein Schleier, und die Geräusche der Welt wurden gedämpft. Es war kühl, und ein leichter Tau legte sich auf unsere Haut. Aber auch hier fanden wir unseren Weg mit Leichtigkeit, als ob uns die Berge selbst leiteten.

„Erinnerst du dich, wie wir gestern hier im Nebel umhergeirrt sind?" fragte ich und blickte zu Ursula hinüber.

„Ja," antwortete sie mit einem leisen Lachen. „Ich habe den Eindruck, als wären wir in einem anderen Leben gewesen. Heute fühlt es sich an, als ob wir eins mit dem Gebirge wären."

Bald schon erhellte sich der Nebel, und die Welt vor uns öffnete sich wieder. In der Ferne erblickten wir schließlich das Haus von Ambrosius, klein und einladend, eingebettet in den bunten Garten, neben dem die Obstbäume im Licht funkelten.

„Siehst du die Feigenbäume?" fragte Ursula, ihre Stimme klang voller Vorfreude. „Ich kann den Duft der reifen Früchte fast schon riechen."

„Und ich höre schon das Knacken der Äste, wenn er uns einen Korb mit Früchten pflückt," antwortete ich lächelnd.

Unser Tempo blieb gemächlich, denn jeder Schritt durch diese wunderbare Landschaft war ein Geschenk. Als der Vormittag voranschritt und die Sonne höher stieg, erreichten wir schließlich die Umfriedung des Gartens. Unsere Herzen waren leicht, unsere Seelen erfüllt von der Magie der Kapillaren, die uns auf ihrem Pfad getragen hatten.

Ein Gewirr von Stimmen erhob sich im Haus. Es war jedoch kein Streit, keine aufgebrachte Diskussion oder gar ein Tumult. Vielmehr klang es wie das fröhliche Treiben einer ausgelassenen

Zusammenkunft, durchzogen von gelegentlichem Lachen und dem leisen Klirren von Geschirr. Diese unerwartete Lebendigkeit hier anzutreffen, ließ uns beide noch kurz in unserer eigenen Energie verweilen, die Sinne gebannt nach vorne gerichtet.

„Hörst du das?" flüsterte Ursula und legte eine Hand auf meinen Arm. Ihre Augen waren wachsam, aber nicht beunruhigt.

Ich nickte langsam, lauschte genauer und runzelte die Stirn. „Das ist… seltsam. Gestern war das Haus völlig ruhig. Wer könnte das sein?"

„Vielleicht Gäste von Ambrosius?" schlug Ursula vor, doch in ihrer Stimme schwang dieselbe Verwunderung mit, die auch in mir wuchs.

„Oder andere Bewahrer?" mutmaßte ich, während die Stimmen sich zu einem heiteren Chor vereinten, der kurz darauf wieder in einzelne Wortfetzen zerfiel. „Und woher kommen die so schnell?"

Sie zuckte mit den Schultern, wobei sie ihren Blick prüfend auf die Tür richtete. „Nur eine Möglichkeit, es herauszufinden."

Gemeinsam gingen wir die letzten Schritte auf die hölzerne Tür zu, die nur einen Spaltbreit offenstand. Der Duft von Kräutern, frischem Brot und etwas Süßem drang zu uns hinaus und mischte sich mit den warmen Noten der Sommerluft. Wir warfen uns einen schnellen Blick zu, ein stilles Einverständnis, bevor Ursula ihre Hand ausstreckte.

„Bist du bereit?" fragte sie leise, ein kaum merkliches Lächeln auf ihren Lippen.

„Wie immer," antwortete ich, mein Herz schlug ein wenig schneller.

Langsam drückte Ursula die Tür auf. Sie knarrte leise, als sie sich bewegte, und für einen Moment hielt das Stimmengewirr inne, als ob alle innen nach einem unsichtbaren Zeichen verstummt wären. Doch dann, wie auf ein stilles Kommando, setzte die Lebendigkeit wieder ein, ein Lachen hier, ein leises Murmeln dort.

Der Raum, den wir betraten, war erfüllt von Licht, Wärme und einer Energie, die so einladend war, dass all unsere Vorsicht mit einem Mal schwand. Wir sahen uns kurz an, ein Hauch von Erleichterung in unseren Blicken, und traten neugierig weiter hinein. Was oder wer auch immer hier war, wir würden es gleich herausfinden.

Aurelio stürmte auf uns zu, seine Augen leuchteten vor Freude, und wir fielen uns zu dritt in die Arme. Der Moment war voller Emotionen, als hätten wir einander nach einer Ewigkeit wiedergefunden. Ohne ein Wort zu wechseln, hielten wir uns fest, spürten die Nähe und die tiefe Verbundenheit.

Ambrosius trat nach einer Weile mit einem warmen Lächeln auf uns zu. „Die Bande sind stark, wie sie sein sollten," sagte er leise und legte seine Arme um Ursula und mich, sodass wir alle vier in einer herzlichen Umarmung vereint waren.

„In amicitia perpetua," fügte er hinzu, seine Worte klangen wie ein stilles Gebet.

Schließlich lösten wir uns voneinander, und Ursula war die erste, die es bemerkte. Sie runzelte leicht die Stirn und trat einen Schritt näher zu Aurelio.

„Warte mal," sagte sie, ihre Stimme neugierig, fast ungläubig. „Was hast du da auf deiner Stirn?"

Sie deutete direkt auf Aurelios drittes Auge. Dort war das Symbol von Arterien zu sehen, klar und unübersehbar. Es schien wie ein natürliches Mal, ohne jegliche Spuren von Verletzung oder Brand.

„Darf ich mal?" fragte Ursula vorsichtig.

Aurelio nickte ruhig, sein Gesicht von einer inneren Gelassenheit geprägt. Ursula hob die Hand und strich sanft mit ihrem Finger über das Symbol.

„Es fühlt sich an wie ein Muttermal," stellte sie erstaunt fest. Sie sah erst mich, dann Ambrosius an.

Ambrosius ließ ihren Blick entspannt auf sich ruhen und nickte. „Ja, es ist kein gewöhnliches Mal. Dieses Zeichen wurde ihm verliehen."

„Wann?" fragte ich überrascht.

Ambrosius 'Gesicht war von einer feierlichen Ruhe erfüllt, als er sprach: „Letzte Nacht. Als wir im Raum des Adlers waren. Das Licht, das der Stein des Lichts einfing, hat ihn berührt, und in diesem Moment erschien das Zeichen auf seiner Stirn."

Ursula richtete ihren Blick auf Aurelio. „Und du? Wie fühlst du dich damit?"

Aurelio legte eine Hand auf seine Stirn, direkt über das Symbol, und lächelte sanft. „Es fühlt sich so an, als hätte es schon immer zu mir gehört. Als wäre es nicht neu, sondern nur endlich sichtbar geworden."

Ambrosius nickte langsam, seine Augen schienen in die Ferne zu blicken, als würde er etwas sehen, das wir nicht erfassen konnten. Mit ruhiger Stimme sagte er: „Hoc est signum Luminis ferentis. Es ist das alte Zeichen des Lichtbringers, ein Zeichen der Bestimmung. Es verbindet ihn mit den Kräften, die Arterien schützen und erneuern sollen."

Die Worte schienen im Raum zu schweben, erfüllt von einer tiefen Bedeutung. Ambrosius legte seine Hand leicht auf Aurelios Schulter und fügte hinzu: „Lux in tenebris lucet, et tenebrae eam non comprehenderunt. Das Licht leuchtet in der Dunkelheit, und die Dunkelheit hat es nicht ergriffen."

Aurelio hob das Kinn, seine Haltung war aufrecht, seine Stimme klar: „Wenn es mein Schicksal ist, das Licht zu tragen, dann werde ich es mit jedem Schritt meines Weges tun."

Der Raum war erfüllt mit der Ehrfurcht vor dem jungen Mann, der so große Worte sprach und so viel Verantwortung auf sich lud.

„Nun, ihr wollt gewiss euren Hunger stillen," sagte Ambrosius mit einer sanften, aber würdevollen Stimme. Sein Blick ruhte auf uns, voller Güte und einer Weisheit, die Jahrhunderte zu umfassen schien. „Die Tafel ist gedeckt, und die Früchte unserer Gemeinschaft liegen vor euch. Heute jedoch, meine Freunde, darf das Schweigen weichen: Non solum cibus, sed etiam sermo animos reficit – Nicht nur Speise, sondern auch das Gespräch stärkt die Seele.“

Der lange, hölzerne Tisch, der sonst stets halb leer gewesen war, war heute bis auf den letzten Platz besetzt – abgesehen von zwei Stühlen, die offenbar für Ursula und mich freigehalten worden waren. Doch bevor wir Platz nahmen, wurden wir von einer Welle herzlicher Begrüßungen empfangen.

Die Männer und Frauen erhoben sich, als wir näherkamen, und eine fast feierliche Zeremonie der Willkommensgrüße begann. Jeder wollte uns drücken, als wären wir lange verschollene Verwandte, die endlich nach Hause gefunden hatten.

„Willkommen, ihr beiden!“ sagte eine ältere Frau mit silbrigem Haar, ihre Augen strahlten vor Wärme. „Ihr habt uns Hoffnung gebracht.“

Ein Mann, der einen kunstvoll geschnitzten Stab in der Hand hielt, nahm meine Hand mit festem Griff und sagte mit bebender Stimme: „Ihr habt Aurelio zu dem gemacht, was er ist. Seine Schwingen wären ohne euch nicht entfaltet worden.“

Die vielen neuen Gesichter um uns herum verschwammen fast vor lauter Eindrücken, und ich wusste, dass ich mir all die Namen niemals würde merken können. Doch eines einte sie alle: Jeder trug das Symbol des Baums irgendwo bei sich – sei es als Medaillon, in die Kleidung gestickt oder in die Haut tätowiert. Das Zeichen der Bewahrer war allgegenwärtig und schien wie ein lebendiges Band zwischen uns allen zu wirken.

„Ich fühle mich, als wären wir ein Teil von ihnen,“ flüsterte Ursula mir zu, während wir uns von einer Umarmung zur nächsten bewegten.

„Ja,“ stimmte ich ihr zu. „Es fühlt sich an, als gehörten wir schon immer hierher.“

Ambrosius wartete geduldig am Kopf des Tisches. Als die Begrüßungen langsam abklangen, erhob er leicht die Hände, und alle verstummten. Seine Stimme war sanft, doch trug sie eine Klarheit, die den Raum erfüllte: „Setzt euch nun, meine Freunde, und stärkt euch an dem, was uns die Gaben des Himmels und der Erde beschert haben. Möge dieser Moment uns vereinen und unsere Herzen nähren, wie die Speise unsere Leiber nährt."

Lächelnd nahmen Ursula und ich die letzten freien Plätze ein, und die Gespräche am Tisch wurden wieder lebhafter. Stimmen mischten sich mit dem Klingen von Besteck, und die Atmosphäre war erfüllt von Dankbarkeit und Hoffnung.

Ich blickte mich um und spürte die Stärke dieser Gemeinschaft, die uns mit offenen Armen aufgenommen hatte. Heute war nicht nur ein Festmahl – es war ein Moment des Neubeginns, und wir waren ein Teil davon.

Plötzlich erschrak ich. Wie konnte ich ihn bisher übersehen? Er saß ganz am anderen Ende der Tafel, zurückgezogen in einer Ecke. Luzifer war mit uns am Tisch.

Genauer gesagt, war es der frühere Luzifer – der einstige Lichtbringer, dessen Name nun von Aurelio neu getragen wurde. Sein leiblicher Vater, der höchste Vertreter der Schattenbringer, saß da, gekrönt, und wirkte doch wie ein Häufchen Elend. Seine Schultern waren gebeugt, sein Blick leer, und er stocherte lustlos in seinem Essen herum. Seine Gedanken schienen weit entfernt, irgendwo jenseits der lebhaften Gespräche und des warmen Miteinanders, das diesen Raum erfüllte.

Während ich ihn betrachtete, wurde mir bewusst, wie viel Liebe in dieser Gesellschaft steckte – so viel, dass selbst die Personifikation des Bösen, der Dunkelheit und der Zerstörung, hier einen Platz gefunden hatte. Nicht nur geduldet, sondern aufgenommen. Es war eine Liebe, die über das Urteil hinausging, die keine Bedingungen stellte. Eine Liebe, die sogar das Dunkel umarmen konnte, um es in etwas Neues zu verwandeln.

Martin Brenninger © 2025

Ich verlor mich in diesen Gedanken und bemerkte kaum, dass Luzifer Senior sich erhoben hatte. Seine Bewegungen waren zögerlich, als ob jede Geste ihm unermessliche Kraft abverlangte. Schließlich richtete er seinen gebrochenen Blick in die Runde und sprach mit einer Stimme, die kaum mehr war als ein Flüstern:

„Ich… ich möchte etwas sagen."

Doch niemand reagierte. Die Gespräche gingen weiter, als hätten seine Worte die Anwesenden nicht erreicht. Die Verzweiflung in seinem Gesicht schnitt mir ins Herz. Spontan griff ich zu meinem Steinkrug und klopfte mit dem Messer dagegen. Der dumpfe Klang hallte durch den Raum und zog die Aufmerksamkeit der anderen auf sich.

„Er will etwas sagen!" rief ich, meine Stimme etwas lauter, als ich beabsichtigt hatte. Es war kein besonders geschickter Satz, aber er genügte.

Die Gespräche verstummten, die Aufmerksamkeit aller richtete sich auf den alten, gebrochenen Mann, der nun zögernd in die Mitte des Raumes trat. Seine Präsenz war eine seltsame Mischung aus Macht und Zerbrechlichkeit, ein Schatten dessen, was er einst gewesen war.

Die Stille, die folgte, war anders als zuvor – nicht unangenehm, sondern tief und aufnahmebereit, als ob alle spürten, dass dieser Moment etwas Besonderes war. Luzifer Senior, der einstige Herrscher über die Dunkelheit, sollte sprechen. Und alle waren bereit zu hören.

Der gefallene Luzifer sammelte all seine verbliebene Kraft. Seine Gestalt, einst erfüllt von dunkler Macht und bedrohlicher Präsenz, wirkte jetzt gebrochen, und doch umgab ihn eine seltsame Würde. Mit zitternder Stimme begann er zu sprechen, wobei sein Blick tief in die Runde wanderte, bis er schließlich bei Ambrosius verweilte.

„Ambrosius, du alter Begleiter, Bewahrer des Lichts," setzte er an und schloss für einen Moment die Augen, als müsse er die Worte aus der Tiefe seines Herzens hervorrufen. „Ich möchte dir hier, vor all diesen Menschen, meinen Dank aussprechen. Du hast aus meinem Sohn einen besseren Menschen gemacht, als ich es je vermocht hätte."

Seine Stimme brach, und er atmete schwer, ehe er weitersprach: „Die Toten, Millionen von ihnen, quälen mich. Aber am meisten quält mich meine Schuld am Tod von Vesperius."

Ein Raunen ging durch die Anwesenden, doch niemand wagte es, ihn zu unterbrechen. Luzifer fuhr fort: „Durch meinen Verrat hat sich die Frau von meiner Seite abgewandt, und letztlich hat das Schicksal ihr Kind, meinen Sohn, in deine liebevollen Hände gelegt, ehrenwerter Ambrosius. So konnten sich die alten Legenden erfüllen."

Er hob den Kopf, und seine Augen glänzten feucht, während sein Gesicht von tiefer Reue gezeichnet war. „Ich kann keines der Verbrechen, die durch mich und in meinem Namen begangen wurden, jemals wiedergutmachen. Doch hier und heute, vor euch allen, gelobe ich feierlich, meinen Sohn Aurelio mit all meinen Kräften zu unterstützen."

Luzifer wandte sich Aurelio zu, und für einen Moment schien er mit sich zu ringen. Schließlich sagte er mit leiser, doch fester Stimme: „Wenn du meine Hilfe willst, mein Sohn, werde ich dir alle Strukturen offenlegen, mit denen ich meine Krallen in die Welt geschlagen habe. Mögest du sie nutzen, um die Dunkelheit zu vertreiben."

Dann senkte er den Kopf, als ob die Last seiner Worte ihn erdrücken würde. „Und dir, Aurelio, wahrer Lichtbringer, wünsche ich von ganzem Herzen, dass dein Herz rein bleiben möge. Mögest du mit der Weisheit, die dein Meister dich gelehrt hat, allen Versuchungen widerstehen."

Tränen traten in seine Augen, und er blickte Aurelio flehend an. Für einen Augenblick war die Stille im Raum überwältigend, erfüllt von der Schwere dieses Moments. Dann erhob sich Aurelio mit einer majestätischen Ruhe, die dem neuen Lichtbringer gebührte. Er ging auf Luzifer zu, seine Schritte waren entschlossen, seine Haltung aufrecht und würdevoll.

Als er vor ihm stand, legte Aurelio ihm, statt ihn zu umarmen, sanft eine Hand auf die Schulter. Mit einer Stimme, die zugleich klar und voller Mitgefühl war, sprach er: „Jede Hilfe ist willkommen, Vater."

Die Worte waren schlicht, doch ihre Bedeutung war tiefgreifend. Die beiden Männer sahen einander lange an – der eine, gebrochen und reuevoll, der andere, strahlend und voller Hoffnung. Die gesamte Gesellschaft hielt den Atem an, ergriffen von der Szene. In diesem Moment war es, als wäre die Welt für einen Augenblick geheilt, und die Liebe, die sie alle verband, wurde sichtbar.

„Lasst uns zum Felsen ziehen!" rief plötzlich jemand aus der Runde. Gemeint war La Roche et Fèlle, die sagenumwobene Insel. Die Worte entfachten eine Woge der Begeisterung, die die gesamte Gesellschaft erfasste.

„Ja, genau!" rief ein anderer. Und eine Frau fügte mit leuchtenden Augen hinzu: „Wir müssen uns nicht mehr verstecken! Es ist an der Zeit, das Licht hinaus in die Welt zu tragen!"

Die Energie im Raum schien zu pulsieren, als Ambrosius sich erhob. Seine Stimme war ruhig, doch sie trug die Würde eines Weisen, der die Geschichte lenkt: „Ihr habt recht, meine Freunde. Carpe diem! Wir müssen die Gunst der Stunde nutzen. Lasst alle benachrichtigen! Noch heute werden wir zur Felseninsel ziehen und das Licht dorthin bringen, wo es seit Jahrhunderten fehlte."

Die Worte des alten Weisen waren kaum verklungen, da ergriff Aurelio das Wort. Seine Haltung war aufrecht, sein Blick durchdringend. Mit einer Stimme, die Hoffnung und Zuversicht in sich vereinte, sprach er: „Lasst uns gemeinsam mit allen anderen an einer neuen Welt arbeiten. Einem Land, das nicht mehr von Schatten regiert wird, sondern vom Licht der Liebe."

Die Aufbruchsstimmung lag im Raum, und Aurelios Worte gaben den entscheidenden Impuls. Wie von einer unsichtbaren

Macht angetrieben, begannen alle, die Spuren des gemeinsamen Mahls zu beseitigen. Fleißige Hände räumten in Windeseile auf, während die Vorfreude die Luft erfüllte.

Schließlich versammelten wir uns, einer nach dem anderen, vor dem Haus von Ambrosius. Von hier aus hatten wir einen klaren Blick über das Land von Arterien. In der Ferne lag La Roche et Fèlle, majestätisch und geheimnisvoll, wie ein uraltes Versprechen, das darauf wartete, eingelöst zu werden.
„Dort liegt unser Ziel!" rief jemand mit begeisterter Stimme, und alle Blicke wandten sich zur Insel. Die goldenen Mauern und Türme glitzerten im gleißenden Licht der Mittagssonne, als wollten sie uns den Weg weisen.

Ambrosius, der lange der vermeintlich letzte und einzige Bewahrer gewesen war, hob seinen Stab in den Himmel und sprach: „Ad lucem properamus! Auf zum Licht, meine Freunde!"

Als schließlich alle bereit waren, blickte Aurelio über die Gruppe. Seine Augen leuchteten wie das erste Licht des Morgens, und mit einer majestätischen Geste gab er das Zeichen: „Aufbruch!"

Die Menge setzte sich in Bewegung, und es war, als würde die Erde selbst unseren Schritt tragen. Vor uns lag nicht nur ein Weg – es war der Beginn einer neuen Ära.

Wir reisten diesmal auf ganz normale Weise – zumindest schien es so. Doch eigentlich flogen wir mehr, als dass wir liefen. Es war, als würden wir von einer unsichtbaren Kraft getragen, beflügelt von der neu aufgekommenen Energie. Die Strecke, die vor uns lag, legten wir erstaunlich schnell zurück. Viel schneller, als Ambrosius und Ursula es damals getan hatten, als sie noch ihre Kräfte für den Kampf mit den Schattenbringern aufsparen mussten.

Jetzt war keine schützende Energieblase mehr notwendig. Jegliche Kraft konnte für das Wesentliche eingesetzt werden. Und so bewegten wir uns vorwärts, ohne die Zeit zu beschleunigen – nein, wir genossen jeden Augenblick.

Einmal kam Ambrosius neben mich, legte seinen Arm um meine Schulter und sprach mit einem leisen Lächeln: „Mein Freund, ist es nicht herrlich? Ich hätte nie gedacht, dass wir im Verborgenen so viele sind. Und nun treten sie alle ins Licht."

Mit einer weit ausholenden Geste deutete er auf die Umgebung. Überall um uns herum strömten Menschen herbei. Alte Pfade und Wege, die lange verlassen schienen, füllten sich mit Leben. Aus versteckten Höfen, kleinen Siedlungen und abgelegenen Häusern kamen sie hervor. Ihre Gesichter waren erfüllt von Hoffnung, ihr Schritt beschwingt, während sie sich unserem Zug anschlossen. Alle hatten dasselbe Ziel: die Felseninsel, La Roche et Fèlle.

An der Spitze führte Aurelio die Menge mit seiner erhabenen Haltung. Das Symbol von Arterien auf seiner Stirn, das wie ein Muttermal schimmerte, blieb das gleiche. Doch jetzt hätte ich schwören können, dass es von innen leuchtete. Es war schwer zu sagen, ob der sanfte Schimmer vom Schweiß der Wanderung oder von einer inneren Kraft ausging – vielleicht war es beides. Doch es war klar, dass Aurelio etwas anderes ausstrahlte als noch vor wenigen Stunden, als er noch ein einfacher Begleiter war.

Die Menge folgte Aurelio, als wäre er der erste Stern am Himmel. Doch ich sorgte mich kurz, ob die Gondeln, die uns über das Wasser bringen sollten, genug Platz für alle bieten würden.

Bald wurde jedoch klar: Es würde genügen. Jedes verfügbare Boot wurde herangeschafft und reaktiviert, selbst jene, die längst aus dem Verkehr gezogen waren. Die Gondeln wurden bis zum Bersten gefüllt, doch sie schienen eine erstaunliche Last tragen zu können. Und so begaben wir uns in einer endlosen Reihe über das glitzernde Wasser hinüber zur Insel.

Als wir schließlich La Roche et Fèlle erreichten, führte Aurelio die Menge hinauf zu einem großen Platz vor dem majestätischen Dom der Schatten. Auf einer erhobenen Stelle hielten Aurelio und Ambrosius inne und wandten sich der Menge zu.

Es war ein Moment von großer Kraft. Tausende Augen richteten sich voller Erwartung auf den jungen Lichtbringer, der den Zug angeführt hatte. Man wollte das Symbol von Arterien, das Aurelio auf der Stirn trug, mit eigenen Augen sehen. Es schimmerte dort in der tief stehenden Sonne. Es war wirklich schwer zu sagen, ob das sanfte Strahlen vom Schweiß der Wanderung kam oder ob es eine innere Quelle hatte. Doch es war eindeutig, dass Aurelio in diesem Moment etwas Neues ausstrahlte, etwas, das mehr war als nur ein Zeichen auf seiner Stirn.

Die Menge stand da, still und andächtig, erfüllt von einer tiefen, friedlichen Freude. Kein Ruf wurde laut, kein Jubel brach aus. Doch die Energie, die in diesem Moment von den Menschen ausging, war stärker als jede Schlacht. Es war der Triumph des Lichts über die Schatten, ein Siegeszug des Friedens, der weit über die Grenzen von La Roche et Fèlle hinaus strahlte.

Und während Aurelio und Ambrosius dort standen, spürte ich, dass dies nicht nur ein neuer Anfang war. Es war der Beginn einer Ära, in der Licht und Liebe die Welt regieren würden.

Ursula und ich standen etwas weiter unten und genossen die friedliche, fast heilige Stimmung, die den Platz erfüllte. Menschen unterhielten sich leise, ihre Stimmen waren kaum mehr als ein Flüstern, getragen von einer Atmosphäre aus Ruhe und Zuversicht.

Plötzlich hörten wir eine Stimme hinter uns: „Was macht ihr beide hier unten?"

Überrascht drehten wir uns um und sahen einen jungen Gondoliere, der uns freundlich, aber auch neugierig betrachtete. Einen Moment lang schien er zu zögern, als sein Blick auf Ursula fiel. Dann zuckte er leicht zusammen, wie jemand, der von einer starken Erinnerung sichtlich bewegt war.

„Du bist es!", sagte er schließlich und schaute Ursula direkt an. „Ich bin mir sicher, du bist die Frau, die damals… Ja, ich erinnere mich genau. Du bist diejenige, wegen der ich Reißaus genommen habe, als ich dich zum Dom bringen sollte."

Ursula lächelte leicht. „Ach, du bist es, der so schnell ins Wasser gesprungen ist?"

Er nickte und schien sich etwas zu entspannen. „Ja, genau. Eure Präsenz damals war so stark, dass ich mich völlig überfordert fühlte. Es war, als hätte euer Licht alles in mir aufgedeckt, was ich lange zu verstecken versucht habe. Ich wusste nicht, wie ich damit umgehen sollte, also bin ich ins Wasser gesprungen."

„Und jetzt?", fragte Ursula sanft. „Warum sprichst du uns heute an?"

Er hielt einen Moment inne, schien nach den richtigen Worten zu suchen. „Weil ich euch heute nicht mehr aus dem Weg gehen will", sagte er schließlich. „Ich habe seitdem viel nachgedacht. Ihr habt etwas in mir wachgerüttelt, und ich habe gemerkt, dass es nicht eure Schuld war, dass ich Angst hatte. Es war meine eigene Dunkelheit, die vor eurem Licht zurückgeschreckt ist. Aber…", er sah uns eindringlich an, „ihr seid doch nicht hier unten, um euch zu verstecken, oder? Ihr gehört dort oben hin, zu den Menschen. Ihr seid zwei von denjenigen, die dieses Land verändern können."

Ursula und ich warfen uns einen Blick zu, und ich sah das stille Einverständnis in ihren Augen. Doch bevor wir etwas sagen konnten, sprach er weiter: „Euer Licht… Es ist nicht für euch allein. Es ist für alle, die nach Hoffnung suchen, die sich nach einem Weg sehnen. Ich weiß, ihr seid bescheiden und vielleicht glaubt ihr, dass andere genauso stark sind wie ihr. Aber manche brauchen ein Vorbild. Manchmal hilft es den Menschen, wenn sie jemanden sehen, der das Licht schon gefunden hat."

Ich atmete tief ein und legte ihm die Hand auf die Schulter. „Das sind weise Worte", sagte ich ruhig. „Manchmal vergessen wir, dass wir nicht nur für uns selbst unterwegs sind."

Ursula lächelte sanft und nickte. „Aber weißt du, wir lernen noch. Auch für uns ist es nicht immer leicht, das richtige Maß zu finden. Danke, dass du uns daran erinnert hast."

Der Gondoliere lächelte nun auch, und ein neuer Ausdruck von Zuversicht zeigte sich auf seinem Gesicht. „Ich bin froh, dass ich euch heute begegnet bin. Ihr habt mehr bewirkt, als ihr denkt."

Ursula griff nach meiner Hand, ihre blauen Augen strahlten Ruhe und Entschlossenheit aus. „Komm", sagte sie leise. „Er hat recht."

Gemeinsam stiegen wir die Stufen hinauf, zum großen Platz. Dort war die Atmosphäre lebendig, voller leiser Gespräche und gespannter Erwartung. Inmitten der Menge erblickten wir Aurelio und Ambrosius, die in ein gewichtiges Gespräch vertieft waren.

Wir hielten uns zunächst zurück, wollten den Moment nicht stören. In diesem Augenblick wurde mir klar, dass wir hier waren, um nicht nur zuzusehen, sondern auch mitzuwirken. Doch alles hatte seine Zeit, und so warteten wir, während die Stimmung auf dem Platz immer intensiver wurde.

Dann trat Aurelio vor die Menge, sein Blick war klar und voller Entschlossenheit. Die Menschen, jung und alt, versammelten sich in Scharen um ihn, um zu hören, was er zu sagen hatte. Der Wind trug die Stille des Augenblicks durch die Reihen, und das goldene Licht der tief stehenden Sonne schien wie ein Segen über die Szene. Mit ruhiger, doch eindringlicher Stimme begann er zu sprechen:

„Freunde des Lichts! Bewohner von Arterien! Seht euch um, seht, wie viele wir sind! Vor wenigen Tagen wagten wir es kaum, unsere Hoffnung zu zeigen, unsere Stimmen zu erheben. Doch heute stehen wir hier, vereint, unzählige Seelen, die das gleiche Ziel verfolgen: das Licht zu bewahren und zu verbreiten.

Wir haben gelitten, das ist wahr. Die Ära der Schattenbringer hat uns Schmerz, Trennung und Dunkelheit gebracht. Sie haben nicht nur dieses Land, sondern die ganze Welt in Fesseln gehalten, getrieben von einem Durst nach Macht, der das Licht ersticken wollte. Doch jede Nacht muss enden, und der Morgenstern, unser Zeichen, kündigt den neuen Tag an.

Das Licht, meine Freunde, ist nicht nur ein äußerer Schein. Es ist eine Kraft, die in jedem von uns brennt. Es ist Liebe. Es ist Wahrheit. Es ist die unzerstörbare Verbindung zwischen uns und allem, was ist. Lange hat man versucht, diese Verbindung zu unterdrücken, uns glauben zu machen, dass wir allein sind, dass unsere Unterschiede stärker seien als das, was uns eint. Doch seht her! Heute beweisen wir, dass das eine Lüge war.

Der Stein des Lichts, der zurück in die Hände der Bewahrer gelangt ist, symbolisiert mehr als nur den Triumph über die Schatten. Er erinnert uns an den ursprünglichen Geist von Arterien, an die tiefe Weisheit und die Reinheit, mit der dieses Land einst geführt wurde. Arterien ist mehr als ein Ort – es ist ein Prinzip, eine Vision.

Das Zeichen, das ihr nun auf meinem dritten Auge seht, das Zeichen Arteriens, ist nicht meines allein. Es gehört uns allen. Es repräsentiert das Licht der Liebe und die Kraft des weiblichen Prinzips, das die Dunkelheit der Welt heilen wird. Venus, der Morgenstern, führt uns zurück zu diesem Prinzip – zur Sanftmut, zur Hingabe, zur Fähigkeit, neues Leben zu erschaffen, sei es in unseren Herzen oder in unseren Taten.

Doch lasst euch nicht täuschen: Dies ist nicht das Ende unseres Weges, sondern sein Anfang. Die Frucht, die aus dieser Saat wächst, wird Zeit brauchen. Geduld. Hingabe. Wir alle müssen unseren Teil beitragen, jeder auf seine Weise. Niemand ist zu gering, niemand ohne Bedeutung.

Ich verspreche euch, dass ich meinen Teil tun werde. Ich werde dieses Land nicht mit Macht regieren, sondern ihm mit Demut dienen. Ich werde das Licht in mir pflegen, damit es anderen den Weg weisen kann. Doch ich kann es nicht allein tun. Ihr alle seid Träger dieses Lichts. Es lebt in euren Herzen, und nur, wenn wir uns gegenseitig stärken, können wir eine Welt erschaffen, die auf Liebe und Wahrheit basiert.

Ich fordere euch auf: Helft einander. Bleibt stark, wenn die Dunkelheit euch erneut zu verschlingen droht. Glaubt an die Liebe, auch wenn sie schwach zu sein scheint. Denn wahre Stärke ist nicht das, was sich aufdrängt, sondern das, was durchhält, was verbindet, was heilt.

Lasst uns gemeinsam ein neues Kapitel schreiben, eines, das frei ist von Angst und Trennung. Lasst uns Arterien zu dem machen, was es immer sein sollte – ein Leuchtfeuer des Lichts für die ganze Welt.

Ich danke euch, und ich verneige mich vor euch, vor eurer Stärke, eurem Mut, und vor dem unendlichen Licht, das in jedem von euch strahlt."

Aurelio schwieg. Die Menge hielt den Atem an, bis schließlich ein tosender Applaus aufbrandete, wie eine Welle, die alles mit sich riss. Doch inmitten des Jubels fühlten alle eine tiefe Stille – eine Stille voller Hoffnung, voller Versprechen.

Aurelio forderte Ursula, Ambrosius und mich mit einer einladenden Geste auf, ebenfalls zu ihm zu treten. Gemeinsam schritten wir vor die jubelnde Menge, die uns mit offenen Armen empfing. In einem Moment der Verbundenheit umarmten wir uns – wie wir es bereits im Hause von Ambrosius getan hatten. Die Menge feierte lautstark, doch zwischen uns herrschte eine feierliche Stille.

Nach einer Weile wandte Aurelio sich an Ambrosius und sprach leise, damit nur wir es hörten: „Vielleicht ist dies der geeignete Augenblick, sich zurückzuziehen."

Ich nickte nachdenklich und schlug vor: „Lasst uns noch einmal in den Dom der Schatten gehen."

Ursula und Ambrosius blickten mich überrascht an, während Aurelio mich fragend musterte. Ich fügte sanft hinzu: „Ich möchte diesen Ort noch einmal in einer anderen Stimmung erleben – mit euch, meine Lieben."

Ambrosius legte die Hände zusammen, neigte den Kopf leicht und sprach mit seiner gewohnten Würde: „Consilium sapientis est, ein weiser Entschluss, mein Freund. Ein Ort, der einst von Dunkelheit durchdrungen war, soll nun in einem neuen Licht betrachtet werden. Es heißt doch: Omnia mutantur, nihil interit – alles wandelt sich, nichts vergeht."

Wir alle spürten die Bedeutung seiner Worte, als wir uns leise vom Platz vor dem Dom der Schatten entfernten. Die jubelnde Menge blieb hinter uns zurück, während wir schweigend die gewaltigen Tore durchschritten.

Drinnen empfing uns die kühle, ehrwürdige Stille des Doms. In der Mitte des großen, weiten Raumes stand der Altar, über den das rote Licht der mächtigen Glaskuppel fiel. Die Kuppel bestand aus kunstvoll gearbeiteten roten Scheiben, die das einfallende Licht filterten und es auf den Altar hinablenkten, als sei er der Mittelpunkt einer spirituellen Offenbarung. Das rote Licht erfüllte die Umgebung mit einer intensiven, fast pulsierenden Energie, die den Raum in eine geheimnisvolle und dennoch erhebende Atmosphäre tauchte.

Es war, als würde die Glaskuppel selbst das Herz des Doms symbolisieren, das Licht sammelnd und lenkend, um den Ort in einer neuen Bedeutung erstrahlen zu lassen. Keine Schatten schienen hier zu herrschen, sondern die Möglichkeit eines Wandels, einer Wiedergeburt, lag in der Luft.

Keiner von uns sprach, doch wir wussten, dass dies ein entscheidender Moment war – nicht nur für Arterien, sondern auch für uns. Der Dom der Schatten war nun ein Ort des Wandels, ein Symbol für die Transformation von Dunkelheit zu Licht.

Ich ergriff nach einer Weile als Erster das Wort und ließ meinen Blick durch den Dom der Schatten gleiten, der in das rote Licht getaucht war. „Heute empfinde ich diesen Ort völlig anders als noch vor zwei Tagen", sagte ich mit ruhiger Stimme. „Nicht mehr so bedrohlich."

Aurelio trat an meine Seite, seine Präsenz strahlte Zuversicht aus. „Wir werden diesen Ort zu einem Dom des Lichts machen", sagte er mit seiner klaren, schlichten Stimme, die stets von Entschlossenheit zeugte.

Nach einer kleinen Pause sprach er weiter: „Doch gut Ding braucht Weile. Es wird sich nicht alles mit einem Male ändern. Zu stark sind die alten Muster in den Menschen. Und doch werdet ihr erleben, wie nach und nach Kriege enden und Menschen zusammenwachsen werden. Anfangs werden es nur kleine Zeichen sein. Eine herzliche Begegnung der Menschen auf der Straße. Ein überraschender Ausgang einer Wahl in der großen Politik. Schritt für Schritt wird eine andere Gesinnung sanft ihre Arme um die Welt legen. Und Menschen werden Freunde werden, so wie wir Freunde geworden sind." Er blickte Ursula und mich mit der ganzen Tiefe seiner smaragd-grünen Augen an.

Ich wandte mich zu Ursula, zog sie in eine feste Umarmung und sah ihr tief in die Augen. „Schau", sagte ich leise, „wir sind aufgebrochen, um das Böse zu suchen, und haben Freunde gefunden."

Ursula nickte, ein warmes Lächeln umspielte ihre Lippen. „Ja", antwortete sie, „und überraschend viele Gleichgesinnte auf unserem Weg."

Ambrosius, der uns mit seinen weisen, alten Augen betrachtete, trat näher. „Quid nunc faciatis?" fragte er bedächtig, während er seine Hand über den Bart strich. „Was werdet ihr nun tun?"

Aurelio hob leicht den Kopf, sein Gesicht voller Klarheit. „Helft uns, Arterien neu zu gestalten, es wieder aufzubauen", sagte er schlicht, doch mit Nachdruck.

Ursula und ich blickten einander an, ein stilles Einverständnis in unseren Augen. Dann antworteten wir wie aus einem Mund: „Nein, wir müssen wieder zurück."

Ich legte nach, meine Stimme voller Nachdruck: „Vielleicht kommen wir eines Tages wieder. Aber es fühlt sich so an, als ob unsere Aufgabe jetzt da draußen liegt – draußen in der Welt."

Ambrosius schloss die Augen für einen Moment, als wolle er die Bedeutung unserer Worte abwägen. Dann sprach er langsam, mit der Würde eines alten Weisen: „Sapienter consulitis – eine wahrlich weise Entscheidung. So könnt ihr das Licht von hier mitnehmen und es hinaus in die Welt tragen."

Aurelio nickte bedächtig, seine Stimme war warm, doch schlicht: „Erzählt den Menschen von dem, was ihr hier erlebt habt."

„Ihr könntet ein Buch schreiben", fügte Ambrosius hinzu, seine Stimme durchdrungen von Nachdruck. „In libris sapientia latet – die Weisheit liegt in den Büchern."

Ursula hob abwehrend die Hände, ein Lächeln auf ihren Lippen. „Ach, mir graut es schon davor, wenn ich nur daran denke, meinem Chef einen Bericht zu schreiben. Wie soll ich ihm erklären, was wir erlebt haben?"

Ich ließ ihren Worten einen Moment Raum, dann sah ich mich grübelnd im Dom um. Mein Blick wanderte zum Altar, auf dem vor kurzem noch der Stein des Lichts geruht hatte. Laut dachte ich nach: „Eigentlich habe ich jetzt keine Arbeit mehr und auch keine Aufgabe. Ich könnte mir durchaus vorstellen, deinen Vorschlag aufzugreifen und ein Buch zu schreiben."

Ambrosius hob langsam den Kopf, seine Stimme klang wie ein Echo aus einer fernen Zeit: „Und was wirst du tun, wenn dir die Menschen nicht glauben?"

Ich sah ihm mit unerschütterlicher Klarheit in die Augen und sprach: „Ich werde ihnen erklären, dass Arterien überall ist und dass die Menschen nur ihre Augen und ihre Herzen offen halten müssen."

Einen Augenblick lang herrschte Stille. Dann legte Ambrosius mir seine Hand auf die Schulter. „Mein Herz ist erfüllt mit Freude darüber, dich wiedergetroffen zu haben, mein Freund. Bleibt doch noch ein paar Tage, bevor ihr geht."

„Gerne", sagte Ursula, während ich Ambrosius erneut in eine Umarmung zog.

Dann löste sich Ursula von uns und lächelte schelmisch. „Und danach", fügte sie mit einem Augenzwinkern hinzu, „freue ich mich auf eine Tüte Chips!"

Ihr humorvoller Kommentar löste bei uns allen ein herzhaftes Lachen aus, das die ehrwürdigen Hallen des Doms erfüllte.

So endete unser gemeinsamer Weg zu la Roche et Fèlle, dem harten Felsen mit seiner weichen, lieblichen Venus – mit einem leichten, fast banalen Kontrapunkt, der jedoch von einer tiefen Verbundenheit und der Hoffnung auf kommende Erlebnisse getragen wurde. Die Reise mochte für uns an diesem Ort enden, doch die Geschichte von Arterien – und das Licht, das es symbolisiert – lebt weiter.

ABENTEUER IN ARTERIEN